程小青侦探小说研究

宗靖华　著

暨南大學出版社
JINAN UNIVERSITY PRESS

中国·广州

图书在版编目（CIP）数据

程小青侦探小说研究/宗靖华著．—广州：暨南大学出版社，2022.6
ISBN 978-7-5668-3381-5

Ⅰ.①程…　Ⅱ.①宗…　Ⅲ.①程小青—侦探小说—小说研究　Ⅳ.①I207.42

中国版本图书馆CIP数据核字（2022）第032185号

程小青侦探小说研究
CHENG XIAOQING ZHENTAN XIAOSHUO YANJIU
著　者：宗靖华

………………………………………………………………………………

出 版 人：张晋升
策划编辑：陈绪泉
责任编辑：黄　球
责任校对：周海燕　刘小雯
责任印制：周一丹　郑玉婷

出版发行：暨南大学出版社（511443）
电　　话：总编室（8620）37332601
营销部（8620）37332680　37332681　37332682　37332683
传　　真：（8620）37332660（办公室）　37332684（营销部）
网　　址：http://www.jnupress.com
排　　版：广州良弓广告有限公司
印　　刷：佛山市浩文彩色印刷有限公司
开　　本：787mm×1092mm　1/16
印　　张：13
字　　数：230千
版　　次：2022年6月第1版
印　　次：2022年6月第1次
定　　价：49.80元

（暨大版图书如有印装质量问题，请与出版社总编室联系调换）

自　序

忙碌了一整天后，晚上总算是属于你自己的。这时，你站在书橱前，想在晚上读点什么……我会选择侦探小说。

——毛姆

侦探小说究竟有怎样的魅力，让毛姆如此挚爱？什么是侦探小说？或许是爱伦·坡的“恐怖”、柯南·道尔的“智性”、阿加莎·克里斯蒂的“毒药”、江户川乱步的“诡谲”、芥川龙之介的“怀疑”、程小青的“侠情”、麦家的“奇异”……这些侦探小说作家用才情、想象力与无冬无夏的努力创作，为世界文学涂上一抹明艳的色彩。而我的目光有幸和毛姆一样，也不由自主地被侦探小说家所渲染的或黑白、或蓝紫、或橙红的故事吸引。在侦探小说中，我看到了人性的善与恶、智慧的狂想曲、罪与罚、灵魂不治而迷失人生的羔羊，这些都让我的心灵震撼、沉沦和迷惘。侦探小说作家好似以一支神秘绝妙的画笔，为我画出一副叫“想象力”和“超越现实”的 VR 眼镜。戴着“这副眼镜”，我可以试图去审视和读懂这个世界与世界上的人，还有身在这个世界中的自己。

不过，侦探小说最能打动我的并非故事本身，而是画 VR 眼镜的“画师”、写“故事”的人。我以为，侦探小说作家是最富创作才华、最聪慧、最热爱生命的作家。“钻石匕首奖”“爱伦·坡终身大师奖”“江户川乱步奖”等侦探推理文学奖项的设立，表彰了无数深耕在侦探推理文学园地的作家作品。我想，奖项本身的意义更在于彰显一种坚毅而卓越的文学态度和文学追求，因为侦探小说作家追求的从来都不是“奖杯”。美国推理作家协会（MWA）曾票选出历史上“最适合谋杀的城市”“最佳凶器排行”“最佳侦探电影排行”以及与名作排行相关的“史上最佳男性推理作家”“史上最佳女性推理作家”“史上最佳男侦探”“史上最佳女侦探”排行等，多么神奇和有趣，亦如侦探推理小说本身。2022 年 4 月 26 日，“为促进国际推理文学共同繁荣，发掘优秀的青年创作者”，中国新星出版社举办了“新星国际推理文学奖”，首届文学奖征稿现已正式启动。“新星”以侦探文学作品独树一帜而领先海内，“午夜文库”有阿加莎、岛田庄司、东野圭吾、松本清张、江户川乱步等“大师级”作家作品，还有一批侦探推理文学新秀作家作品，“新星”可谓是侦探推理小说作家的“知己”。“新星国际推理文学奖”的主题是“以创作寻找真相”。人世间的“乱花渐欲迷人眼”，也许只有在侦探推理小说作家的笔下，才能拨云见日、消散迷雾，使真理显现。

侦探小说的创作重镇在欧美和日本。现代侦探小说起源于美国、成熟于英国；当代，侦探小说又重回美国，以“硬汉派”夺人眼球；在日本，“社会派”以“强势”姿态绽放。相比起来，中国侦探文学的发展似乎相对平静，但也只是“似乎”。中国也有好的侦探文学作家作品。明清时期，公案小说与侠义文学、说唱艺术相结合，风行于坊间大众，成为中国古代通俗文学的经典文类。在当代，中国擅长写推理题材的作家有海岩、麦家、小白等，海岩的《便衣警察》《永不瞑目》、麦家的《暗算》《解密》《风声》、小白的《封锁》都曾产生强烈反响，一些作品被改编成影视剧搬上荧幕，被大众熟知，诠释了文学与影像的互相成就。但最不该遗忘的还有中国现代侦探小说作家群，他们在引入、翻译、借鉴与创作侦探小说之时所作出的探索、尝试和坚持，难能可贵；他们独具慧眼而又胆大超凡，具有非凡的创作功力。欧美侦探小说传入中国之后，众多中国侦探小说作家、翻译家，如刘半农、陈景韩、程小青、孙了红、陆澹安等，孜孜不倦地致力于创作本土侦探小说。“霍桑探案”“侠盗鲁平”“李飞探案集”……这些侦探小说融合西方侦探小说之技法与美感，承继中国古典小说之情怀与赤诚，成为中国现代通俗小说的重要组成文类。这些侦探小说作家与其作品需要被看见、被致敬。中国现代侦探小说显现着作家的才情和笔力，还有他们在传统与现代、古典与西方之间所作出的坚守与创新，是倔强，也是抉择，更是作家、文人对世界与人生的思考和关怀。我对此深表崇敬和感动。

是为序。

宗靖华

2022 年 5 月 15 日

目　录

绪 论

侦探小说是西方19世纪现代资本主义制度下产生的新文学类型，是一种以逻辑推理的方式解开故事谜题的类型小说。侦探小说起源于美国，埃德加·爱伦·坡（Edgar Allan Poe，1809—1849）的《莫格街杀人案》（*The Murders in the Rue Morgue*，1841）是第一篇真正意义上的侦探小说。之后，侦探小说在欧洲，尤其在英国，有了显著的发展。英国作家阿瑟·柯南·道尔（Arthur Conan Doyle，1859—1930）、G. K. 切斯特顿（Gilbert Keith Chesterton，1874—1936）、阿加莎·克里斯蒂（Agatha Christie，1890—1976）等创作的古典侦探小说，开启了侦探小说的“黄金时代”。侦探小说成为全世界读者热衷的文学读物。在侦探小说之前，中国也有叙写断案故事和断案情节的公案小说。但是，由于中西方文化的不同，加之古代中国和现代西方司法制度的差异，中国古代公案小说[①]与现代侦探小说在主题、人物、结构、情节、风格上都存在明显的差异。清末民初，随着西方侦探小说在中国的翻译和传播，公案小说逐渐衰微。西方侦探小说[②]由于其故事情节涉及了科学、民主与法治等内容，契合了时代启蒙的需要；其惊险、悬疑的故事风格也吸引了中国都市的新兴市民阶层，成为中国文学领域的新宠儿。

受到西方侦探小说的影响，一些中国作家开始创作具有本国特色的侦探小说。程小青是20世纪前半期中国侦探小说的代表作家。在五四新文化运动浪潮的推动下，程小青先是翻译西方侦探小说，之后又借鉴了西方侦探小说的创作手法，创作了中国现代侦探小说。程小青的“霍桑探案”系列小说近300万字，是中国原创现代侦探小说的重要代表作品。创作之外，程小青还致力于侦探小说创作理论的研究，对中国侦探文学的理论发展作出了重要的探索。程小青的侦探小说完成了对西方侦探小说和中国古代公

---

① 本书中出现的中国古代公案小说，一般情况下特指明清时期出现的章回体侠义公案小说，如《三侠五义》《施公案》《彭公案》《刘公案》等。

② 本书中出现的西方侦探小说，一般情况下特指对程小青影响较大的，19世纪中期诞生在美国，后在欧洲风行的以逻辑推理、科学实证方式破案的古典侦探小说，以柯南·道尔、阿加莎·克里斯蒂等作家作品为主要代表。

案小说的借鉴和创造性转换，具有重要的文学史价值与文化史意义。

一、选题价值

程小青的侦探小说，集中国传统文化和西方文化于一体，堪称中国新通俗文学的典型代表，在主题、人物形象、结构、语言等方面，都体现出迥别于古代公案小说的鲜明特征。目前，学术界对程小青侦探小说还没有足够关注，因此，对程小青侦探小说进行梳理和研究很有必要。本书的研究价值主要有以下几点：其一，揭示程小青侦探小说独特的现代精神。本书将程小青侦探小说放在五四运动的背景下来考察。民主与科学，是五四运动的两面旗帜。由于五四运动以后，中国面临着民族救亡的重任，“五四”标举的科学精神未能在此后的文学作品中得到充分体现。程小青侦探小说弘扬科学精神，在客观上呼应、落实了“五四”科学思想。这一点是程小青侦探小说的独特价值所在，可谓在中国现代文学史上写下了浓重的一笔。其二，借助程小青侦探小说个案，揭示中国文学在外国文化影响下由古代向现代的转型轨迹。本书在世界文学发展进程的大背景中，从比较文学视角，探讨处于古今中外交汇点的程小青侦探小说在主题、人物形象、结构和语言方面的转变，分析程小青侦探小说对古代公案小说的继承和创新，论述西方现代侦探小说对程小青创作侦探小说的影响。从程小青侦探小说这一个案来看中国文学由古代向现代的转型，进而从中探寻文学转型的某些规律。其三，促进当代中国侦探小说创作。近几十年以来，侦探小说还是有作者不断在写，但是鲜有影响重大的侦探小说问世，尤其是没有出现像程小青这样的优秀侦探小说作家。研究程小青侦探小说，总结其成功的创作经验，可以推动当代侦探小说创作，营造当代文学创作百花齐放的时代文化氛围。

二、研究综述

截至目前，国内外对侦探小说和程小青侦探小说的研究，按时间可以划分为以下几个阶段：

1. 近代到民国初年西方侦探小说研究

此期学界对侦探小说的研究和评论，主要以各类已出版探案集的“序”“跋”“引”等形式出现，研究内容多集中在西方侦探小说与中国传统小说的异同比较上，如西方侦探小说写作手法和情节设置与中国传统小说的比较等，对作家个体研究较少。由于程小青侦探小说创作始于民国初年，因而此期没有关于程小青侦探小说的研究与评论。

在侦探小说传入中国之前，言情小说兴盛于中国文坛。徐枕亚认为，侦探小说的出现，一改“有句皆香，无字不艳”① 的言情小说霸主局面，他认为侦探小说的功能是“有益于社会”②。西方侦探小说新颖的艺术形式也得到了中国作家的关注。周桂笙在《〈毒蛇圈〉译者识语》《歇洛克复生侦探案·弁言》《上海侦探案·引》等文中，论述了西方侦探小说的行文技巧，“凭空落墨，恍如奇峰突兀，从天外飞来，又如燃放花炮，火星乱起。然细察之，皆有条理”③。林纾在《歇洛克奇案开场·序》中说：“文先言杀人者之败露，下卷始叙其由，令读者骇其前而必绎其后，而书中故为停顿蓄积，待结穴处，始一一点清其发觉之故，令读者恍然。”④ 周桂笙和林纾意在分析侦探小说巧妙的悬念叙事结构与其带来的文学审美价值。成之在《小说丛话》中论及侦探小说：“此种小说，亦中国所无，近年始出现于译界者也。中国人之著述，有一大病焉，曰：凡事皆凌虚，而不能征实。……盖侦探小说，事事须著实，处处须周密，断不容向壁虚造也。”⑤ 中国古代小说重描写，常有夸张成分，欠缺真实。西方侦探小说虽然也是虚构小说，但须处处缜密，接近真实。西方侦探小说与中国古代小说的这一不同之处，对中国现代小说的创作有借鉴性意义。在众多侦探小说中，柯南·道尔的侦探小说受到了中国小说评论界的广泛关注和研究。张碧梧评《福尔摩斯侦探案》（*Adventure of Sherlock Holmes*）的叙事艺术：“案情之离奇，结构之缜密，观者莫不拍案叫绝，叹为仅有。”⑥ 陈景韩论福尔摩斯其人：“夫福尔摩斯之为侦探也，抉隐发微，除奸锄恶，救人于

---

① 徐枕亚：《中国新侦探案·序》，见《中国新侦探案》，《小说丛报》，1917 年 2 月 10 日。转引自任翔、高媛主编：《中国侦探小说理论资料（1902—2011）》，北京：北京师范大学出版社 2013 年版，第 38 页。

② 徐枕亚：《中国新侦探案·序》，见《中国新侦探案》，《小说丛报》，1917 年 2 月 10 日。转引自任翔、高媛主编：《中国侦探小说理论资料（1902—2011）》，北京：北京师范大学出版社 2013 年版，第 38 页。

③ 周桂笙：《〈毒蛇圈〉译者识语》，《新小说》1903 年第八号。转引自任翔、高媛主编：《中国侦探小说理论资料（1902—2011）》，北京：北京师范大学出版社 2013 年版，第 7 页。

④ 林纾：《歇洛克奇案开场·序》，见《歇洛克奇案开场》，上海：上海商务印书馆 1908 年版。转引自任翔、高媛主编：《中国侦探小说理论资料（1902—2011）》，北京：北京师范大学出版社 2013 年版，第 26 页。

⑤ 成之：《小说丛话》，《中华小说界》1914 年第 5 期，第 21－30 页。

⑥ 张碧梧：《双雄斗智记·前言》，《半月》1921 年第 1 卷第 1 期。转引自任翔、高媛主编：《中国侦探小说理论资料（1902—2011）》，北京：北京师范大学出版社 2013 年版，第 43 页。

困苦颠沛之中，而伸其冤抑。”① 严独鹤以为侦探小说是救国疗疾的教科书：“《福尔摩斯侦探案》，侦探学中一大好之教科书，则其适合于我国今日之时势，殆犹药石之于疢疾也已。”② 包天笑在评《亚森·罗苹案全集》时，赞美了西方侦探小说的艺术魅力，认为西方侦探小说的侦探福尔摩斯和反侦探小说中的侠盗都是富有智慧的人。英法小说家，“每好以奇诡之笔，写特异之人，佐之以科学，纬之以理想，又故为险境以震荡人心魂，富于刺激之力”③。正因为如此，国人才喜欢阅读侦探小说。亚森·罗苹因其热肠侠骨而更胜一筹。胡寄尘非常沉迷法国作家莫里斯·勒布朗（Maurice Marie Émile Leblanc，1864—1941）的小说结构，他认为侦探小说应以曲折的情节取胜，但是必须要合于情理。“勒白朗氏亚森·罗苹案之作，极神奇诡谲之致……余喜读侦探小说，尤喜读亚森·罗苹案。”④

虽然这些研究大多只是只言片语，点到为止，但仍不乏一些精彩见解和评论，是中国侦探小说研究的理论开端。作家和评论家已关注到侦探小说新鲜的叙事风格、独特的文学价值和奇妙的阅读效果。这些评论不仅有助于引导读者阅读侦探小说、推动中国作家的侦探小说创作，而且为日后的程小青侦探小说研究起到铺垫作用。

2. 民国初年至1949年间程小青侦探小说研究

程小青创作的“霍桑探案”系列小说问世之后，广受读者欢迎，关于程小青侦探小说的研究由此逐渐增多，而且常常将西方侦探小说与其进行比较。一些与程小青交好的作家和评论家，往往给程小青侦探小说作品集作序，发表他们对程小青侦探小说独到的见解。由于西方侦探小说在结构和叙事特征上迥异于中国传统小说，作家和评论家的视线也集中在程小青侦探小说叙事的艺术之上。

张碧梧将程小青与柯南·道尔相比，认为程小青侦探小说不输柯南·

① 陈景韩：《福尔摩斯侦探案全集·冷序》，见《福尔摩斯侦探案全集》，上海：中华书局1916年版。转引自任翔、高媛主编：《中国侦探小说理论资料（1902—2011）》，北京：北京师范大学出版社2013年版，第32页。

② 严独鹤：《福尔摩斯侦探案全集·严序》，见《福尔摩斯侦探案全集》，上海：中华书局1916年版。转引自任翔、高媛主编：《中国侦探小说理论资料（1902—2011）》，北京：北京师范大学出版社2013年版，第32页。

③ 包天笑：《亚森·罗苹案全集·包序》，见《亚森·罗苹案全集》，上海：大东书局1925年版。转引自任翔、高媛主编：《中国侦探小说理论资料（1902—2011）》，北京：北京师范大学出版社2013年版，第109页。

④ 胡寄尘：《亚森·罗苹案全集·胡序》，见《亚森·罗苹案全集》，上海：大东书局1925年版。转引自任翔、高媛主编：《中国侦探小说理论资料（1902—2011）》，北京：北京师范大学出版社2013年版，第110页。

道尔："吾友程子小青，素工译述，年来更著东方福尔摩斯侦探案，已成若干部。其离奇缜密处，较之柯氏，殊不多让，东西媲美，相得乃益彰焉。"① 张碧梧以为侦探小说重在一个"奇"字，在结构上也应缜密细致。程松龄从小说构思、情节和语言方面评论程小青侦探小说，认为"颇具侦探智识"，"情节离奇，奥妙无穷，字句又浅显"。② 程松龄是关注程小青侦探小说语言的少数评论者之一。范菊高认为程小青的侦探小说《东方福尔摩斯霍桑探案》写得非常巧妙。《箱尸》这篇小说一气贯连，没有漏洞，情节曲折，而且很合事实，读到末页，真不免拍案叫绝；再次阅读《箱尸》的时候，觉得兴味更加浓厚。③ 周瘦鹃评程小青侦探小说的叙事风格"以高抗之笔，写琐细奥曲之事"④。在《霍桑探案汇刊·序》中，周瘦鹃对侦探小说的布局和程小青侦探小说有中肯见解："侦探小说的情节，总含着一件诡秘、离奇或者惊奇危险的事实，那侦探便用缜密的智力和敏捷的手段，依着逻辑的范围，把那事件解释明白。"⑤ 周瘦鹃以为侦探小说最重要的，就在于小说通篇的结构。侦探小说结构需紧凑曲折，处处是诡秘惊骇和疑难的局面，捉住读者注意力；须处处不违背人情物理，结局叫读者心悦顺服。论及程小青侦探小说，周瘦鹃说程小青虚心努力，在涉及科学方面的问题认真考证，在侦探小说的结构设计上也处理得恰到好处。⑥ 陈蝶衣在《霍桑探案袖珍丛刊》（第二集）序言中说，侦探小说不但随时随地告诉读者平时所不知道的科学内涵，还领导读者进入最阴森恐怖的境遇中去。侦探小说的背景，都是些诡秘神奇的镜头，这是一种独特的风格，是其他小说中不具有的。"在无法遨游北极的冰岛与非洲的森林的今

---

① 张碧梧：《双雄斗智记·前言》，《半月》1921 年第 1 卷第 1 期。转引自任翔、高媛主编：《中国侦探小说理论资料（1902—2011）》，北京：北京师范大学出版社 2013 年版，第 43 页。

② 程松龄：《我的侦探小说热》，《良晨》1922 年第四号。转引自任翔、高媛主编：《中国侦探小说理论资料（1902—2011）》，北京：北京师范大学出版社 2013 年版，第 50 页。

③ 范菊高：《侦探小说杂评》，《半月》1923 年第 3 卷第 6 期，第 1 页。

④ 周瘦鹃：《无头案·序文》，《华安杂志》1921 年第 2 卷第 1 期。转引自任翔、高媛主编：《中国侦探小说理论资料（1902—2011）》，北京：北京师范大学出版社 2013 年版，第 48 页。

⑤ 周瘦鹃：《霍桑探案汇刊·序》，见《霍桑探案汇刊》（第一集），上海：上海文华美术图书印刷公司 1930 年版。转引自任翔、高媛主编：《中国侦探小说理论资料（1902—2011）》，北京：北京师范大学出版社 2013 年版，第 141－142 页。

⑥ 周瘦鹃：《霍桑探案汇刊·序》，见《霍桑探案汇刊》（第一集），上海：上海文华美术图书印刷公司 1930 年版。转引自任翔、高媛主编：《中国侦探小说理论资料（1902—2011）》，北京：北京师范大学出版社 2013 年版，第 141－142 页。

日，取一部侦探小说消磨一下时间，正是最好的'精神上的探险'。"[①] 对于程小青的侦探小说，陈蝶衣非常欣赏。"程小青先生也为侦探小说尽了二十年的力；无论在翻译或创作方面，小青先生都有不可磨灭的贡献。"[②] 姚苏凤指出了程小青侦探小说的文学地位："就本国作品说，除了程小青先生的《霍桑探案》以外，更找不出第二种水准以上的作品。"程小青侦探小说"比之前代的柯南·道尔及今代的亚伽莎·克里斯丹诸氏所作亦毫无愧色"[③]。姚苏凤对程小青侦探小说的艺术价值予以了充分肯定，盛赞程小青坚持创作侦探小说的恒心和勇气。程瞻庐评论"霍桑探案"时说，现在绝大多数侦探小说，都取材于国外，故事虽奇特，却和中国社会风俗不相符合。既注重科学精神，故事又具有本国色彩者，除"霍桑探案"之外，可能再无其他。[④] 程瞻庐认为，程小青侦探小说既有西方侦探小说的科学精神，又有"本土化"的取材、故事和风格特色。周瘦鹃夸赞程小青在创作侦探小说的时候，非常勤奋。凡是和科学相关的问题，程小青都会去向专家请教，十分虚心和努力。"霍桑探案"描述的都是本国、本地风光，具有"本土化"风格。在小说结构布局上，程小青能做到动静相宜，其小说既不放纵，也不拘谨，难能可贵。[⑤] 周瘦鹃认为，程小青侦探小说结构严谨、动静适中，具有"本土化"风格。赵苕狂对比了柯南·道尔与程小青的侦探小说，提及东方和西方的风俗人情，有着很多不相同的地方。"柯氏之所写，虽能冠绝一切；顾小青则于绝不雷同之中，复饱含有

---

① 陈蝶衣：《霍桑探案袖珍丛刊二集·陈序》，见《霍桑探案袖珍丛刊》（第二集），上海：世界书局 1944 年版。转引自任翔、高媛主编：《中国侦探小说理论资料（1902—2011）》，北京：北京师范大学出版社 2013 年版，第 201 – 202 页。

② 陈蝶衣：《霍桑探案袖珍丛刊二集·陈序》，见《霍桑探案袖珍丛刊》（第二集），上海：世界书局 1944 年版。转引自任翔、高媛主编：《中国侦探小说理论资料（1902—2011）》，北京：北京师范大学出版社 2013 年版，第 201 – 202 页。

③ 姚苏凤：《霍桑探案袖珍丛刊三集·姚序》，见《霍桑探案袖珍丛刊》（第三集），上海：世界书局 1945 年版。转引自任翔、高媛主编：《中国侦探小说理论资料（1902—2011）》，北京：北京师范大学出版社 2013 年版，第 203 – 204 页。

④ 程瞻庐：《霍桑探案汇刊（第一集）·程序》，见《霍桑探案汇刊》（第一集），上海：上海文华美术图书印刷公司 1930 年版。转引自任翔、高媛主编：《中国侦探小说理论资料（1902—2011）》，北京：北京师范大学出版社 2013 年版，第 141 页。

⑤ 周瘦鹃：《霍桑探案汇刊（第一集）·序》，见《霍桑探案汇刊》（第一集），上海：上海文华美术图书印刷公司 1930 年版。转引自任翔、高媛主编：《中国侦探小说理论资料（1902—2011）》，北京：北京师范大学出版社 2013 年版，第 141 – 142 页。

东方之色彩，实为难能可贵者。"① 赵苕狂、周瘦鹃和程瞻庐认为富含东方色彩是程小青侦探小说最可贵的特色。范烟桥认为，程小青恳挚、警辟，有毅力、有热忱，其小说也具有这种精神；小说纯粹根据科学的立场，以情和理贯串全篇。② 王墳评程小青侦探小说，说其"以独具的风格，用诡秘的事实作为描写的题材"，"捉住了青年大众的心理，运用他敏捷的思想，以经验掺入多份的幻想，写成一篇篇尽心构成的作品，而藉此充实青年大众的空虚"。③ 孙东吴说"霍桑探案""造意布局，纵极离奇变幻，按诸实际，均为事理之所有，决非情理之所无。故其能决之途径，不出理智之范围，与科学之方式。如入深山穷谷，缒幽鉴险，披荆斩葛，循途渐进，而卒归于坦然之大道"④。朱翼评程小青笔下的"东方福尔摩斯"霍桑，说"霍桑探案"的故事曲折缜密，有时还敷上了香艳的色彩。小说中所描写的风景和人物，都能够使读者深入其境。⑤ 另外，赵芝岩、袁寒云、秦瘦鸥等民国作家都对程小青侦探小说予以了深切关注并发表评论。

从民初至 1949 年间，关于程小青侦探小说的评论研究，是较为重要也比较贴近实际的研究。评论者多是当时鸳鸯蝴蝶派的著名作家和评论家，他们的评论集文采与智慧于一体，或用文言文，或用白话文，展现了民国时期文人的才情和见地，从中既可感受当时文学评论的总体风格，也可窥见西方现代侦探小说在当时中国的流行程度。这三十多年，正是中国现代文学从古代文学中脱胎换骨、逐渐发展成熟的关键阶段。程小青侦探小说的现代性表征，可以视为中国通俗文学现代性特质的代表。

3. 1978 年以来程小青侦探小说研究

中华人民共和国成立以后的三十年间，关于侦探小说的创作和研究就此停滞，侦探小说创作和理论几近荒芜。1978 年以后，中国当代文学努力

---

① 赵苕狂：《霍桑探案汇刊（第一集）·赵序》，见《霍桑探案汇刊》（第一集），上海：上海文华美术图书印刷公司 1930 年版。转引自任翔、高媛主编：《中国侦探小说理论资料（1902—2011）》，北京：北京师范大学出版社 2013 年版，第 143 页。

② 范烟桥：《霍桑探案汇刊（第一集）·范序》，见《霍桑探案汇刊》（第一集），上海：上海文华美术图书印刷公司 1930 年版。转引自任翔、高媛主编：《中国侦探小说理论资料（1902—2011）》，北京：北京师范大学出版社 2013 年版，第 144 页。

③ 王墳：《霍桑探案汇刊（第二集）·朱序》，见《霍桑探案汇刊》（第二集），上海：上海文华美术图书印刷公司 1933 年版。转引自任翔、高媛主编：《中国侦探小说理论资料（1902—2011）》，北京：北京师范大学出版社 2013 年版，第 146 – 147 页。

④ 孙东吴：《霍桑探案汇刊（第二集）·孙序》，见《霍桑探案汇刊》（第二集），上海：上海文华美术图书印刷公司 1933 年版。转引自任翔、高媛主编：《中国侦探小说理论资料（1902—2011）》，北京：北京师范大学出版社 2013 年版，第 147 页。

⑤ 朱翼：《说说侦探小说家的作品》，《半月》1924 年第 4 卷第 2 期，第 2 – 3 页。

突破极“左”意识形态话语的束缚，回归到文学本身，侦探小说再次受到学界重视。在西方各种文艺理论和文学批评方法相继涌入中国之后，叙事学理论、结构主义理论、语言学理论、接受美学理论逐渐被运用于侦探小说研究之中。研究者分别从文化学、社会学与哲学等视角入手研究侦探小说，系统地梳理了中国侦探小说的发生和发展历程。

胡德培论述了20世纪80年代中国通俗文学的热潮。他指出，通俗文学再次回归到了大众的视野之中，尤以侦探小说最为风靡。阿加莎·克里斯蒂的《东方快车谋杀案》，柯南·道尔的《福尔摩斯探案》，都是家喻户晓的文学作品。[①] 郭延礼在《中西文化交流与近代文学审美范围的扩大》中说到，伴随着近代小说审美范围的扩大，小说品种开始增多，这其中就包括侦探小说。[②]《警探风云》在20世纪90年代初期，刊载了一系列探讨侦探小说的理论文章，如《关于侦探文学的情节》《侦探文学片段》《绷紧情节的弦》《关于侦探文学的情趣与理趣的对话》《侦探小说的文本特征》等，对当代侦探小说理论研究具有可资借鉴的意义。南帆在《警坛风云》发表文章，他从侦探文学的案件侦破、侦探硬汉形象和罪犯类型等方面论述了侦探文学独特的文学艺术魅力。[③]

程小青作为中国侦探文学的代表作家，在这时期重新回到读者和研究者的视野之中，关于程小青侦探小说的研究逐渐集中和丰富起来。研究者分别从程小青侦探小说的思想内容、艺术特征和文学史地位等方面进行了细致的探讨，取得了一系列的研究成果。范伯群《论程小青的〈霍桑探案〉》全面分析了程小青侦探小说的艺术特征，是研究程小青侦探小说的重要文献。他认为，程小青侦探小说的创作动机是严肃的，在创造性借鉴“福尔摩斯探案”的写法方面获得成功。范伯群对程小青笔下的侦探霍桑和助手包朗进行了深入分析，他认为霍桑、包朗与官方警察的矛盾关系是程小青自身思想两重性的投影。程小青既把霍桑塑造成才智过人、敢于挑战权威的民间英雄形象，但也没彻底否定官方警察，这说明了程小青自身的进步性和局限性。[④] 这篇文章打破了中国学界对于侦探小说和程小青侦探小说近三十年的沉默，全面介绍了程小青侦探小说的成就与程小青对侦

① 胡德培：《侦破式创作：今昔得失论》，《啄木鸟》1985年第4期，第197－204页。

② 郭延礼：《中西文化交流与近代文学审美范围的扩大》，《东岳论丛》1990年第5期，第93－99页。

③ 南帆：《札记：关于“侦探文学”》，见南帆：《沉入词语——南帆书话》，杭州：浙江人民出版社1997年版，第180－194页。

④ 范伯群：《论程小青的〈霍桑探案〉》，见程小青：《程小青文集》（一），北京：中国文联出版公司1986年版，第1－16页。

探小说理论的贡献，使程小青重新回到学界视野之中。陆文夫在《霍桑探案集》代序中说，程小青“是一个人道主义者，总是用一种善良的目光来打量这个世界，对人诚恳而宽厚，富于同情心理”，“程先生是中国侦探小说的鼻祖，他的作品是应该得到尊重，得到承认的”。[①]

20世纪90年代后，关于程小青侦探小说的研究开始丰富起来。期刊论文，博士、硕士论文等都对程小青侦探小说予以了关注和研究。这些论文分别从创作历程、创作观、小说主题、人物形象、艺术形式等方面对程小青侦探小说进行研究。燕世超《“中国侦探小说第一人”程小青》对程小青的创作历程和文学史地位进行了重新界定。该文介绍了程小青的生平、创作历程及其侦探小说的创作成就，作者认为程小青不仅创作多、翻译多，还主编了《侦探世界》杂志，将其全部的创作精力献给了侦探小说，因此程小青被誉为“中国侦探小说第一人”是实至名归。[②] 李世新的博士学位论文《中国侦探小说及其比较研究》勾勒了程小青侦探小说的创作历程，指出程小青从与周瘦鹃翻译侦探小说开始，学习和借鉴《福尔摩斯探案集》的写作模式，之后创作出具有本民族特色的中国现代侦探小说。张永久《构筑迷宫的人》，以诗化之笔描述了程小青的一生与其侦探小说创作，勾勒了程小青“艰难、曲折、自强不息，用一枝秃笔与那邪恶和卑劣搏斗”的人生历程。[③] 汤哲声对程小青侦探小说的主题进行了探讨，他认为程小青侦探小说未能脱离中国现代作家利用小说表达政治批判的窠臼。不过其小说有更多平民意识，多写与普通民众有直接关系的社会风气和家庭生计问题，是中国市民侦探小说。[④] 董燕、匡雅《程小青“霍桑探案”中的“情判”》一文指出，程小青在创作侦探小说时，虽然借鉴西方侦探小说的创作技巧，但其题材和政治语境却并未西化；小说所叙写的故事以中国特定时期的历史文化为背景，传达中国社会的文化观念和情感模式。[⑤]

人物形象的塑造是一篇小说的关键部分之一。程小青侦探小说的人物

---

① 陆文夫：《霍桑探案集·代序》，见程小青：《霍桑探案集》，北京：群众出版社1997年版，第3页。

② 燕世超：《“中国侦探小说第一人”程小青》，《江淮文史》2002年第2期，第133－135页。

③ 张永久：《构筑迷宫的人》，《长江文艺》2013年第5期，第124－132页。

④ 汤哲声：《流转带来神奇——程小青〈霍桑探案〉、高罗佩〈大唐狄公案〉论》，《江汉论坛》2009年第5期，第93－97页。

⑤ 董燕、匡雅：《程小青“霍桑探案”中的“情判”》，《中国政法大学学报》2016年第1期，第137－144页。

形象鲜明，具有时代特色，受到众多研究者关注。学者们特别关注到霍桑“中西结合”的人物特征。周洁认为，霍桑形象是名探、良吏、端士的完美结合，霍桑根植于中国社会现实，既有西方科学知识，又有中国传统道德。[①] 对于霍桑和福尔摩斯“剪不断理还乱”的“关联”，李世新认为，《霍桑探案》在人物形象上对《福尔摩斯探案》进行了借鉴。[②] 周渡指出，霍桑与福尔摩斯有许多的相似之处，但他们二人有截然不同的思维方式。霍桑几乎是个完美的英雄，他兼有传统和现代的美好品德，以道德家的姿态出现；福尔摩斯却有许多的缺点，是一个圆形人物。霍桑追求社会价值，而福尔摩斯追求个人价值。[③] 李欧梵比较了霍桑和福尔摩斯这两个人物形象，认为霍桑故作爱国，矫枉过正，但同时霍桑又有洋化和西化的一面，因此在造型上有所混淆；霍桑和其助手包朗似乎“中国味”过于浓厚，霍桑探案故事现代性意味并不强烈。[④]

侦探小说向来以结构和情节取胜，程小青侦探小说也是如此，其侦探小说情节与结构特征历来为研究者所重视。杨剑龙探讨了程小青侦探小说的叙事视角。他认为程小青侦探小说一般选用包朗的限制叙事视角，包朗以一个亲历者身份，深入现场对案情进行分析判断，将读者引领至一个扑朔迷离的案情之中，有时还会将读者导入迷途，往往在侦探霍桑睿智分析后才得以真相大白。[⑤] 李世新认为，《霍桑探案》在小说结构上对《福尔摩斯探案》进行了借鉴。[⑥] 此外，罗雪艳《程小青侦探小说创作心理初探》[⑦]，左明《论中国现代侦探小说的民族特征》[⑧]，吴梦雅《程小青与〈霍桑探案集〉》[⑨]，谢彩《中国侦探小说类型论》[⑩]，都从不同角度对程小青侦探小说的思想和艺术特征进行了探讨。

从程小青侦探小说问世到现在，学术界对程小青侦探小说作了多方面

---

① 周洁：《论“霍桑探案”的现代性想象》，《汕头大学学报》（人文社会科学版）2016 年第 1 期，第 48 – 54 页。

② 李世新：《中国侦探小说及其比较研究》，四川大学博士学位论文，2006 年。

③ 周渡：《从文化视野看程小青与柯南道尔侦探小说的差异》，《江苏师范大学学报》（哲学社会科学版）2014 年第 6 期，第 28 – 32 页。

④ 李欧梵：《福尔摩斯在中国》，《当代作家评论》2004 年第 2 期，第 8 – 15 页。

⑤ 杨剑龙：《论鸳鸯蝴蝶派侦探小说的叙事探索》，《中国现代文学研究丛刊》2005 年第 4 期，第 57 – 70 页。

⑥ 李世新：《中国侦探小说及其比较研究》，四川大学博士学位论文，2006 年。

⑦ 罗雪艳：《程小青侦探小说创作心理初探》，陕西师范大学硕士学位论文，2010 年。

⑧ 左明：《论中国现代侦探小说的民族特征》，河南大学硕士学位论文，2009 年。

⑨ 吴梦雅：《程小青与〈霍桑探案集〉》，苏州大学硕士学位论文，2012 年。

⑩ 谢彩：《中国侦探小说类型论》，上海：上海大学出版社 2012 年版。

的探索。学者们不仅致力于作家作品研究，探讨程小青的人生经历、创作历程及其小说主题、人物形象、情节结构等，而且运用比较文学研究方法，研究程小青侦探小说与柯南·道尔侦探小说的异同，揭示西方侦探小说对程小青侦探小说的影响。还有一些学者将程小青侦探小说放在中国文学发展的背景之下，研究其文学史价值。纵观程小青侦探小说的研究成果，可以说在深度与广度上都相当可观。

但是，这并不是说，程小青研究已经做完。恰恰相反，程小青研究还存在广阔的空间。程小青创作侦探小说的时代，正处在中国社会从古代向现代转型的历史时刻，中国文学也处在从古代文学向现代文学转型的历史阶段。特别是20世纪初叶爆发的五四运动，提出了民主、科学的时代课题。这些时代因素无疑会深刻影响程小青侦探小说的创作，程小青侦探小说的独特价值也要放在这个背景之下来理解。而这一点，此前就没有说深说透。程小青处在古今中外的交汇点上，一方面他在创作上受到西方侦探小说的影响，特别是英国作家柯南·道尔与其“福尔摩斯探案”堪称是程小青侦探小说创作的范本；另一方面程小青作为鸳鸯蝴蝶派的代表作家，其作品承袭了中国通俗小说的某些特质，尤其是古代公案小说的一些美学特征。程小青侦探小说显得既西洋味十足，又有传统色彩。程小青侦探小说如何在中国现代化语境中完成对西方侦探小说和中国古代公案小说的借鉴、改造和创造性转换？它的文学史价值与文化史意义何在？这些问题都值得深入探讨。本书借助比较文学研究方法，试图从小说主题、人物形象、结构和语言等方面，对以上问题作全面总结、系统论述。

三、研究内容与方法

本书以中国现代侦探小说作家程小青及其侦探小说作品集《霍桑探案集》为主要研究对象。在细读中国古代公案小说与柯南·道尔《福尔摩斯探案集》等西方侦探小说基础上，探讨以柯南·道尔《福尔摩斯探案集》为代表的西方侦探小说对程小青侦探小说创作的影响，分析程小青侦探小说对西方侦探小说的借鉴与创新，研究程小青侦探小说对中国古代公案小说的传承与改造。拟从小说主题、人物形象、结构与语言等方面，研究程小青侦探小说如何在中国现代化语境中完成对西方侦探小说和中国古代公案小说的借鉴、改造和创造性转换。本书的主体主要有四个部分：第一部分探讨程小青侦探小说在小说主题上的转型成就，程小青侦探小说完成了从颂扬清官政治到倡导科学民主的转变。第二部分论述程小青侦探小说在人物形象上的转型成就，程小青侦探小说完成了从“清官侠客”到“现代侦探”的转变。第三部分研究程小青侦探小说在小说结构上的转型成就，程小青侦探小说完成了从“章回体”到“新小说”的转变。第四部分分析程小青侦探小说在小说语言上的转型成就，程小青侦探小说完成了从半文言半白话到口语白话的转变。

本书主要采用以下两种研究方法。一是文学社会学研究方法，即从社会学的角度研究侦探小说。本书通过对侦探小说的文类研究，探究侦探小说同社会时代的关系，分析程小青侦探小说创作的时代背景和社会环境；探究侦探小说作家种族、民族与其所处时代环境对作家创作侦探小说的影响；对程小青所处历史环境及其生平事迹进行考察和探究，以分析程小青生平和文学思想对其侦探小说理论建树与其侦探小说创作的影响；论述程小青侦探小说的创作规律和读者接受状况。二是影响研究法。任何一种文学现象，任何一种文艺思潮，都会影响文学创作，同时，任何一位作家在创作生涯中都不可避免影响他者或受他者影响。当这种影响跨越民族、语言、文化和学科的界限，发生在不同民族和国家的文学之间时，就进入比较文学影响研究视野。① 本书通过分析西方侦探小说对程小青侦探小说的影响，揭示程小青侦探小说的创新、价值和不足；探究程小青侦探小说与西方侦探小说的异同；总结程小青对中国古代公案小说的纵向继承，分析中国传统文学、文化对程小青侦探小说创作的影响。

四、创新之处

本书将程小青放在古今中外交汇点上，探讨程小青侦探小说如何在中国现代化语境中完成对西方侦探小说和中国古代公案小说的借鉴、改造和创造性转换，这是本书最大的创新。采用纵横比较的研究方法，不仅从横向上将以柯南·道尔的福尔摩斯探案系列为代表的西方侦探小说作为参照系，研究西方侦探小说对程小青的深刻影响，而且从纵向上将中国古代公案小说与程小青侦探小说进行比较，探讨程小青侦探小说对中国古代公案小说的传承与改造。从程小青侦探小说主题、人物形象、结构与语言四个层面，研究西方侦探小说如何通过程小青实现对中国侦探小说的影响，中国古代公案小说如何通过程小青完成向现代侦探小说的转变。本书从文学史对程小青的评价入手，将程小青侦探小说从鸳鸯蝴蝶派作品中分隔开

① 王福和：《比较文学基础》，西安：电子科技大学出版社 2014 年版，第 90 页。

来，重新解读程小青侦探小说的文学价值与艺术成就，揭示程小青重要的文学史地位，因此原创性较高。程小青侦探小说无论从人物刻画、故事讲述、叙事结构、语言运用等方面都将作家接纳与坚守并存的创作态度表现得淋漓尽致，如此也直接形成了程小青侦探小说兼具现代西方与中国古典"腔调"的美学风格特征。这种折中的文学风格，折射出 19 世纪末 20 世纪初中国作家在时代洪流中的迷惘、挣扎与创新。翻看中国现代文学史著作与中国现代文学研究论著，提到程小青的寥寥无几。主流文学史对程小青与其侦探小说基本是直接忽略。20 世纪 50 年代出版的几种现代文学史著作，都没有提到程小青与其侦探小说。这种现象一种延续到 20 世纪 80 年代之后的中国现代文学史书写中。仅有的几部文学史著作虽提到程小青与其侦探小说，但都是一些只言片语的介绍，并未深刻剖析程小青侦探小说的文学价值与文学史地位。本书"避重就轻"，不再以中国现代文学史著作提及的作家为参照系，亦避开现代文学研究的热门作家作品，旨在发现与研读中国现代文学研究中被忽视与遗忘的作家作品，以程小青侦探小说入手，试图打开一扇新的现代文学研究之窗，亦希望这是基于艺术鉴赏力之上的学术理想与创新。

第一章　程小青侦探小说创作的历史语境

19 世纪中期，随着西方国家工业文明的初步成型，侦探小说在欧美诞生和发展。随后，侦探小说传入日本、中国。在清末民初的中国，一方面，随着新的市民阶层的壮大和读者阅读趣味的转变，开始形成适宜侦探小说发展的文化土壤和环境。当时，社会的经济结构因“三千年未有之巨变”发生了较大的变化，中国城市居民数量相较于明清时期有了较大的增长，工人阶层的规模扩大，文化程度相对不高的读者群体数量增加。另一方面，西方工业化的物质、知识与制度、思想文化的“东渐”，改变着中国人传统的思想情感、生活方式以及阅读品位。市民阶层对精神世界的追求，要比从前更加强烈和显明。此时，传入中国的西方侦探小说，因其独有的“炫智”特性而受到市民读者的喜爱，由此得以广泛传播。而西方侦探小说的思想内容也契合了中国社会对于“科学”和“民主”的时代需求。所以当时众多翻译家、作家对侦探小说予以关注，既是为了迎合读者的阅读趣味，也是期望侦探小说能够成为启蒙、祛愚的一种有效艺术手段。

第一节　西方侦探小说的风行

源于 19 世纪 40 年代的美国作家爱伦·坡的侦探小说，以叙写侦探断案故事为题材，表现西方资本主义社会的方方面面。资本主义经济的迅速发展，为西方国家带来了前所未有的繁荣，也带来了各种复杂的社会问题。侦探小说作家将这些社会问题写入小说中，揭示了科学、法律、人性、道德、情感等问题的错综复杂的关系，展现了西方资本主义国家真实的社会生活图景。

1841 年，美国《葛雷姆杂志》（*Graham's Magazine*）刊载了爱伦·坡的短篇小说《莫格街谋杀案》。小说写的是一桩离奇的杀人案，主人公是青年学者奥格斯特·杜宾（C. Auguste Dupin），他是一名业余侦探。杜宾通过逻辑推理的方式破获了这一案件，最终查出凶手原来是一只从水手那里跑出来的大猩猩。杜宾也成为世界上第一个侦探形象。

爱伦·坡创作的“莫格街谋杀案”是西方侦探小说中的第一桩密室杀人案。他将凶杀题材与逻辑推理思维展现在侦探小说中，带给读者深深的惊恐和特别的阅读感受。在爱伦·坡之前，还没有这种内容的文学表达。小说“密室”犯罪现场的构思，被后来的侦探小说家尤其是日本侦探、推理小说家沿袭，成为“不可能犯罪”的典型模式。“密室杀人”的这种构思使侦探小说充满了神秘和恐怖的艺术氛围，给读者带来了视觉和心灵上的触动。

“莫格街谋杀案”是一个虚构的小说故事。爱伦·坡虽是一位美国作家，但他把故事的发生地点设置在遥远的欧洲，首先增强了美国读者阅读时的“陌生化”美感；待其传入欧洲之后，也带来了阅读的亲切感。当时欧洲出现了一批受教育程度中等、娱乐心理较强的读者，侦探小说以其通俗、有趣的文学特质，成为深受他们欢迎的阅读对象。

继《莫格街谋杀案》之后，从 1841 年至 1845 年，爱伦·坡创作了一组侦探小说，如《玛丽·罗杰特神秘案件》(*The Mystery of Marie Rogêt*, 1842—1843)、《金甲虫》(*The Gold - Bug*, 1843)、《你就是杀人凶手》(*Thou Art the Man*, 1844)、《被盗窃的信》(*The Purloined Letter*, 1844—1845)。① 这些小说创造了世界侦探小说的五种不同的犯罪模式：《莫格街谋杀案》的“密室”，《金甲虫》的“密码”，《被盗窃的信》的“习以为常”，《玛丽·罗杰特神秘案件》的“推理”，《你就是杀人凶手》的“心理战术”。② 同时，爱伦·坡还创造了世界侦探小说的三种原型。《莫格街谋杀案》中的侦探以“观察”为主，即“写实派侦探小说”；《玛丽·罗杰特神秘案件》按照所描绘的侦探的行动方式，可称为“科学侦探小说”；《被盗窃的信》按照作者尝试的写作方法可以称为“心理分析侦探小说”。③ 因此，爱伦·坡被称为现代侦探小说的鼻祖实不为过。④

爱伦·坡的作品风格怪诞，内容颓废，被认为是西方新颓废派文学的创始人。这位性格古怪且病态的作家，其神秘主义与其阴森恐怖的文学风

① 任秉义、刘明德编著：《西方文学作品评析辞典　1》，长春：吉林教育出版社 1989 年版，第 350 页。

② 曹正文：《米舒文存　卷 3》，上海：上海书店出版社 2016 年版，第 308 – 310 页。

③ 任秉义、刘明德编著：《西方文学作品评析辞典　1》，长春：吉林教育出版社 1989 年版，第 350 页。

④ 任秉义、刘明德编著：《西方文学作品评析辞典　1》，长春：吉林教育出版社 1989 年版，第 350 页。

格，为其侦探小说披上了一层神秘的外衣。[①] 爱伦·坡认为，文艺既不是客观现实的反映，也不是作家内心世界的抒发，而是一种纯艺术，字字句句都是为了创造某种预定的气氛，从而给人以美的享受。尽管如此，《莫格街谋杀案》这篇小说却注重科学思想和客观实证，爱伦·坡创作的其他侦探小说也崇尚科学推理。[②] 从爱伦·坡开始，尤其是在“黄金时代”的古典侦探小说中，科学、实证元素一直都是小说的核心主题。

诞生在美国的侦探小说，在欧洲发扬光大。侦探小说以新奇的风格书写现世的欲望和世俗诉求，配合欧洲现代启蒙主义的理念和制度，加之科学、民主和自由等元素，从而征服了欧洲读者。19 世纪末，随着英国初等教育制度普及，产生了一个数量庞大的读者阶层。简·奥斯汀式的作品对他们来说太过深刻，侦探小说的通俗和有趣，便赢得了这一读者阶层的喜爱。“这类书当下的流行大概就是因为有一个庞大的成年读者阶层，他们的思维依然停留在青春期。”[③] 侦探小说的通俗性和趣味性，可以给不同读者带来欢乐，侦探小说由此在英国有了长足的发展。

侦探小说的元素，甚至还体现在了严肃文学中。英国小说家查尔斯·狄更斯（Charles Dickens，1812—1870）的小说《荒凉山庄》（*Bleak House*）和《德鲁德疑案》（*The Mystery of Edwin Drood*），把侦探小说元素推广至严肃文学领域，小说中出现了一些侦探断案的情节。

《月亮宝石》是早期英国侦探小说的代表作品，是威尔基·柯林斯（William Wilkie Collins，1824—1889）在 1868 年发表的长篇侦探小说，他将侦探小说的写作由短篇引向长篇。《月亮宝石》故事生动，情节曲折，人物形象鲜明。作者以辛辣的笔调，揭露了英国侵略印度的罪行，刻画了英国上流社会的世态炎凉和宗教的虚伪，塑造了一个机智老练的职业侦探克夫探长。《月亮宝石》对英国侦探小说的发展起到了重要的推动作用。[④]

按照侦探断案方式来说，侦探小说在英国的发展主要有两种：“心证推理”模式和“物证推理”模式。1911 年英国作家 G. K. 切斯特顿笔下的布朗神父开启了“心证推理”的断案模式；英国侦探小说女王阿加莎·克里斯蒂在 1920 年发表处女座《斯泰尔斯庄园奇案》（*The Mysterious Affairs at Styles*），将“心证推理”模式发挥到极致。英国作家 R. 奥斯汀·弗里

---

① 曹正文：《米舒文存　卷 3》，上海：上海书店出版社 2016 年版，第 308 - 310 页。

② 任秉义、刘明德编著：《西方文学作品评析辞典　1》，长春：吉林教育出版社 1989 年版，第 350 页。

③ ［英］威廉·萨默塞特·毛姆：《侦探小说的衰亡》，见［英］威廉·萨默塞特·毛姆著，朱佥译：《随性而至》，上海：上海译文出版社 2015 年版，第 77 页。

④ 曹正文：《米舒文存　卷 3》，上海：上海书店出版社 2016 年版，第 310 页。

曼（Richard Austin Freeman，1862—1943）笔下的律师约翰·埃文林·桑戴克，把科学因素极强的“物证推理”模式演绎到顶点，使小说具有写实主义风格；英国作家 F. W. 克劳夫兹（Freeman Wills Crofts，1879—1957）1920 年发表侦探小说《谜桶》（*The Cask*），与弗里曼一样，其小说也富于“物证推理”模式的写实主义风格。

随着侦探小说盛行，当时在欧洲还出现了反侦探小说，也掀起了读者的阅读热潮。英国作家 E. W. 赫尔南（Ernest William Hornung，1866—1921）塑造的业余神偷拉菲兹（Raffles）和莫里斯·勒布朗塑造的侠盗亚森·罗宾（Arsène Lupin），作为“黑色英雄”形象登上反侦探小说的舞台，为后来犯罪小说的发展提供了参照。

当侦探小说传到东亚的日本之后，日本的侦探小说作家继承了欧美侦探小说家的衣钵，将复杂的社会背景、人物的独特个性与人物的命运融合在破案和推理之中，使侦探小说形成了一种扑朔迷离和百转千回的艺术效果。侦探小说在日本发展为众多派别，有“本格派”“变格派”“社会派”“法庭派”等。“本格派”是以侦探推理为主要内容的一派，著名的“本格派”作家有江户川乱步、横沟正史等，其中江户川乱步的《二钱铜币》奠定了日本侦探小说的基础。

松本清张（まつもと せいちょう/Seicho Matsumoto，1909—1992）突破了“本格派”的叙事藩篱，将侦探小说发扬光大，开创了日本“社会派”推理小说。松本清张曾说：“没学过写作的我，不知该以哪种小说为取向。不过，我不想走别人走过的路。”[①] 松本清张将思想性和文学性灌注在推理小说中，使其由类型文学升华为纯文学，为推理文学的发展作出了重要贡献。[②]

日本推理小说[③]之所以能取得巨大成功，关键在于作品主题的深刻。小说用推理的方法，探索犯罪的社会根源，揭露社会矛盾，反映人们潜在的苦恼，非常“接地气”。小说不再以“破案”为主，不再突出叙事策略，而旨在更深层次地揭示社会和人性问题，启示读者对生命、对真和善的深思。小说将智性的断案、解谜与情感的渲染相结合，使读者产生强烈的“共情”体验。推理小说在日本经久不衰，成为畅销书榜上的常客，甚至

---

① ［日］松本清张著，［日］宫部美雪主编，刘子倩译：《大手笔》，北京：新星出版社 2012 年版，人物简介。

② ［日］松本清张著，［日］宫部美雪主编，刘子倩译：《大手笔》，北京：新星出版社 2012 年版，人物简介。

③ 侦探小说传到日本后，由于日本文字中找不到“侦探”二字，于是用与“侦探”相近的“推理”代替。

一度超越欧美侦探小说，成为侦探、推理小说迷的至爱。

自爱伦·坡开创侦探小说之后，侦探小说在美国的发展也从未停止。美国侦探小说的发展，经历了由古典侦探小说向“硬汉派”侦探小说的转变。古典侦探小说的代表作家有美国小说家杰克·福翠尔（Jacques Futrelle，1875—1912），他的“思考机器”侦探小说，展现了逻辑“演绎推理”的魅力，强调绝对逻辑和绝对理性。还有 S. S. 范达因（S. S. Van Dine，1888—1939）的《班森杀人事件》，开启了美国侦探小说的新阶段。范达因旨在规范侦探小说写作的“范达因二十则”，对后世侦探小说创作产生了重要影响。埃勒里·奎因（Ellery Queen）[①] 的《罗马帽子之谜》（*The Roman Hat Mystery*），实践了“范达因主义”，至此西方侦探小说的创作主场渐渐地从英国又回到美国。

进入 20 世纪 30 年代后，侦探小说在美国的特定环境中又有了新的发展，出现了“硬汉派”侦探小说，小说推理的成分减少，打斗的场面增多。“美国民族混杂，生活中涌动着各种暗流，因此比起我们自己那安稳、乏味、守法的国度，她的活力，她的冷酷，她的冒险精神无一不为小说家提供了一个远为多样且充满灵感的背景。”[②] 也因此，“硬汉派”侦探小说会在美国发扬光大。这一类型的代表作家有达希尔·哈米特（Dashiell Hammett，1894—1961）、雷蒙·钱德勒（Raymond Thornton Chandler，1888—1959）、劳伦斯·布洛克（Lawrence Block，1938—）等。达希尔·哈米特根据他在平克侦探社做私人侦探的经历来创作侦探小说，最为著名的是 1930 年的《马耳他之鹰》（*The Maltese Falcon*）。小说反映了当时美国光怪陆离的社会面貌，刻画了美国人的硬汉性格，塑造了一种新型美国民间英雄人物形象，开启了美国“硬汉派”侦探小说的创作。

侦探小说在美国诞生，在英国、日本显著发展，后重回美国，其轨迹可谓是“浪迹天涯”“四海为家”“落叶归根”。欧美侦探小说作家掀起了全世界侦探小说的创作热潮，他们为世界侦探小说读者奉上了一道又一道的“美味大餐”，成为庸常生活中的一种美好期待。

在众多西方侦探小说中，英国作家柯南·道尔的“福尔摩斯探案”系列是风靡全世界的著名侦探小说。1897 年，柯南·道尔的第一篇侦探小说《血字的研究》（*A Study in Scarlet*）发表，开启了短篇古典侦探小说的

---

① 埃勒里·奎因是曼弗雷德·班宁顿·李（Manfred Bennington Lee，1905—1971）和弗雷德里克·丹奈（Frederic Dannay，1905—1982）这对表兄弟合用的笔名。

② ［英］威廉·萨默塞特·毛姆：《侦探小说的衰亡》，见［英］威廉·萨默塞特·毛姆著，朱金译：《随性而至》，上海：上海译文出版社 2015 年版，第 72 页。

“黄金时代”。柯南·道尔也因侦探福尔摩斯而声名大噪，全世界的侦探小说读者都成为福尔摩斯的拥趸。

美国儿童文学作家莱曼·弗兰克·鲍姆（Lyman Frank Baum，1856—1919）说：“相信只要你进入福尔摩斯的惊险、刺激的世界，就一定会有所收获。”[①]“福尔摩斯探案”是惊险和神奇的，在一篇篇短小精练的侦探故事背后，藏着柯南·道尔那注视世界的眼睛和心灵，其小说直指社会的黑暗和人性的弱点。小说中的大侦探福尔摩斯是少年心中的英雄，他浑身洋溢着科学和理性的精神，凭着智慧的眼睛和头脑，拨开那些错综复杂的疑案布下的迷雾，直指人性中的无耻、贪婪、凶残。[②]

柯南·道尔读的是医学专业，从医学院毕业后，他为赚取稿费而写小说。后来，因为福尔摩斯的名声大振，柯南·道尔彻底放弃了医学专业，弃医从文。在柯南·道尔前妻病逝的同年，生活的漂泊和坎坷使他有些疲惫，于是他让侦探福尔摩斯“消失”在小说《最后一案》（*The Final Problem*）中。福尔摩斯的突然消失，遭到全世界福尔摩斯迷的强烈质疑和不满。直到 1902 年，柯南·道尔发表小说《巴斯克维尔的猎犬》（*The Hound of the Baskervilles*），福尔摩斯这位智勇双全的大侦探才重新出现在大众视野中。

柯南·道尔的侦探小说有两大主要特征：其一是具有深刻的社会批判性。柯南·道尔以短篇小说的篇幅，揭示了当时的英国在经济水平、物质生活高度发达状态下的美好和阴暗的两面，显见小说家的创作功力。柯南·道尔的每一篇侦探小说，都是当时英国社会现实的缩影，反映了时代的变迁和人性的善恶。《血字的研究》表现了人的欲望、贪婪和邪恶；《四签名》（*The Sign of the Four*）揭露了英国对殖民地印度的侵略和掠夺；《波希米亚丑闻》（*A Scandal in Bohemia*）批判了欧洲的宫廷政治斗争，等等。其二是彰显了现代理性精神的重要性。柯南·道尔把“逻辑推理”“科学断案”等因素带入侦探小说中，使推理这一手段成为后世侦探小说不可缺少的智慧元素。在柯南·道尔后出现的侦探小说作家几乎都受到柯南·道尔的影响。福尔摩斯这位古怪、精明，精通科学、化学的大侦探，更是当时读者心目中的英雄。

---

① ［美］莱曼·弗兰克·鲍姆：《福尔摩斯探案集·导读》，见［英］柯南·道尔著，［美］莱曼·弗兰克·鲍姆选编，李珂改编，林铭子、雷素、李慧改写：《福尔摩斯探案集》，南京：江苏少年儿童出版社 2008 年版，第 287 页。

② ［美］莱曼·弗兰克·鲍姆：《福尔摩斯探案集·导读》，见［英］柯南·道尔著，［美］莱曼·弗兰克·鲍姆选编，李珂改编，林铭子、雷素、李慧改写：《福尔摩斯探案集》，南京：江苏少年儿童出版社 2008 年版，第 284 页。

虽然福尔摩斯系列小说非常成功，但也出现了“反对”柯南·道尔的声音。意大利安东尼奥·葛兰西（Antonio Gramsci，1891—1937）在《狱中书简》（*Letters from Prison*）中收录了一封他给塔齐娅娜的《关于切斯特顿和柯南道尔的侦探小说》的信。信中，葛兰西评论了切斯特顿和柯南道尔的侦探小说。葛兰西认为，切斯特顿的侦探小说优于柯南·道尔的侦探小说：

福尔摩斯是一位新教侦探，他采用了科学的、经验的方式和归纳，解开了从外部开始的犯罪的谜团。而布朗神父是一位借鉴新教徒机械思维习惯的天主教徒，他利用从忏悔者、从神父们强有力的辩论中获得微妙的心理经验，不完全忽视科学和经验，但特别注意依赖演绎和内省。①

葛兰西认为，演绎方法比归纳方法更加高明；对人物心理的剖析比侦探的经验判断更为准确；与布朗神父相比，福尔摩斯像一个具有平庸和狭隘事物观而自命不凡的小学生；柯南·道尔小说的成功缘于想象力，作品真实感不强，虚构性明显，欠缺对人物的心理剖析，等等。②

有趣的是，切斯特顿本人对柯南·道尔侦探小说颇为赞赏，特别是对于柯南·道尔喜欢选用短篇小说体裁写作侦探小说这一特点。针对侦探小说的体裁问题，切斯特顿认为，长篇侦探小说的写作是非常困难的，因为侦探小说是假面具的、不是真面目的戏剧，它取决于人物的假性格，不到最后一章，作者不会将最有趣的人物的任何最有趣的事情告诉读者。侦探小说就像一场蒙面舞会，其中每个人都装扮成另一个人，而且不到时钟敲响十二点，他们本人是不会引起真正兴趣的。读者只有读到侦探小说最后一章，才能真正明白人物的心理和哲学、道德和宗教。切斯特顿认为，最好让小说第一章同时也是最后一章。短篇小说的长度大约是这样一个合理长度，正好让这幕充满事实被误解的特别戏演完为止。③ 切斯特顿非常喜欢柯南·道尔的短篇侦探小说，他说：“无论如何，至今还没有比那些老

---

① ［意］安东尼奥·葛兰西：《关于切斯特顿和柯南道尔的侦探小说——致塔齐娅娜》，见［意］安东尼奥·葛兰西著，田国良译：《狱中书简》，北京：求实出版社 1990 年版，第 76－77 页。

② ［意］安东尼奥·葛兰西：《关于切斯特顿和柯南道尔的侦探小说——致塔齐娅娜》，见［意］安东尼奥·葛兰西著，田国良译：《狱中书简》，北京：求实出版社 1990 年版，第 76－77 页。

③ ［英］G. K. 切斯特顿：《谈侦探小说》，见［英］G. K. 切斯特顿著，沙铭瑶译：《切斯特顿随笔选》，天津：百花文艺出版社 2005 年版，第 5 页。

的歇洛克·福尔摩斯连续故事更好的侦探小说。"①

葛兰西探讨的是"心证推理"和"物证推理"孰优孰劣的问题，而切斯特顿关注的是侦探小说的篇幅问题。事实上，柯南·道尔和切斯特顿的侦探小说都有其各自迷人的一面，"心证推理"不一定优于"物证推理"，"短篇"不一定优于"长篇"。对于侦探小说来说，故事本身的悬疑性和趣味性最为重要。而"福尔摩斯探案"也确实是世界文学史上最优秀的侦探小说系列，也是被搬上荧幕次数最多的侦探小说。诚然，柯南·道尔的"福尔摩斯探案"并不是完美的小说，小说的虚构感较强，因为侦探小说本就是作家"闭门造车"的作品。早期的侦探小说，虚构是其最明显的特征。直到后来，侦探小说经过辗转和漂泊，由日本作家发展为"社会派"推理小说之后，才渐渐显示写实性的风格。但柯南·道尔与其"福尔摩斯探案"已成经典，这一点是不容置疑的。柯南·道尔的"福尔摩斯探案"传播到中国之后，引起了中国作家的广泛关注。国内最早的几篇侦探小说译作，都选自"福尔摩斯探案"系列。柯南·道尔的"福尔摩斯探案"译本在中国几经再版，从文言文译本到白话文译本都十分畅销。直至当代，西方侦探小说依旧风行，是中国读者喜爱的文学读物。

第二节　西方侦探小说在中国的翻译和传播

清朝末年的中国社会，处在大动荡和大变革时期。清政府的昏庸无能，西方列强的入侵，使中国处于内忧外患的困境。西方资本主义国家在侵略野心的驱使之下，将中国变成了贫弱、堕落的半殖民地半封建社会国家，中国民众也受到西方文化的影响和冲击。面对内忧外患和民不聊生的现实，国内的一些有识之士试图寻找中国的新出路。向西方学习，成为拯救中国的主要途径。

西方侦探小说传入中国后，备受国人瞩目。侦探小说浓缩了西方工业社会国家的科技、经济、政治、伦理和人性等各个方面，是西方社会文化的缩影，为中国读者开启了一扇了解西方国家的窗户。侦探小说因其通俗易懂和趣味横生的文学特征，及其本身所具有的"科学"和"民主"因素，成为国人喜爱的读物。中国作家开始对西方侦探小说进行翻译，包括鲁迅、周作人、刘半农、林纾、周瘦鹃、程小青、孙了红等，都对侦探小

---

① ［英］G. K. 切斯特顿：《谈侦探小说》，见［英］G. K. 切斯特顿著，沙铭瑶译：《切斯特顿随笔选》，天津：百花文艺出版社2005年版，第5页。

说予以了关注。报纸、杂志、书局（出版社）等媒体成为西方侦探小说的传播重地，众多侦探小说被连载和结集出版。报刊、书局首先追求的是销量和传播度，因而需要故事内容引人入胜的小说，侦探小说恰好符合这一要求。侦探小说的翻译和创作一时蔚为大观：

先有一两种的试译，得到了读者，于是便风起云涌互应起来，造就了后期的侦探翻译世界。……当时译家，与侦探小说不发生关系的，到后来简直可以说是没有。如果说当时翻译小说有千种，翻译侦探小说要占五百部上。①

从试译到风起云涌地呼应，造就了后来的侦探小说翻译热潮，西方侦探小说就这样在中国迅速传播开来。上海作为近代以来高度融合中西方文化的大都市，成为侦探小说发展、传播的重要城市。首先，上海的开埠通商奠定了现代工业城市的物质和文化基础，国人思想观念、价值标准和生活方式的转变明显，读者的阅读趣味也随之改变。其次，大都市工业和商业的迅速发展，彻底摧毁了中国封建社会传统的男耕女织的生活方式，一些外来移民涌入像上海这样的大都市，产生了一批文化程度不高的读者。由于拥有庞大、固定的读者群，报纸、杂志和书局对侦探小说的需求持续不断，因此从 1896 年到中华人民共和国成立前期，中国作家和翻译家基本上没有停止对西方侦探小说的创作和翻译。

当时发行侦探小说的报刊主要有《时务报》《月月小说》《红杂志》《侦探世界》《礼拜六》《紫罗兰》《大侦探》《绣像小说》等；书局（出版社）主要有上海商务印书馆、上海启明书社、上海小说林社、上海广智书局、上海中华书局、上海春江书局、上海世界书局等。这些报刊和书局（出版社）发表和出版的侦探小说规模庞大、数量可观。

《时务报》于 1896 年由汪康年、梁启超、黄遵宪等人在上海创刊出版，属于时事政治类刊物，是晚清宣扬维新变法的重要阵地。其主要栏目有论说、谕旨恭录、奏折录要、京外近事、域外报译等，全面介绍了西方各国的政治、经济、军事、科学技术等。《时务报》旨在宣传维新变法以救亡图存，敢于抨击时政，反映民众呼声，加上内容新颖、文笔流畅，一时风靡全国，有力地传播了改良派的维新变法思想，进而推动了维新运动的发展，为西方先进文化在中国的传播作出了贡献，起到了思想启蒙的作

① 阿英：《晚清小说史》，南京：江苏文艺出版社 2009 年版，第 189 页。

用。[①] 1896—1897 年间，《时务报》相继刊载了五篇张坤德用文言文翻译的柯南·道尔侦探小说，包括《英国包探访喀迭医生奇案》《英包探勘盗密约案》（*The Naval Treaty*，1893.10）、《记伛者复仇事》（*The Crooked Man*，1893.7）、《继父诳女破案》（*A Case of Identity*，1891.9）、《呵尔唔斯缉案被戕》（*The Final Problem*，1893.12）等作品，将侦探小说和柯南·道尔介绍到中国，为侦探小说在中国的翻译和传播作出了很大贡献。

《礼拜六》是近代上海小型报纸，1928 年创刊于上海。王钝根担任编辑，由工商新闻社出版。《礼拜六》的主要内容为三个方面，其一是广告，其二是新闻轶事，其三是文艺作品。《礼拜六》的宗旨是选择生动的文字和有趣味、有价值的材料，以期促进工农商业的发展，助力改造社会。《礼拜六》经常刊登侦探小说翻译作品，如史九成译《毒札》、陈蝶仙译《鲁格塞》《神秘之府》、陈小蝶译"福尔摩斯最新探案"《恐怖谷》、周瘦鹃译《亚森罗苹之劲敌》《亚森罗苹之失败》《电》《余香》、静英女士译《五万元》、毛秀英译英国作家尼古拉著《邂逅缘》、石生译《吴田博士侦探案》、程小青译《嫁祸》等，亦是鸳鸯蝴蝶派作家的发表重地。[②]

作为晚清四大文艺期刊之一的《绣像小说》是侦探小说的传播重镇，1903 年在上海创刊，是半月刊，1906 年停刊，共发行 72 期。由商务印书馆发行，通俗大家李伯元主编。主要撰稿人有李伯元、周桂笙、著名翻译家吴梼等。杂志以刊载小说为主，名作尤夥。或著或译，配以绣像，亦载戏曲、歌谣及杂著。作品多揭露清朝封建统治的腐败和帝国主义的侵略，宣传社会改良。其中也多次刊载侦探小说译著和中国原创侦探小说，如"华生包探案系列"、《俄国包探案》、英国作家奥希兹女男爵（Baroness Orczy，1865—1947）的《伊兰案》（*The Case of Miss Elliott*）、《雪驹案》（*The Housing of Cigarette*）、《跛翁案》（*The Lesson Grove Mystery*）等，推动了中国翻译侦探小说的热潮，为中国侦探小说发展作出了一定的贡献。[③]

《月月小说》是 1906 年由作家吴趼人在上海创办的月刊，月月小说社发行，1909 年终刊。历任编辑有吴趼人、周桂笙等。杂志刊登各类小说，包括侦探小说、侠情小说等，旨在"注意社会改良，开通民智"[④]，创作小说与翻译小说并重。先后刊载英国作家白髭拜（Guy Newell Boothby，1867—1905）"巴黎五大奇案"系列、哈华德"海谟侦探案"系列、英国

---

① 《时务报》简介，选自数字资源《全国报刊索引》，上海图书馆。
② 《礼拜六》简介，选自数字资源《全国报刊索引》，上海图书馆。
③ 《绣像小说》简介，选自数字资源《全国报刊索引》，上海图书馆。
④ 《月月小说》简介，选自数字资源《全国报刊索引》，上海图书馆。

作家麦伦笔记“复朗克侦探案”系列等，是侦探小说的传播重镇。[①]

《侦探世界》是中国侦探小说发表的重要园地，1923 年创刊于上海，1924 年停刊。由世界书局发行，严独鹤、陆澹安、程小青、赵苕狂等担任编辑。《侦探世界》在西方侦探小说纷纷涌入中国时创办，是中国第一家专刊侦探文学的主题杂志，大助中国侦探小说的声威。主要刊登侦探、武侠、冒险小说及有关侦探、武侠等方面的各种小品、照片，内容趣味浓郁，并有少量研究侦探学的文章。杂志刊载了众多翻译侦探小说，如程小青译弼斯敦著“协作探案系列”，张碧梧译《弄巧成拙》《神枪》和“贝克侦探案系列”，王天恨译《一只钻戒》《血书》，胡寄尘译《侠探》《一百件无头案》，何朴斋译《女尸》，张舍我译《迟疑》，赵苕狂译《复仇奇遇》，陶寒翠译《金蔷薇》，程小青译《绝命书》《舞场奇遇记》《神秘的报复》等侦探小说。该刊还大力扶植中国侦探小说作者，刊登带有本土色彩又具现实价值的侦探作品，各有不同体例和类型，呈现出早期中国侦探小说的种种艺术探索与创作成绩，对后来侦探文学的综合和深化，产生许多有益影响。杂志还开辟介绍勘察破案知识和辅导小说写法的栏目，刊登评论、史论文章，形成理论与创作互动格局，为侦探小说在中国的传播起到积极促进作用。[②]《侦探世界》停刊时，编辑赵苕狂发表《别矣诸君》，道出刊物难以为继的苦衷：其一，作品太少。“做侦探小说的，不过寥寥数人”，“几位侦探专门作家……轻易不肯落笔”。其二，刊物周期短。“半月中，全国侦探小说家所产出来的作品，一齐都收起来”，“还恐不敷一期之用”。其三，“读者的责备太多”[③]，于是《侦探世界》就此停刊。《侦探世界》虽持续时间不长，也存在很多问题，但作为我国第一份专载侦探小说的刊物，为中国侦探小说的发展提供了多姿的舞台，在中国侦探文学发展史上有十分重要的地位。[④]

不仅报纸、杂志在侦探小说的传播过程中起到重要作用，上海各大出版社也为侦探小说的传播起到极大的推动作用。

上海商务印书馆为中国侦探小说的发展贡献极大。1903 年，上海商务印书馆翻译了柯南·道尔“华生包探案”系列（今译“福尔摩斯探案”），包括《哥利亚司考得船案》（*The Gloria Scott*，1893.4）、《银光马案》（*Sliver Blaze*，1892.12）、《孀妇匿女案》（*The Yellow Face*，1893.2）、《墨

---

① 《月月小说》简介，选自数字资源《全国报刊索引》，上海图书馆。

② 《侦探世界》简介，选自数字资源《全国报刊索引》，上海图书馆。

③ 赵苕狂：《别矣诸君》，《侦探世界》1924 年第 24 期，第 1－3 页。

④ 中国现代文学馆编：《程小青代表作》，北京：华夏出版社 2008 年版，第 1 页。

斯格力夫礼案》（*The Musgrave Ritual*，1893. 5）、《书记被骗案》（*The Stockbroker's Clerk*，1893. 3）、《旅居病夫案》（*The Resident Patient*，1893. 8），这些译作刊于《绣像小说》。1903 年，这六篇小说由上海商务印书馆结集为《补译华生包探案》出版，1906 年和 1907 年又分别再版。除了柯南·道尔的侦探小说，商务印书馆还编译和出版了其他西方侦探小说作品，成为传播西方侦探小说的重要平台。

从 1903 年到 1914 年，上海商务印书馆出版了一系列侦探小说，如文硕甫翻译的日本柴四郎《夺嫡奇冤》（2 册），商务印书馆翻译的美国乐林斯朗治的《黄金血》和英国葛威廉（William Tufnell Le Queux）的《三名刺》，吴梼翻译的日本黑岩泪香的《寒桃记》和英国勃莱雪克的《车中毒针》，林纾、魏易同译的英国蜚立伯倭本翰（E. Philips Oppenheim）的《藕孔避兵录》（*The Secret*）等。

上海小说林出版社在 1906 年出版华子才、沧海渔郎等翻译的美国侦探小说作家群尼科拉司·卡特（Nicholas Carter）共同创作的《聂格卡脱侦探案》（*Nick Carter*）和奚若翻译的《福尔摩斯再生后探案》；1907 年，笑我生翻译的《雾中案》由小说林出版社出版。另有上海尚谷书局、上海中华书局、上海进步书局等各大出版社争先出版侦探小说作品。各大期刊、出版社对西方侦探小说的关注，推动了侦探小说在中国的传播和繁荣，为中国侦探小说作家创作侦探小说提供了借鉴的样本。

在翻译侦探小说的浪潮中，最先被翻译和最受欢迎的是柯南·道尔的“福尔摩斯探案”系列。1899 年，上海索隐书屋出版了《包探案》（又名《新译包探案》），篇目有《英国包探访喀迭医生奇案》《英包探勘盗密约案》《记伛者复仇事》《继父诳女破案》《呵尔唔斯缉案被戕》，1903 年和 1905 年由上海文明书局再版。1901 年黄鼎和张在新合译了柯南·道尔的数篇侦探小说，包括《毒蛇案》（*The Adventure of the Speckled Band*，1892. 2）、《宝石冠》（*The Adventure of the Beryl Coronet*，1892. 5）、《拔斯夸姆命案》（*The Boscombe Valley Mystery*，1891. 10）、《希腊猎人》（*The Greek Interpreter*，1893. 9）、《红发会》（*The Red - headed League*，1891. 8）、《绅士克你海姆》（*The Adventure of the Reigate Squire*，1893. 6）等作品，这些译著作为泰西说部丛书之一，由上海启明社出版，1909 年由上海兰陵社再版。之后，还有众多作家、翻译家对“福尔摩斯探案”表现出了极大热情和兴趣，使“福尔摩斯探案”在中国广泛传播开来。《月月小说》曾评论“福尔摩斯探案”在中国的翻译情况：

《歇洛克·福尔摩斯（一作呵尔唔斯）侦探案》，为英国大文学家高能·陶耳（Conan Doyle）所著，盖欧洲近世最有价值之侦探小说也。每一稿脱，各国辄翻译恐后，争相罗致。吾国译本，以曩时《时务报》张氏为最先，尔后续译者接踵而起，如《包探案》《续包探案》之类皆是也。[①]

报刊、出版社对西方侦探小说译著的刊载和出版，也影响了当时的文学评论重心的转移。许多评论家都喜欢阅读侦探小说，如郑逸梅就表达过自己对侦探小说的喜爱之情：

小说以侦探为最耐人思索。故凡侦探单本阅一二回，如堕五里雾中，往往亟翻其下半本，以知其如何结果。然结果既知，阅之兴味顿减。故侦探长篇最宜刊于日报或杂志，按回刊之，使人按回阅之，悬猜如此，事实又如彼。及至末回，则拍案叫绝，其兴味有非言语所能形容者矣。[②]

郑逸梅认为侦探小说奇妙之处就在于其所具有的悬疑性，在步步解开真相的过程中，读者跟随侦探小说的情节发展发挥想象力并参与解谜，最终恍然大悟。这样的阅读乐趣，正是每一位读者所热烈追求的。

包天笑认为，物质文明的进步带来了精神世界的偏激和匮乏，侦探是正义、法律、公正的化身，可以解决很多社会问题，也可以满足读者对精神世界的向往和追求。

人群物质愈进步，事理益繁赜，而于是神奸大慝、剧贼巨盗接踵于社会，诪张变幻、巧窃豪夺之事，层出而不穷，使吾民惴惴有所未安。试问谁为之摘奸发伏，以致之于法律乎？则世不可无侦探其人也。[③]

范菊高说，侦探小说在当时是最为流行的小说，任何一本杂志中，肯定会有侦探小说这一类的小说。侦探小说对于读者，是最有益处的。因为侦探小说清脑筋，比谈情说爱的小说好得多。[④] 作家、翻译家和评论家对西方侦探小说的关注和喜爱，推动了侦探小说在中国的传播和发展，直接

---

① 《绍介新书　福尔摩斯再生后之探案第十一、十二、十三》，《月月小说》1907 年第 1 卷第 5 期，第 285 - 286 页。

② 郑逸梅：《侦探小说话》，《半月》1924 年第 4 卷第 1 期，第 2 页。

③ 包天笑：《福尔摩斯侦探案全集·笑序》，转引自任翔、高媛主编：《中国侦探小说理论资料（1902—2011）》，北京：北京师范大学出版社 2013 年版，第 31 页。

④ 范菊高：《侦探小说杂评》，《半月》1923 年第 3 卷第 6 期，第 1 页。

影响了国人对侦探小说的了解和关注。

不过，初期西方侦探小说在中国的译介也存在一些问题。早期中国作家在翻译西方侦探小说之时，尝试吸收西方侦探小说的新鲜文学样式，同时保留中国传统文学的某些特质，以此翻译、创作出具有本土风格的侦探小说。作品大多用文言文翻译，叙事时间也改为中国读者习惯的“顺叙”的叙事方式。但是这样会使翻译过的侦探小说显得“生吞活剥”，失掉了西方侦探小说本有的艺术美感。直到后来，中国作家和翻译家逐渐接受了西方侦探小说的写作技巧，翻译侦探小说和原创侦探小说才渐趋成熟。当然，纵然是“改良”了的翻译侦探小说，也受到了读者追捧，一时间洛阳纸贵，成为国人最热衷的文学读本，显见侦探小说在当时受欢迎的程度。

第三节 古代公案小说被侦探小说取代

侠义公案小说传达了公正、公平的生活愿望，塑造了勇敢、正直的人物形象，揭示了纷繁、复杂的社会问题，成为中国通俗文学的经典作品类型，开了后世武侠小说的先河，也给中国侦探小说的创作带来了深刻的影响。但是，随着清朝统治的结束，封建制度的逐渐瓦解及社会形态的变迁，侠义公案小说中的清官、侠客逐渐远离大众审美的视界。清末民初，作家、翻译家争先翻译、创作侦探小说，报刊、出版社争相刊载和出版侦探小说，一时间掀起了侦探小说在中国的阅读和创作热潮。甚至一度出现粗制滥造、仿冒“福尔摩斯”的侦探小说，显见侦探小说在当时的热度。

> 福尔摩斯第一案《血书》于一八八七年出版，讫本年一月刊布之短篇《吸血妇》止，历三十七年，成探案凡十有二。其中长篇仅四种，余皆短篇。除八九年前中华出版之全集外，其余诸案，予近已为世界书局译成□集，俾观全豹，至其他影射之本，皆非道尔氏真品，盖坊间为敛钱计，特假“福尔摩斯”四字为其虚幌，惟碱砆乱玉。道尔氏之盛誉，或因此被累，实为商业道德所不容，甚可惜也。①

中国的侠义公案小说和西方侦探小说虽然在通俗趣味、情感表达和人性刻画等方面有很多相似之处，但在行文风格、叙事技巧、艺术特色等方

① 程小青：《科道尔轶事》，《最小报》1925 年第 6 卷第 185 期，第 5 页。

面的区别也很明显。更为重要的是，侠义公案小说在清末民初失去了它赖以存活的文化土壤。中国作家在将西方侦探小说进行了一些本土化的改良后，创作出了融合公案小说艺术风格的中国现代侦探小说，吸引了众多的读者，由此公案小说在侦探小说面前败下阵来，渐趋没落。至此，侦探小说的创作取代了本土的公案小说，成为中国作家和读者关注的新的小说文类。

进言之，西方侦探小说的风行，间接导致了中国公案小说的衰微。文化发展趋势和文学潮流的合力，使公案小说被侦探小说取代，成为中国文学发展流变路途上的一块界碑。公案小说在侦探小说面前败下阵来的原因，主要有以下三点：

第一，公案小说失去了创作的土壤。公案小说是生长于农业社会的文学作品，它的构成因素包括封建的法律制度，清官和昏官，百姓对皇权的幻想、期待和幻灭等。随着清朝覆灭，封建君主专制制度的消亡，近代中国在政治、法律和文化思想等方面的蜕变和革新，公案小说的构成因素不复存在，也就失去了其创作的土壤。之后，公案小说的题材内容只在近现代传统戏曲艺术中发扬光大。公案小说中的“侠客”主题，逐渐发展成为独立的武侠小说类型。公案小说中的侠义精神，对正义的追求等意涵，则被中国近现代侦探小说作家写入了自己的侦探小说里，成就了中国侦探小说的“本土化”特性。

第二，公案小说的思想内容与社会现实脱轨，间接导致了公案小说的“退隐”。西方小说与创作理论传入后，中国作家开始重视小说的社会作用，小说成为“新民”的手段之一。如梁启超提出“今日欲改良群治，必自小说界革命始；欲新民，必自新小说始”的口号，开始了“小说界革命”。[①] 一些作家、评论家顺应时代变化的实际，都将小说的普及与社会进步、文化转型联系起来，将小说放在非常重要的位置。

综而观之，中国人之思想嗜好，本为二派：一则学士大夫，一则妇女与粗人。故中国之小说，亦分二派：一以应学士大夫之用，一以应妇女与粗人之用。体裁各异，而原理则同。今值学界展宽（注：西学流入），士大夫正日不暇给之时，不必再以小说耗其目力。惟妇女与粗人，无书可读。欲求输入文化，除小说更无他途。[②]

---

① 梁启超：《论小说与群治之关系》，《新小说》1902 年第一号，转引自任翔、高媛主编：《中国侦探小说理论资料（1902—2011）》，北京：北京师范大学出版社 2013 年版，第 3－5 页。

② 夏曾佑：《小说原理》，《绣像小说》1903 年第 3 期，第 1－4 页。

夏曾佑认为，小说可向读者输入思想和文化，尤其是底层读者。侦探小说可以生发人的机警之心，促生民众的爱国情怀。

> 各国民智之进步，小说之影响于社会者巨矣。《佳人奇遇》之于政治感情，《宗教趣谭》之于宗教思想，《航海述奇》之于冒险性质，余如侦探小说之生人机警心，种族小说之生人爱国心，功效如响斯应。①

而彼时，公案小说的主题已渐渐脱离了时代的发展，显得不合时宜。特别是小说中的迷信思想、清官崇拜和侠客想象，与新时代、新文化、新文学的主题相去甚远，既不能起“新民”作用，也无助于国人实现救亡图存的愿望，缺少了应有的社会作用。

第三，西方侦探小说的主题和艺术形式契合时代发展。西方侦探小说不仅在“炫智”的艺术表现方面吸引和改变着中国读者的阅读趣味，更主要的是其所蕴含的科学、理性、法治等思想内容，契合了中国清末民初的大众情感诉求。换言之，西方侦探小说既具有别样的通俗娱乐性，又蕴含科学、法治等“革命性”的思想内容，可醒世，能“新民”，具有明显的社会价值和意义。当时的中国处在社会变革、救亡图存的关键时期，侦探小说破解了国人的传统思想、情感和认知的局限，打开了国人的世界性视野。同时，侦探小说关怀现实的特质，也给读者带来了一种全新的阅读感受和阅读认知，为读者创造了可以缓解内心沉疴的艺术空间。唯此，侦探小说在中国近现代才拥有了广泛的读者群，成为中国文学的一种重要文类。

综而言之，诞生于 19 世纪 40 年代的侦探小说，是生长于西方工业文明时代的新文类，它是应运而生的，无论是主题、人物还是结构、语言等方面，都与工业文明时代人们的生活、审美紧密相连，息息相关。侦探小说蕴含的科学、法治思想和智慧、理性精神，以及艺术上的通俗性和趣味性，使它自诞生以来即能够迅速在全世界风行。处于晚清社会巨变的特殊时代，以程小青为代表的中国作家，迅速捕捉到了侦探小说的独特性，在译介西方侦探小说的同时，也创作出了具有本土特色的中国现代侦探小说，既迎合了时代发展进步的需要，也丰富了中国小说的文体种类，展现了鲜明的中国新文学的现代性特征。

---

①　世（原刊如此，即黄世仲）：《小说风尚之进步以翻译说部为风气之先》，《中外小说林》1908 年第 2 卷第 4 期，第 1229 页。

第二章　程小青对西方侦探小说的接受

西方侦探小说传入中国后，一次偶然的机缘，程小青读了《时务报》刊载的柯南·道尔"福尔摩斯探案"的译著，从此迷上了"福尔摩斯"，萌发了写作侦探小说的愿望。[①] 当时西方侦探小说在中国的翻译与创作风潮正盛，程小青成为其中的参与者与推动者。从1914年开始，程小青翻译了英国作家柯南·道尔、美国作家艾尔·德尔·毕格斯（Earl Derr Biggers，1884—1933）、曼弗雷德·李、佛雷德里克·丹奈等作家的侦探小说作品。这其中，程小青翻译得最多的是柯南·道尔的侦探小说作品，受其影响也最大。在翻译西方侦探小说的同时，程小青开始创作中国侦探小说。对侦探小说的热爱，影响了程小青终生的文学创作之路。从最初创作言情小说转为翻译、创作侦探小说，程小青自此与侦探小说结缘。程小青的侦探小说具有很强的文学性，是中国现代侦探小说的经典代表作品，具有重要的文学史意义。

第一节　程小青创作侦探小说的原因

程小青一生致力于侦探小说的翻译和创作。他为什么会创作侦探小说呢？程小青自己曾谈及他创作侦探小说的原因：

我在侦探小说界上厮混，糊糊涂涂，已是十多年了，所做的文字，虽然没有统计，但单就侦探小说一类计算，约摸已有一百多万字。这就因为我从小喜欢看侦探小说。记得当我十二三岁的时候，偶然弄到了一本《福尔摩斯探案》，便一知半解的读了几遍。虽然觉得福尔摩斯可畏，但同时却生了一种不可思议的感情，竟不舍得把那本书丢掉不看。后来，我年龄加增，读侦探小说的范围也因着扩充。到了民国三年，中华书局出一部《福尔摩斯探案全集》，因瘦鹃老友的介绍，叫我帮着迻译。我译了几篇，

① 中国现代文学馆编：《程小青代表作》，北京：华夏出版社2008年版，第1页。

约摸近二十万字，觉得书中情节玄妙，不但足以娱乐，还足以浚发人家的理知。于是我对于侦探小说的兴味，益发浓厚，文字方面，就也偏重这一途了。[①]

在此文中，程小青详细剖析了他投入侦探小说创作的主观原因，主要有以下三点：一是因为在少年时他就喜欢读侦探小说；二是因为好友周瘦鹃介绍他翻译“福尔摩斯探案”，从而接触并倾心于侦探小说；三是因为他被侦探小说的文学功能所吸引——侦探小说既可以引起读者的欢愉之情，又可以启迪蒙昧。除了程小青本身对侦探小说的喜爱之外，他投入侦探小说的创作另有更深层和更复杂的原因，一些客观因素如时代巨变，也影响了程小青对于侦探小说创作的热情。个人原因和时代原因是程小青投入毕生精力于侦探小说创作的两大因素。

一、“心之所爱”

对侦探小说的热爱是程小青致力创作侦探小说最重要的原因。程小青从少年时期就喜欢读侦探小说，那时是凭着兴趣阅读。后来，程小青被侦探小说离奇的情节、巧妙的布局和强烈的情感表达吸引，对侦探小说愈加钟爱。

程小青认为，优秀的文学作品可以带给读者强烈的情感体验，留下深刻的印象。文学的要素之一在于以其丰富的情感与读者的情感产生共鸣。一篇小说在结束之时，其故事和人物能深刻存留于读者的脑海，有回肠荡气之感，就不失为一篇好的文学作品。[②] 抑或是“一编在手，忽惊忽悲，不能自主，或喘息，或骇呼，或怒眦欲裂，或身陷疑阵；或则鼓掌称赏，击碎唾壶，读者之情绪，完全为著者之笔尖所吸收，辍作不得自由”[③]。侦探小说就具有这样的文学特征。侦探小说的故事情节新奇，情感表达强烈，可以带给读者深刻的情感体验。其惊险疑怖的意境、布局的技巧、组织的严密，是其他小说所不能比拟的。[④]

除了对侦探小说的一腔热忱，个人成长的经历也影响着程小青文学创作的选择。程小青的成长历程十分坎坷。他少年时期在私塾学习，积淀了

---

① 程小青：《侦探小说作法之管见》，《侦探世界》1923 年第 1 期，第 3－4 页。
② 程小青：《侦探小说在文学上之位置》，《紫罗兰》1929 年第 3 卷第 20 期，第 2 页。
③ 程小青：《侦探小说在文学上之位置》，《紫罗兰》1929 年第 3 卷第 20 期，第 2－3 页。
④ 程小青：《侦探小说在文学上之位置》，《紫罗兰》1929 年第 3 卷第 20 期，第 3 页。

古典文学的素养。不久后，他因家贫而辍学，参加过乐队，在钟表店做过学徒，几经辗转。父亲病故后，母亲靠做女工杂活艰难地维持一家的生活。家境的贫寒影响了程小青在文学创作时对文学类型的选择。由于程小青是以笔谋生，在创作时需要考虑到读者与作品销量等因素。

中国读者对侦探小说的关注首先缘于其趣味性。对于中国读者来说，侦探小说是新鲜、别致和有趣的。侦探小说为何有趣，因为它离奇的小说情节满足了人类的好奇心。程小青认为，人类具有探索宇宙、生命和一切秘密的原始好奇心，侦探小说可以激发和增强人类的这种情感。侦探小说的创作初衷就是人类探寻世界的神秘。

我在去年秋天，曾经译过一部《世界名家侦探小说集》，在拙序里曾经引过英国小说家窦屯纳（H. E. Dudeuey）几句说话。现在再把它抄录在下面。他说："人类的探索本能——好奇心——并没有人种、地域和时间的差别的。每一个有健全理智的男子、女子或孩子——无论是埃及的狮身女怪，希伯莱教的以色列大力士，印度的托钵僧，中国的哲学家……或欧洲的数学家——所秉赋的探索本能，并没有多大差异，只是表现方式不同罢了。"①

读者在阅读侦探小说之时，随着情节的推进，好奇心得到了满足，情感得到了释放，身心获得了愉悦。侦探小说所蕴含的人类的探索情怀和冒险精神是小说的灵魂，也是小说吸引读者的"密码"。侦探小说受众的广泛，使当时各大报纸、期刊和出版社争相刊载。从经济收入来说，侦探小说为程小青带来了丰厚的稿酬，可使程小青名利双收，摆脱贫困和苦难，激发程小青对侦探小说创作的热情。

作为"鸳鸯蝴蝶派"的代表作家，程小青早期以创作言情小说为主。言情小说在清末民初的中国非常流行，大多以抒写人的七情六欲为主题，拥有广泛的读者群，市场效益明显，许多作家尤其鸳鸯蝴蝶派作家以创作言情小说为主。

清末民初言情小说的创作大致可以分为三个时期：第一时期的作品以借鉴《红楼梦》的笔意为主，有《红楼梦》的遗风；第二时期以吴趼人的《恨海》为代表作，作者将社会使命感与道德人伦理想寄托于小说中，具

---

① 程小青：《霍桑探案汇刊（第一集）·著者自序》，见《霍桑探案汇刊》（第一集），上海：上海文华美术图书印刷公司 1930 年版。转引自任翔、高媛主编：《中国侦探小说理论资料（1902—2011）》，北京：北京师范大学出版社 2013 年版，第 144 页。

有较强的现实色彩；第三时期，一些作家因为受到西方言情翻译小说的影响，加之个人较好的文言文学养，以文言文写哀情小说，小说风格再次由理性批判转向感伤的悲怨情调。① 哀情小说在民国初年掀起一股热浪。② 在哀情小说浪潮的大背景下，程小青创作言情小说也是顺理成章的事情。

后来，程小青与恋人江黛云的悲剧爱情，使程小青无法继续言情小说的创作。程小青与江黛云性情投契，奈何二人贫富悬殊，江父横加阻挠，以致好事未谐，程小青非常伤心。程小青好友周瘦鹃的短篇小说《情弹》即影射其事，③ “瘦鹃知之深，草情弹小说以记其事”④。小说《情弹》记叙了陈天梦和汪黛云的爱情悲剧故事，其实说的就是程小青与江黛云的爱恨情愁。

吾友陈子天梦情场失意人也。每读言情小说辄凄然无已。一昨过吾，为吾述其情史泪盈盈欲下，述竟掩面而去。盖身中情弹受创深矣。余固多感，亦为之低徊不置雨窗，无俚，特取陈子语，一一笔之于书，借渠眼泪，以成吾文。嗟夫！万叠情波中不知沉溺了多少觥觥好男儿。天下有情人，读吾是篇者，亦有为陈子洒一掬清泪者乎。⑤

小说中的陈天梦其实就是程小青，他每读言情小说就凄然泪下。每当有人提起江黛云时，程小青也是表情黯然。从此程小青不再写言情小说，专写侦探小说，成为民国侦探小说“第一好手”。⑥ 对侦探小说的热爱、贫穷苦难的成长经历、感情的受挫等这些个人的原因，促使程小青从言情小说转向侦探小说的创作，成为中国侦探文学领域的大家。

二、“大时代的浪潮”

时代的巨变是程小青倾其一生创作侦探小说的另一原因。鸦片战争

---

① 黄锦珠：《论清末民初言情小说的质变与发展——以〈泪珠缘〉、〈恨海〉、〈玉梨魂〉为代表》，《明清小说研究》2002 年第 1 期，第 217 -219 页。

② 潘盛：《“泪世界”的形成——对民初言情小说一个侧面的考察》，《中国现代文学研究丛刊》2008 年第 6 期，第 42 页。

③ 郑逸梅：《程小青与世界书局》，见郑逸梅：《芸编指痕》，哈尔滨：北方文艺出版社 2016 年版，第 175 页。

④ 芮和师、范伯群、郑学弢等：《鸳鸯蝴蝶派文学资料（上）》，北京：知识产权出版社 2010 年版，第 378 页。

⑤ 瘦鹃：《情弹》，《游戏杂志》1914 年第 4 期，第 25 -26 页。

⑥ 陆阳：《情爱民国——民国文人的婚恋微纪录》，北京：团结出版社 2014 年版，第 69 页。

后，西方文化输入中国，“向西方学习”成为当时社会文化思潮的核心。西方列强的不断侵略，加之清政府的无能，使近代中国在政治、经济和文化等方面都变得极其落后，国弱民穷，遭受欺侮。当时，西方文化在中国呈现出强势的影响，有识之士认为要“向西方学习”，如魏源就主张“师夷长技”，学习西方的技艺。清政府也开始注重“向西方学习”，在19世纪60年代至90年代中期开展了洋务运动，以格致、天文、算学为主，学习西方的自然科学。虽然洋务运动最终以失败告终，但也是一次重要的改革运动。

甲午中日战争后，严复认为，西学之本在于：“于学术则黜伪而崇真，于刑政则屈私以为公而已。”① 严复所说与新文化运动提倡的“科学”与“民主”不谋而合。近代西学的传播，使国人逐渐对域外文明有所认知，对传统文化重新考量。传统的重道轻艺、重农抑商的观念有所改变，科学的重要性获得承认；重商思潮逐渐确立，政治专制制度受到怀疑，政治民主化成为有识之士的追求。② “科学”“民主”成为新文化运动的两大旗帜。

“新文化”到底什么？胡适说，新文化的结晶是“批评”的精神。陈独秀认为新文化注重“科学精神”和“民治精神”。梁漱溟说新文化有三种色彩：①征服自然的色彩；②科学方法的色彩；③民治的色彩。将以上诸家观点综合起来，“新文化”就是持批评的态度，用科学的方法，谋求征服自然，实现民治的文化。③ 而“新文化”的内涵恰恰全部都蕴含于侦探小说之中，侦探小说成为“向西方学习”的一部分，阅读侦探小说成为国人了解西方资本主义国家的方式之一。

西方侦探小说诞生于19世纪末20世纪初的资本主义国家。经济的快速发展，科学技术的显著提升，为西方国家带来前所未有的繁荣。然而，西方资本主义国家并非只有美好的一面。周期性经济危机的爆发，使资本主义国家也出现了前所未有的“大萧条”；加之几次世界大战的发生，使资本主义国家的经济衰退，社会风气败坏，恶势力层出不穷，暴力罪案不断发生。资本主义国家的发展与风云变幻都被侦探小说作家写入了侦探小说之中。从注重逻辑推理的“古典”侦探小说到“反侦探”小说、“社会派”推理小说、激烈震撼的“硬汉派”侦探小说，西方侦探小说作家通过

---

① 王栻编：《严复集》（第1册），北京：中华书局1986年版，第2页。

② 邓明灿、张义忠编著：《河南大学校园百年建设史》，郑州：河南大学出版社2012年版，第14页。

③ 裴复恒：《新文化运动》，《现代生活》1923年第1卷第1期，第3－5页。

叙写动人的侦探断案故事，细腻地表现了社会现实和人生况味，全方位地展现了资本主义国家的“兴衰成败”，这些西方侦探小说，成为中国读者了解西方文化的窗口。

新文化运动之后，科学、启蒙成为核心的社会思潮。对程小青来说，实现科学、启蒙的诉求，侦探小说成为最好的载体。这是因为，侦探小说本身具有科学性。程小青笃信现代科学对于拯救家国的重要性，他说：

我不是“科学万能”的信徒，可是在现今的中国，一般人太迷信“自然”。他们不论遇到什么疑难，总把“自然而然”四个字去解决，不肯下什么思考或根究的功夫。因这情形，似乎还得借重科学的方法，而向那沉涸的“自然观念”下一个冲击。[①]

在程小青看来，国人不以科学的态度和方法解决问题，而侦探小说具有科学精神，“借用了科学的原理，演述或解决小说中主要的情节”，“凡多读侦探小说的人，不知不觉之中，便养成了一种论情察理的科学头脑”。[②] 程小青认为，侦探小说可以启迪民智，祛除蒙昧，塑造国民崇尚科学的精神；可以养脑和活泼精神，使读者得到经验和智识。[③] 侦探小说在充满悬疑的犯罪故事中展现了现代科学的力量和现代侦探术的高超，既满足了读者的好奇心和对阅读趣味的需要，又增长了读者的智慧。正因如此，程小青非常推崇侦探小说。

侦探小说文体的特殊性，加之小说本身的科学性和趣味性，使它成为启迪民智最好的阅读书籍。在国破家亡的时刻，心怀世事的程小青选择了创作侦探小说，以实现他对同胞、国家、社会的关怀和助力。生长于现代工业文明、物质文明都极度繁荣的大都市上海，程小青目睹了新旧文化在上海的交汇和博弈。面对新的社会环境、文化思潮和读者阅读趣味的改变，程小青试图在侦探小说这一文类中针砭时弊、寄托心志，使读者感知现代文明的进步，体验侦探文学的美感，转变心态、积极救国。

优越的侦探小说在消极的方面它至少可以给读者一种严格的推理方法的训练，其机智和探索奥秘百折不回的勇气，又可以在积极方面做正义的控诉和发挥，替社会上受冤屈折磨的人申诉不平，这正象是程先生笔下的

---

① 程小青：《侦探小说和科学》，《侦探世界》1923 年第 13 期，第 8 页。

② 程小青：《侦探小说和科学》，《侦探世界》1923 年第 13 期，第 8 页。

③ 程小青：《侦探小说的效用》，《侦探世界》1923 年第 10 期，第 12 页。

霍桑探案之所为。[1]

程小青好友柳存仁认为，程小青侦探小说具有多方面的文学功能和价值，不可忽视，而这也是程小青对侦探小说全力付出的结果。程小青终生与侦探小说相伴，在时代的浪潮中起起落落，辗转一生。对侦探小说发自内心的喜爱与大时代浪潮的推动，促使程小青一生致力于侦探小说的创作。程小青创作侦探小说既为个人的安身立命，实现理想，丰足生活；也为读者，为繁荣中国侦探文学；更为国家、民族。程小青的笔是一把“手术刀”，他期望通过侦探小说唤醒和医治沉睡的蒙昧。他创作的“霍桑探案”系列小说在各大文学刊物连载，被各出版社结集出版甚至再版，显见其受欢迎的程度。小说成功地塑造了上海侦探霍桑，表现了上海的风物人情；展现了科学、民主在现代社会中的力量，为生活在战乱时代的民众带去一些欢乐、一丝曙光、一些启示、一份希望。

第二节　程小青侦探小说的创作历程

怀着对侦探小说的热爱，对科学、公平和正义的追求，程小青投身于中国现代侦探小说的创作，为中国侦探文学留下了不可抹去的一笔。

程小青侦探小说的处女作是哪一篇？严芙孙在《民国旧派小说名家小史》中说：“其（程小青）处女之作，为《鬼妒》篇，情文并茂，跃然纸上，刊商务《小说月报》。”[2] 郑逸梅说：“（程小青）厥后始肆力于侦探，处女作鬼妒，邮投小说月报社，主编者恽铁樵氏深奖之。君乃谒氏而询求小说之深造法，氏以作小说不可不读古人书，更不可不读礼记檀弓篇为对。君归而简练以为揣摩，更由美利坚某大学函授犯罪心理学，乃关于侦探应有之学术，艺乃大进。”[3] 严芙孙、郑逸梅都认为《鬼妒》是程小青侦探小说的处女作。翻阅民国期刊，《鬼妒》于1915年刊载在《小说海》第1卷第4期，是程小青翻译英国作家Alice Claude的一篇短篇小说。[4]《鬼

---

① 柳存仁：《霍桑探案集·序》，见程小青：《霍桑探案集》（1），北京：群众出版社1997年版，第2页。

② 冯牧、柳萌主编：《隔绝的残春（上）》，长春：时代文艺出版社2009年版，第118页。

③ 郑逸梅：《程小青》，见芮和师、范伯群、郑学弢等：《鸳鸯蝴蝶派文学资料（上）》，北京：知识产权出版社2010年版，第378页。

④［英］Alice Claude著，程小青译：《鬼妒》，《小说海》1915年第1卷第4期，第46－55页。

妒》应是程小青侦探小说译作的第二篇，第一篇译作是 1914 年刊载于《中华小说界》第 7 期的《左手》，所以《鬼妒》并非其原创侦探小说的处女作。

1917 年刊载于《小说大观》第 9 期与第 10 期的文言侦探小说《角智记》，才是程小青原创侦探小说的真正处女作。这篇小说是程小青根据法国作家莫里斯·勒布朗的《亚森·罗苹智斗福尔摩斯》（*Arsène Lupin Contre Herlock Sholmès*，1908）改编而成的短篇小说，周瘦鹃还为其写了小说识语。

英吉利法兰西小说中，有二大人物。英有大侦探歇洛克·福尔摩斯，法有大剧盗亚森·罗苹，震烁欧罗巴洲，风动及于中土。凡读道尔氏及勒勃朗氏书者，固无不为之舌挢神耸也。吾国译家译福尔摩斯探案都数十种，中华书局刊为专集，不胫而走大江南北。而译亚森·罗苹盗案亦不少。天笑先生尝有《八一三》《大宝窟王》二种。予有《胠箧之王》及《亚森·罗苹之妻》等诸短篇。友人常觉近亦译《巴黎之剧盗》《水晶塞》二种，情节均极奇诡，令人拍案叫绝。客秋予尝译《双雄斗智录》，书出勒勃朗氏手中，述福尔摩斯及亚森·罗苹斗智事。两雄相搏，使人忍俊不禁。书成，以示吾友小青。小青以为善，因亦别出机杼，成一短篇，读者作为《双雄斗智录》之外篇观可尔。瘦鹃识。①

准确地说来，程小青侦探小说的创作历程始于 1917 年创作文言侦探小说《角智记》，止于 1949 年现代侦探小说《灵璧石》。在这期间，程小青创作的侦探小说达数百万字，是对中国侦探文学最有贡献的作家。在三十余年的侦探小说创作生涯中，程小青为读者奉上了中国大侦探霍桑的无数精彩断案故事。虽然程小青的侦探小说作品还有不少瑕疵，但是程小青在中国现代侦探文学界的地位不容否认。

梳理程小青的侦探小说创作历程，大致可以分为以下几个阶段：

一、“迷茫中的探索”

1911 年至 1918 年是程小青侦探小说创作的初始期。这一时期，程小青刚接触侦探小说不久，还处在对侦探小说的探索阶段，主要是对西方侦

① 程小青：《角智记》，《小说大观》1917 年第 9 期，第 1－21 页；第 10 期，第 1 页。

探小说进行翻译，因此没有原创侦探小说和关于侦探小说的理论文章问世。

中国作家对西方侦探小说的翻译始于1896年，张坤德译《英国包探访喀迭医生奇案》，发表于《时务报》第1期。这篇翻译侦探小说引起了中国作家和读者对侦探小说的关注。从此之后，中国翻译界和文学界开始了对侦探小说的翻译和创作。这一时期活跃于侦探小说翻译和创作领域的作家主要有周桂笙、吴趼人、林纾、刘半农、包天笑、严独鹤、徐枕亚等。值得注意的是，周作人也对侦探小说予以了关注。1910年，周作人以“顽石”为笔名，在《绍兴公报》上发表了一篇翻译侦探小说《侦窃》。当时，无论是通俗文学作家、翻译家还是新文学作家，都参与到了西方侦探小说的翻译和创作中，西方侦探小说在中国近代文学界掀起了不小的波澜。

1914年7月，程小青以“小青”的笔名用文言文翻译了侦探小说《左手》[①]，刊载于《中华小说界》第7期。1915年3月，程小青翻译了英国作家Alice Claude的作品，译名《鬼妒》。1916年3月，程小青与刘半依（后改名刘半农）合译了英国作家威廉·勒荷氏（William Tufnell Le Queux，1864—1927）[②] 的侦探小说《X与O》。同年9月，程小青与刘半依再次合译威廉·勒荷氏的作品，译名《铜塔》。

1916年5月，程小青参与了柯南·道尔侦探小说集《福尔摩斯侦探案全集》（12册）的翻译工作。这套小说集由周瘦鹃、刘半依、常觉、小蝶、严独鹤、程小青、天虚我生（陈蝶仙）、严天侔和陈霆锐等作家以文言文共同翻译，由上海中华书局出版。从《福尔摩斯侦探案全集·凡例》中，大致可以了解这一翻译版本的特点。

> 本书结构缜密，情节奇诡，于侦探学理，尤阐发无遗。……
>
> 各案排列之次序，以原书出版之先后为准。……
>
> 全书人名、地名，译音概从一律。……
>
> 本书系同人合议，译笔虽各有不同，务求与原文吻合。间有中西文法，万难同炉合冶处，或稍加参酌，然仍以不失原文神髓为主。[③]

---

① 程小青：《左手》，《中华小说界》1914年第7期，第1-2页。

② 威廉是一位出生在英国伦敦的记者和作家，父亲是法国人，母亲是英国人。威廉最著名的作品是发表于1894年预言第一次世界大战的 *The Great War in England in 1897*。

③ 《福尔摩斯侦探案全集·凡例》，见［英］柯南·道尔著，程小青等译：《福尔摩斯侦探案全集》，上海：中华书局1916年版。转引自任翔、高媛主编：《中国侦探小说理论资料（1902—2011）》，北京：北京师范大学出版社2013年版，第34页。

这些翻译家、作家以不失小说原文神采和精髓为翻译原则。这个译本的特点就是忠实于原著，译著结构缜密、情节奇诡。对于这一译本，柳存仁也曾谈到过：

> 民国初年中华书局出版的，用文言文译出的十二册的《福尔摩斯侦探案》，里面就有小青先生的笔墨。[同时在那里面有文字的，还有著名的文学家刘复（刘半农）、周瘦鹃、天虚我生（陈栩）……等多人。]我在十二岁以前跟父母住在北京，暑假的时候偷看先父的藏书，里面就有这一部翻译的著作。这些译者的古典汉语是很典雅的，但也还不过分流于古朴，里面的文字当时的年轻人还可以接受，就是有些看不懂的地方，靠了原著情节的吸引，也可以囫囵吞枣似地很快地读下去，使大家对向来望而生畏的古典汉语，居然也能引起一些亲切感。例如，福尔摩斯大侦探向他的助手华生说："华生！冠而冠！行矣。"这一类的句法，很早的就引起我对汉语语法的兴趣。①

柳存仁认为这套文言文译版的《福尔摩斯侦探案全集》具有很深的艺术魅力和文学价值。译者以典雅的文言文翻译了西方充满悬疑色彩的侦探故事，显得中西合璧，相得益彰。虽然文言文略显晦涩难懂，但因小说情节的引人入胜，故而降低了阅读难度，显得亲切有趣。作为译者之一的刘半侬说："柯氏此书，虽非正式的教科书，实隐隐有教科书的编法。"② 刘半侬认为，柯南·道尔的《福尔摩斯探案集》更像是一本关于科学、法律的教科书。由这种将侦探小说比作科学、法律的教科书的观点，可以见出当时作家对侦探小说的文学功能和社会价值的重视。

除了柯南·道尔和威廉·勒苟氏的小说，程小青还翻译了其他作家的侦探小说作品。1917 年 6 月，程小青翻译了英国作家弼斯东（英文原名尚不可考，在程小青发表于《侦探世界》的作品中被译为弼斯敦）的作品，译名《碧珠记》③，发表在《小说月报》④ 第 8 卷第 6 期。

---

① 柳存仁：《霍桑探案集·序》，见程小青：《霍桑探案集》（1），北京：群众出版社 1986 年版，第 1 页。

② 刘半侬：《福尔摩斯侦探案全集·跋》，见［英］柯南·道尔著，程小青等译：《福尔摩斯侦探案全集》，上海：中华书局 1916 年版。转引自任翔、高媛主编：《中国侦探小说理论资料（1902—2011）》，北京：北京师范大学出版社 2013 年版，第 35 页。

③ ［英］弼斯东著，程小青译：《碧珠记》，《小说月报》1917 年第 8 卷第 6 期，第 1－16 页。

④ 此时《小说月报》还未改版，以刊登通俗文学作品为主。

此期，程小青主要以文言文翻译西方侦探小说，所译著作显示了他较好的文言文功底和文学素养。通过翻译西方侦探小说作家作品，程小青也逐渐熟悉了侦探小说的写作技巧、人物塑造手法和风格特色，这对他日后进一步从事侦探小说的翻译和创作有非常重要的启示性作用。

二、“东方福尔摩斯的现身”

1919 年至 1923 年，程小青以创作“东方福尔摩斯探案”系列小说为主，同时也翻译了一些西方侦探小说作品。这一时期，程小青对西方侦探小说有了更深入的了解，翻译和创作笔法渐趋成熟。

从 1919 年 5 月发表于《乐园》（又名《先施乐园日报》）第二百七十三号至第二百七十五号的《江南燕》（“东方福尔摩斯探案”系列小说）开始，到 1923 年 12 月发表于《半月》第 6 卷第 6 号（侦探小说号）的《异途同归》（“东方福尔摩斯霍桑探案”系列小说）结束，程小青共计创作“东方福尔摩斯探案”系列小说 20 篇左右。周瘦鹃作为程小青的挚友，非常推崇“东方福尔摩斯探案”系列，他在小说《无头案》的序文中说道：

吾友程子小青，尝私淑柯氏，所作如《江南燕》《鞋尖泥印》《倭刀记》等，以高抗之笔，写琐碎奥曲之事，实足颉颃柯氏。今复出其绪余，著为是书，其构局之佳、运笔之神，又迥出乎前作之上。末后数章，写本案以罪史卒委过于社会，止此一结，直使读者不以手殊人命之罗某为可杀，而转以尤妇之死为足矜尚。嗟夫，文心之幻，叹观止矣。程子标其篇曰“东方福尔摩斯探案”，吾又宁得不以东方柯南·道尔目程子者哉。是为序。①

周瘦鹃认为程小青的“东方福尔摩斯探案”系列小说，笔法高抗，结构巧妙，运笔神奇，不输于柯南·道尔的小说。

《江南燕》是程小青“东方福尔摩斯探案”系列的代表作品，是用文言文写作的侦探小说，后又被程小青以现代白话文重写，收入《霍桑探案集》。小说讲述了苏州城孙格恩家中的一宗盗窃案。孙格恩家仆洪福盗用了侠盗“江南燕”之名，作案后在凶案现场的墙上留下“江南燕”的名

---

① 周瘦鹃：《无头案·序》，《华安杂志》1920 年第 2 卷第 1 期，第 65 页。

字，污蔑“江南燕”，然后逃之夭夭。小说揭示了“人心不古”的主题思想。这篇小说以文言文写作，阅读难度较大；而且情节简单，故事的悬念性也不强，欠缺深刻性。但是，作为程小青早期的原创侦探小说，《江南燕》的刊行，既肯定了程小青的侦探小说创作，也鼓励了中国的侦探小说作家，对中国侦探小说的发展起到了激励作用。

1920 年发表于《华安杂志》的小说《无头案》，是此期程小青的另一篇原创侦探小说代表作。《无头案》也是以文言文写作，讲述了青年男女梦生和惠珠的爱情悲剧。小说虽取材才子佳人的风月故事，但以侦探小说的形式写出，加之情节比较巧妙，故事悬念性较强，因此与同时期的言情小说相比，显得较为新颖和别致。小说的主题也契合了时代的思潮，表现了青年男女试图冲破封建藩篱而自由恋爱的愿望。程小青以西方的新文类写民国上海的言情故事，别出心裁。小说《无头案》无论从其悬念式的结构还是丰富的叙事技巧与主题的表达等方面，都可算是此期程小青较为成熟的作品，尽管此时程小青在侦探小说的创作上还处于初期的向西方侦探小说借鉴的阶段。

1926 年 5 月，上海大东书局初版了程小青的《东方福尔摩斯探案》，收录的篇目有《试卷》《怪别墅》《断指党》《自由女子》《霍桑的小友》《黑鬼》《异途同行》等。这一时期程小青的“东方福尔摩斯探案”系列小说还有《猫儿眼》《一支鞋子》《一个嗣子》《倭刀记》《长春妓》《精神病》《冰人》《孽镜》《怨海波》。

在试图创作本土化的侦探小说的同时，程小青也没有停止对西方侦探小说的翻译，且译著颇多。1919 年，上海交通图书馆出版了程小青与周瘦鹃编译的《欧美侦探小说大观》，分别编译了英国作家柯南・道尔、威廉・弗利门和美国作家亚塞李芙的侦探小说。

1922 年程小青开始翻译“大陨斯探案”系列小说，到 1923 年底共译六篇，包括《钻耳环》《险买卖》《璁玉串》《猫眼祟》《黄钻石》《未来神》，连载于《快活》和《民众文学》上。1923 年，程小青陆续翻译了英国作家弼斯敦的“协作探案”系列小说，包括《古塔上》《捉刀人》《十字架上》《无敌术》《漆匣子》《最后之胜利》六篇作品，连载于《侦探世界》。

“协作探案”这是英国作家弼斯敦的名著，内中有三个主角：一个是击剑师，一个是女侦探，还有一个是爬高人。他们合在一起经历了许多离奇冒险的案子，所以叫做协作探案。乃是侦探小说中别开生面的作品。一组共有六篇，以后当按期译刊。[1]

除了创作和翻译外，由上海世界书局创刊于1923年6月的侦探类期刊《侦探世界》，程小青是其主编之一。不过遗憾的是，《侦探世界》仅持续了一年左右就停刊了。

从1896年张坤德译“福尔摩斯探案”到1919年小说《江南燕》的刊载，侦探小说这一盛行于欧美的新文类，经程小青之手，在中国文学界生根、发芽。在中国侦探小说的创作实践中，程小青所做的尝试实属不易。创作侦探小说比其他小说更难，题材的新颖、构思的巧妙、人物的鲜明、情节的奇特、语言的老辣，这些因素缺一不可。程小青初始创作的侦探小说，虽然笔法略显稚嫩，却也情有可原。他能够坚持几十年在侦探小说的创作上，不仅为中国侦探文学填补了空白，这种坚持不渝、持之以恒的精神也难能可贵。

三、“霍桑的初来乍到”

在翻译和借鉴西方侦探小说的基础上，程小青逐渐形成了他侦探小说的创作观和创作风格，写作笔法也逐渐成熟。程小青的“霍桑探案”系列小说数量多，风格鲜明，借鉴了西方侦探小说的写作手法，又不失东方色彩，是中国侦探文学的经典系列作品。

自1921年10月发表在《半月》第一卷第三号的《自由女子》（“霍桑探案”系列小说），到1948年发表于《中美周报》第301期至第323期（第316期未登）的《缥缈峰下》（“霍桑探案”系列小说），侦探霍桑陪伴了程小青近三十年的时间，程小青将毕生的精力都倾注在“霍桑探案”上。“霍桑探案”系列小说数次由出版社结集出版、再版，霍桑也成为当时家喻户晓的中国明星大侦探。

1930年至1931年，《霍桑探案汇刊》（第一集）（全六册）由上海文华美术图书印刷公司出版，包括第一册《猫眼宝》《一只鞋》；第二册《第二张照片》；第三册《弹之路线》；第四册《黑地牢》；第五册《五福党》；第六册《毒与刀》。程瞻庐、周瘦鹃、张毅汉、赵苕狂、范烟桥与程小青本人都为此汇刊集作序。

1933年1月，《霍桑探案汇刊》（第二集）（全六册）由上海文华美术

---

① 程小青：《古塔上》（协作探案之一），《侦探世界》1923年第1期，第1页。

图书印刷公司出版，包括第一册《湖亭惨景》《神龙》《请君入瓮》《地狱之门》《失败史之一页》；第二册《社会之敌》《剧中人》；第三册《魔力》《项圈的变幻》《堕落的女子》；第四册《舞女血》《畸零女》；第五册《父与女》；第六册《案中案》。王墳、孙东吴、范烟桥、程瞻庐、周瘦鹃等作家为《霍桑探案汇刊》（第二集）作序。在序言中这些作家对程小青“霍桑探案”系列小说给予了积极、中肯的评价，既肯定了程小青侦探小说的创作水准，也丰富了中国侦探小说的理论建设。

1942 年，《霍桑探案袖珍丛刊》（第一集）由上海世界书局出版，收录了《珠项圈》《黄浦江中》《八十四》《轮下血》《裹棉刀》《恐怖的活剧》《舞后的归宿》《白衣怪》《催命符》《矛盾圈》等小说。

1944 年，《霍桑探案袖珍丛刊》（第二集）由上海世界书局出版，收录了《紫信笺》《霜刃碧血》《新婚劫》《怪房客》《魔窟双花》《两粒珠》《轮下血》《灰衣人》《血匕首》《夜半呼声》《难兄难弟》《江南燕》《活尸》等小说。

1945 年，《霍桑探案袖珍丛刊》（第三集）由上海世界书局出版，收录了《案中案》《险婚姻》《青春之火》《怪电话》《浪漫余韵》《五福党》《双殉》《魔力》《舞宫魔影》《第二张照》《犬吠声》《狐裘女》《猫儿眼》《嗣子之死》《项圈的幻术》《断指团》《一只鞋》《楼头人面》《催眠术》《沾泥花》《第二弹》《血手印》《反抗者》《鹦鹉声》《蜜中酸》《逃犯》《乌骨鸡》《虱》《断指余波》《单恋》《请君入瓮》《别墅之怪》《幻术家的暗示》《地狱门》《黑地牢》《古钢表》《黑脸鬼》《王冕珠》《打赌》《一个绅士》《毋宁死》《试卷》《论侦探小说》等小说与文章。

上海世界书局汇集大部分的“霍桑探案”系列小说出版成作品集，对程小青侦探小说的保存和中国侦探文学的发展有不可忽视的作用和意义。

在创作“霍桑探案”系列小说的同时，程小青并未停下翻译西方侦探小说的脚步。此期，在翻译小说语言的选择上，程小青由以文言文翻译转向以白话文翻译。

1924 年，程小青以白话文再译柯南·道尔的《福尔摩斯侦探案全集》（上中下三册），由上海世界书局出版。关于这件事，柳存仁在《霍桑探案集》的序言中曾经提到：

> 后来程小青先生和别的人又曾把这书再从原文重译做白话，由当时的世界书局出版，也是脍炙人口，十分畅销。作为一般的通俗文学 popular

literature 作品来说，我想这些书是可以启人心智的。①

柳存仁认为，程小青所译的“福尔摩斯探案”系列小说的白话译本在当时风靡一时。译著通俗易懂，启人心智，是翻译侦探小说的代表作品。

1925 年，程小青翻译英国作家威廉·弗利门的“森迪克探案系列”，连载于《民众文学》等杂志。同年，程小青翻译英国作家杞德烈斯（Leslie Charteris）的“柯柯探案系列”，连载于《新月》杂志。1926 年，程小青翻译美国作家史朗德的《黑夜客》（未完），刊载于《太平洋画报》第一卷第一号至第四号；1927 年，上海世界书局出版了程小青等翻译的《标点白话福尔摩斯探案大全集》（13 册），收录篇目有《冒险史》《回忆录》《归来记》《新探案》《血字的研究》《四签名》《古邸之怪》《恐怖谷》。

1931 年，上海大东书局出版了程小青翻译的《世界名家侦探小说集》（上、下），篇目为《麦格路的凶案》《尝试的失败》《盲医生》《父与子》《古邸中的三件盗案》《血症》。从 1932 年开始到 1947 年，上海世界书局陆续出版了程小青翻译的美国作家范达痕（S. S. Van Dine，1888—1939）的“斐洛凡士（Philo Vance）探案”系列小说。1933 年至 1934 年，《珊瑚》杂志连载程小青翻译的英国作家瓦拉斯的小说《绿箭手》。1939 年 7 月、1940 年 10 月、1948 年 12 月，上海中央书店分别出版了程小青主译的美国作家欧尔特毕格斯（Earl Derr Biggers，1884—1933，今译厄尔·德尔·比格斯）的《陈查礼探案》（第一至第六集）。1940 年，程小青翻译英国作家杞德烈斯的“圣徒奇案”系列；1941 年，程小青与庞啸龙合译美国作家奎恩（今译埃勒里·奎因）的“奎恩探案”系列，连载于《万象》杂志。

这二十年间，程小青创作和翻译了数量庞大的侦探小说作品，创作成果丰厚。程小青的侦探小说写作技巧和创作风格也渐趋成熟，而且还发表了多篇关于侦探小说的理论文章，成为中国侦探文学界最重要的代表作家。

四、“新侦探”的昙花一现

在创作后期，也就是 1946 年至 1949 年间，程小青依然坚持在侦探小

① 柳存仁：《霍桑探案集·序》，见程小青：《霍桑探案集》，北京：群众出版社 1997 年版，第 1－2 页。

说的翻译和创作活动上。

不仅如此，1946 年 1 月，他创办了专门刊载侦探小说的杂志《新侦探》，由上海艺文书局发行。杂志的主要供稿人有程小青、罗薇、姚苏凤、何卓呆、周瘦鹃等作家，主要栏目有图照探案、特载、短篇、中篇、研究、小探案、长篇连载等。杂志以刊载侦探小说为主，类型多样。刊载的作品包括国内原创作品、外国侦探小说译作等。另外，杂志还刊载关于侦探小说的理论、科学与犯罪的研究等文章，如《论侦探小说》《科学侦探术》《秘窟洗冤记》《战争与犯罪》《罪犯的善意》《少年犯的成因》等。《新侦探》是一份旨在纾解压力、唤醒理智的文艺刊物。作为《新侦探》的编者，程小青希望侦探小说这种科学性的、可唤醒理智、引起好奇心和求知欲的文学作品，能给予读者条理、系统、缜密的逻辑思维训练，在为读者疏散工作压力的同时，能为科学化建国做出一份贡献。但遗憾的是，这份刊物并没有发行多长时间就停刊了。①

在原创侦探小说方面，1946 年，《百宝箱》（未完）（“霍桑探案”系列小说）发表于《新侦探》第 1 期至第 17 期；《毋宁死》发表于《新侦探》第 2 期。1947 年 6 月，《雾中花》（“霍桑探案”系列小说）发表于《中美周报》第 242 期至第 266 期（第 253 期未登）；同年 11 月《原子大盗》和《假面女郎》由上海复新书局出版。1948 年，《缥缈峰下》（“霍桑探案”系列小说）发表于《中美周报》第 301 期至第 323 期（第 316 期未登）。1949 年，程小青创作侦探小说《灵璧石》，发表于《蓝皮书》第 20 期至第 26 期，此后再无其他侦探小说作品问世。

在翻译侦探小说方面，1946 年，程小青翻译美国作家爱雷·奎宁的“奎宁探案”系列。1947 年 4 月，《乐观》创刊号刊载了程小青翻译的英国女作家阿加莎·克里斯蒂的《波诡云谲录》（未完）；同年，由程小青编译的《短篇侦探小说选》由上海广益书局出版；1948 年，上海大东书局出版了《世界名家侦探小说集》（1—8），由程小青编译，收录了包括美国作家奥斯丁福礼门、英国作家厄涅斯德布雷马、英国作家惠廉姆尉尔启扣林斯（William Wikie Collins，1824—1889，今译威廉·威尔基·柯林斯）、德国作家陶哀屈烈克梯郗、俄国作家安东乞呵甫（Anton Chekhov，1860—1904，今译安东·契诃夫）、法国作家毛利司勒勃朗（今译莫里斯·勒布朗）等世界侦探小说名家的作品；1948 年，程小青翻译阿加莎·克里斯蒂的“包罗德探案”系列；程小青的最后一篇侦探小说译作是 1949 年 1 月

① 《新侦探》简介，选自数字资源《全国报刊索引》，上海图书馆。

刊载于《红皮书》第 1 期的《间谍之恋》，原著尚不可考。之后程小青再无其他侦探小说译作刊载和出版。

从少年时代对侦探小说的热爱，到后来将毕生的精力都奉献给了侦探小说，这条路程小青走得艰难、曲折。自小说《江南燕》受到读者的关注之后，程小青创作的“霍桑探案”系列小说，收获了众多的中国读者。上海世界书局于 1932 年至 1946 年间陆续出版了《霍桑探案袖珍丛刊》（全三十册），共计三百万字。程小青为中国读者奉上了一道侦探小说的盛宴，他的侦探小说也成为中国现代侦探文学中较为杰出的代表作。程小青的侦探小说创作既受到了西方侦探小说尤以柯南・道尔侦探小说为主的影响，也保留有中国传统文学的风格。在中国现代化语境中，程小青侦探小说在主题、人物形象、结构和语言等方面，完成了对西方侦探小说与中国古代公案小说的借鉴、改造和创造性转换，具有重要的文学史价值与文化史意义。

第三章　程小青侦探小说的主题

中国文学中断案故事的叙写从古代公案小说发展到现代侦探小说，在小说主题上有了很大的转变。公案小说书写清官与侠客联手断案的故事，颂扬清官、赞美侠客，揭露封建社会的黑暗面，表达民众对公平、正义和美好生活的向往与追求。程小青的侦探小说是在借鉴西方侦探小说的基础上创作而来的，表现的是现代文明和现代生活，所以在小说主题上与古代公案小说有明显的不同。以“福尔摩斯探案”为代表的西方侦探小说对程小青侦探小说的主题思想有深刻的影响。通过阅读西方侦探小说，程小青捕捉到西方侦探小说所蕴含的深刻主题思想。西方侦探小说书写现代文明，批判人性罪恶，彰显科学和理性精神。在小说主题上，“霍桑探案”与“福尔摩斯探案”有相同之处，二者都强调了现代科学和理性精神的重要性。不过，由于程小青的侦探小说叙写的是发生在中国大都市上海的侦探故事，因此小说的主题与西方侦探小说的主题不尽相同。“霍桑探案”表现了程小青的人文关怀，具有东方色彩。

第一节　书写“现代文明”与“现代罪恶”

西方侦探小说与中国古代公案小说生长于不同的文化土壤，因此在很多方面都存在差异，尤其体现在小说的主题思想上。从表面上来看，公案小说和侦探小说都是表现正义对邪恶的胜利，但其侧重点还是有所不同。公案小说强调劝惩和伦理；侦探小说赞扬的是侦探的智慧。公案小说书写清官和侠客的事迹，赞美清明政治和侠义精神；而侦探小说叙写的是侦探破案的过程，弘扬了现代理性精神，批判了现代文明的罪恶。[①]

---

① 李保均主编：《明清小说比较研究》，成都：四川大学出版社 1996 年版，第 359 页。

一、表现理性精神

西方侦探小说以表现理性精神和科学、现代的断案方式为主要内容，而理性精神主要体现在小说的人物身上。侦探与侦探的现代断案方式是侦探小说作家着重塑造和书写的对象。通过对侦探断案的书写，展现了科学、理性和逻辑思维为人类生活带来的改变。

理性精神在柯南·道尔的侦探小说中散发着耀眼的光芒。柯南·道尔生活在维多利亚时代的英国，此时的英国经济腾飞，大肆向外扩张殖民地领域，发展成为世界强国。柯南·道尔深深为国家的强盛感到荣耀、自豪，他认为这与国家科技的发达相关。在侦探小说中，柯南·道尔通过描述侦探现代断案方式的科学性与理性化，突出了科学技术和理性思维对人类发展的重要性。小说中无处不充满了对现代科学和理性精神的讴歌。“福尔摩斯探案”书写了混杂着化学、生物学、解剖学的现代科学侦探术。小说中的福尔摩斯非常注重化学实验和科学求证，对于化学知识有着十分执着的追求。

> 化验室是一间高大的屋子，四面杂乱地摆放着无数个瓶子。几张又矮又大的桌子纵横排列着，上边放着许多蒸馏器、试管和一些闪动着蓝色火焰的小本生灯。
>
> “我发现了一种试剂，只能用血色蛋白质来沉淀，别的都不行。”即使他发现了金矿，也不见得会比现在更显得高兴。[①]

“化验室”“蒸馏器”“试管”“小本生灯”“试剂”“血红蛋白”等都是现代科学技术的象征。福尔摩斯精通化学知识，喜欢做化学实验，并且沉溺其中。他凭借着丰富的化学知识，在断案过程中搜集证据，寻找线索，从而破案。福尔摩斯的断案方式是科学的、严谨的、有据可循的，彰显了人类的理性精神。福尔摩斯不仅是个化学迷，他还钟情于对证据，尤其是物证的搜集。柯南·道尔开启了西方侦探小说的“物证时代”。

> 在很多人心中，大侦探福尔摩斯的典型形象是头戴猎鹿帽（一种前后

---

① ［英］柯南·道尔著，丁钟华、袁棣华译：《血字的研究》，北京：群众出版社 1978 年版，第 6 页。

有帽檐的布帽），手拿手杖，口衔烟斗，兜里揣着放大镜。这四件行头的来历颇不相同，其中，手杖和烟斗是英国维多利亚时代绅士们的标配；猎鹿帽据说是当年插图画家的错误描绘，不过后来得到了作者的默认；只有放大镜才是柯南·道尔爵士刻意的描写，标志福尔摩斯侦探身份的专有装备。①

放大镜表现了福尔摩斯在断案时理性、专业、严谨的态度。福尔摩斯用放大镜去寻找罪犯留下的微小物质和痕迹，像考古学家一样，通过对微量物证的考察以发现案情的线索。多件的微量物证联系在一起，就可以构成证据链，牢牢锁定罪犯。②

他（福尔摩斯）说着，很快地就从口袋里拿出一个卷尺和一个很大的圆形放大镜。……他一直检查了20分钟，小心翼翼地测量了一些痕迹之间的距离；这些痕迹，我是一点也看不出来的。偶尔他也令人不可思议地用卷尺测量墙壁。后来他非常小心地从地板上什么地方捏起一小撮灰色尘土，并且把它放在一个信封里。接着，他用放大镜检查了墙壁上的血字，非常仔细地观察了每个字母。最后，他似乎很满意了，于是就把卷尺和放大镜装进衣袋中去。③

“墙上的字是一个人用食指蘸着血写的。我用放大镜看出写字时有些墙粉被刮了下来。”④

“卷尺”“放大镜”“测量”“尘土”“墙粉”这些都表现出了福尔摩斯断案方法的科学和严谨。他小心仔细地搜集证据，之后再把这些微量物证形成一条证据链，指引着侦探和读者去发现案情的玄机和真相。福尔摩斯“从一个人瞬息之间的表情，肌肉的每一牵动以及眼睛的每一转动，都可

---

① 代马依风：《福尔摩斯是怎样炼成的》，北京：中国方正出版社2014年版，第134页。

② 代马依风：《福尔摩斯是怎样炼成的》，北京：中国方正出版社2014年版，第134－135页。

③［英］柯南·道尔著，丁钟华、袁棣华译：《血字的研究》，北京：群众出版社1978年版，第33页。

④［英］柯南·道尔著，丁钟华、袁棣华译：《血字的研究》，北京：群众出版社1978年版，第36页。

以推测出他内心深处的想法来”[①]。他具有惊人的洞察力和对所观察到的事物进行准确分析和判断的本领。福尔摩斯在断案过程中将科学、智性、逻辑与推理运用到了极致，表现了柯南·道尔对现代理性精神的肯定和追求。

柯南·道尔的“福尔摩斯探案”是对人类理性精神和科学革命的致敬。人类寻找有效破案方法的道路并不平坦。在文明的早期，我们的祖先相信神能搞定一切，因此每当遇到疑难案件就求助于神灵；后来，则是依靠刑讯逼供来查明案情的真相；再后来，就是现代刑侦科技的发展。第一次工业革命之后，刑侦科技快速发展，新技术、新方法如潮水般涌现。柯南·道尔也是在这样的时代背景之下，总结和吸收了前人的科技成果和实践经验，并与当时伦敦的具体刑侦实际相结合，创造性地写成了“福尔摩斯探案”系列小说。[②]

侦探小说“黄金时代”群星璀璨，除了柯南·道尔，还有“侦探女王”阿加莎·克里斯蒂，其文学作品也闪耀着智慧、理性的光芒。克里斯蒂的侦探小说创作始于1920年发表的《斯泰尔斯庄园奇案》（*The Mysterious Affair at Styles*），这篇小说创作于第一次世界大战末期。当时的克里斯蒂在当地医院的药剂房工作，这份工作赋予了她关于毒药等药理知识，给她后来的小说创作带来了极大的启发。克里斯蒂笔下有两位大侦探，一位是出场于1930年出版的《寓所谜案》（*The Murder at the Vicarage*）中的著名女侦探简·马普尔小姐，另一位是比利时大侦探赫尔克里·波洛（Hercule Poirot）。

与福尔摩斯不同，大侦探波洛对物证的收集“不屑一顾”，他精通的是现代心理学，更倾向于利用逻辑推理和心理分析来断案。波洛认为，要确认凶手的身份应该从犯罪中去寻找答案。波洛关注的“不止是谋杀的那一刻，而是谋杀背后隐藏的动机”[③]。波洛常常对受害者的性格进行分析，因为“性格特征往往是导致其被杀害的原因”[④]。他注重的证据“不再是烟头、脚印这些‘看得见的证据’，而是谈话中不经意泄漏的情绪、旁观者

---

① ［英］柯南·道尔著，丁钟华、袁棣华译：《血字的研究》，北京：群众出版社1978年版，第16页。

② 代马依风：《福尔摩斯是怎样炼成的》，北京：中国方正出版社2014年版，第1－2页。

③ 黄巍：《推理之外：阿加莎·克里斯蒂的小说艺术》，上海：上海交通大学出版社2014年版，第71页。

④ 黄巍：《推理之外：阿加莎·克里斯蒂的小说艺术》，上海：上海交通大学出版社2014年版，第71页。

脸上一闪而过的惊讶神情或是特定情况下某个不自然的手势”①，波洛终结了福尔摩斯的“物证时代”。不过，精通化学的福尔摩斯与精通现代心理学的波洛都具有现代的理性精神，他们都注重逻辑推理，喜欢分析事件的因果关系，从中找到线索，进而抓获真凶。

马普尔小姐也是一位极具理性思维的侦探，同时也是侦探小说中屈指可数的女侦探，她的智性和侦探头脑，给世人留下了深刻的印象。她是与世无争的中产阶级女性，她不仅有努力维护道德、正义的使命感以及悲悯的情怀，最重要的是她有敏锐深刻的洞察力，这种洞察力令马普尔显得智性、聪颖，具有理性精神。马普尔小姐的形象也与克里斯蒂本人很接近，克里斯蒂借马普尔小姐来表达她对人生的思考和体验。② 柯南·道尔的小说《波希米亚丑闻》中也有一位令读者印象非常深刻的智慧女性，她就是艾琳·艾德勒。小说中的艾琳是位既聪明又理性的俏佳人，是唯一拆穿了福尔摩斯计谋且在智慧上战胜福尔摩斯的人。她的聪慧给福尔摩斯留下了深刻的印象，得到了福尔摩斯的尊重。艾琳·艾德勒和马普尔小姐身上的理性精神，代表了工业文明社会女性思维的转变。

无论是福尔摩斯的物证收集，还是波洛的心理分析，都表现了现代侦探术的进步。小说中的侦探不再依靠鬼神断案，也没有严刑逼供、拷问，他们依靠的是化学、心理学等现代科学知识，表现了人类文明的进步和理性精神的强大。

西方近代科学是人的理性发展到一定阶段的产物。西方人认为，人总是，而且不得不成为智力的人——即作为思考者的人，如果没有经验、理性之“礼物”，人类生活就不可能面临一个稳定的环境。巴伯说：“无论他们明确地利用逻辑还是仅仅隐含地利用逻辑，所有人都多少具有进行理性思维和活动的潜在能力，并且把它们用在其日常生活中。”③ 巴伯的这一观点表明了人类理性的普遍性。④

① 黄巍：《推理之外：阿加莎·克里斯蒂的小说艺术》，上海：上海交通大学出版社 2014 年版，第 71 页。

② 黄巍：《推理之外：阿加莎·克里斯蒂的小说艺术》，上海：上海交通大学出版社 2014 年版，第 41 页。

③ ［美］巴伯著，顾昕等译：《科学与社会秩序》，北京：生活·读书·新知三联书店 1991 年版，第 7 页。

④ 刘德华：《基于人文立场的科学教育变革》，长沙：湖南师范大学出版社 2016 年版，第 50 页。

理性思维精神是工业文明社会的核心。侦探小说中的侦探试图以理性思维力量和科学思想，理解、支配充满犯罪和谋杀案的世界。求真、求善是侦探小说的本质，也是小说中理性精神存在的意义。科学、理性把人类的活动导向了人生的最高境界，成为侦探的独特品质。科学、理性也改变着人类观察世界的思维方式，面对丑恶、阴暗的事物，人类开始思考和批判。

二、批判人性罪恶

19 世纪 30 年代，在西欧和俄国相继形成了批判现实主义（critical realism）的文学思潮，这一概念首先出现在高尔基的《和青年作家谈话》一文中：

> 资产阶级的“浪子”的现实主义，是批判的现实主义：批判的现实主义揭发了社会的恶习，描写了个人在家庭传统、宗教教条和法制压制下的“生活和冒险”，却不能够给人指出一条出路。①

随着资本主义、自然科学和理性精神的进一步发展，现实主义的艺术创作批判的色彩日益增强。批判现实主义的主要特点是深刻真实地反映社会现实，揭露资本主义制度的弊端和矛盾。在 19 世纪三四十年代的英国文学中，出现了像查尔斯·狄更斯这样的批判现实主义大家。② 狄更斯的小说取材于英国底层民众的生活，深刻地反映了当时英国复杂的社会现实。继狄更斯之后，英国古典侦探小说作家虽然并非以批判与揭露社会现实为小说的唯一主题思想，但小说对于犯罪案件的叙写也间接地批判了社会现实，揭示了西方资本主义国家在科技、政治、经济、军事等方面迅速发展的同时所产生的社会问题，如资本主义国家不断膨胀的欲望给殖民地带来的影响和伤害、国家犯罪案件的增长、人性的堕落，等等。

国家欲望的膨胀，给殖民地国家带来了深刻的灾难。科技的进步、生产力的发展，为资本主义国家积累了丰厚的物质财富。但是，它们仍不满足，于是大肆向外扩张。以英国为例，工业革命之后，随着科学技术的发

---

① ［苏］高尔基：《和青年作家谈话》，见［苏］高尔基著，孟昌、曹葆华、戈宝权译：《论文学》，北京：人民出版社 1978 年版，第 335 – 339 页。转引自上海师范学院中文系：《文艺理论专题参考资料　文学的创作方法》，第 7 页。

② 朱立元：《美学大辞典》（修订本），上海：上海辞书出版社 2014 年版，第 709 页。

展，英国的经济得到了飞速的提升，与他国的商业贸易往来也变得频繁，这些都间接地导致了殖民主义的形成。商业利益激发了英国对市场的热切需求，导致了英国对非洲、亚洲和大洋洲等国的殖民统治。大约在 1914 年，大英帝国达到了其统治的巅峰，占有世界上陆地面积五分之一的国土，统治四分之一的人口。①

不仅是英国，欧洲其他经济强国也同样如此。欧洲殖民主义的第一阶段是在哥伦布航海之后，对美洲和加勒比地区的开发和掠夺；第二阶段是 1875 年至 1914 年间欧洲各国之间为争夺海外殖民地的相互竞争较量，这也为第一次世界大战埋下了隐患。② 欧洲各国生产力与科学技术的发展，促进了资本主义的发展；但欲望的膨胀、殖民地的扩张，却引发了贫苦、落后地区人们的灾难。柯南·道尔的侦探小说《四签名》就叙写了英国对殖民地印度的统治历史。小说第十二章“琼诺赞·斯茂的奇异故事”就展现了英国对印度的疯狂统治，表露了种族歧视的思想。

“唉，真是好景不长。突然间，大叛乱③出人意料地爆发了。前一个月，人们还和在祖国一样地安居乐业，到下一个月，20 多万黑鬼子④就失去了约束，把全印度变成了地狱一般。”⑤

英国人对印度人非常歧视。英国士兵斯茂认为，印度只有在英国的统治之下才是平安和繁荣的。印度人被称为“黑鬼子”，他们的国家沦为了他国的殖民地，他们为自由而战却被说成“大叛乱”。国家科技、生产力水平的落后导致了印度人沦为“阶下囚”。可见，科学对于国家的发展至关重要。但是，科学只可造福人类，而不应成为人类实现欲望的手段。资本主义国家的强盛和扩张不仅给落后的殖民地国家和民众带来了深刻的灾难，也助长了本国的权贵人士仗势欺人的本性。小说《血字的研究》中的官方警察雷斯特垂和葛莱森就是代表，他们被福尔摩斯鄙视至极，福尔摩斯认为他们是无耻的人：

---

① ［美］康拉德·菲利普·科塔克著，范可等译：《人性之窗：简明人类学概论》（第 3 版），上海：上海人民出版社 2014 年版，第 379 页。

② ［美］康拉德·菲利普·科塔克著，范可等译：《人性之窗：简明人类学概论》（第 3 版），上海：上海人民出版社 2014 年版，第 379 页。

③ 指 1857 年爆发的印度反英民族大起义。

④ 英国殖民主义者对印度人侮辱性的称呼。

⑤ ［英］柯南·道尔著，严仁曾译：《四签名》，北京：群众出版社 1978 年版，第 100 页。

破案神速之功完全归于苏格兰警场知名官员雷斯特垂和葛莱森两位先生，这已经是一件公开的秘密。……这两位官员将荣膺某种奖赏，作为对于他们劳绩的表扬云云。①

警察雷斯特垂和葛莱森在断案的时候，表现滑稽而愚蠢。但是在破案之后，英国官方报纸上竟然刊登出表扬雷斯特垂和葛莱森的文章，真正破案的功臣福尔摩斯却被晾在一旁。小说表现了柯南·道尔对官方警察的鄙视与对权贵阶级丑态的嘲笑，揭露了国家迅速发展、贫富差距日渐加大的同时，个人欲望的膨胀所带来的深切的社会问题。因为贪婪，贪恋金钱、美色而引发的犯罪问题不计其数。在柯南·道尔的侦探小说中，常叙写正义犯罪的故事，这类故事可以将物质高度发达时代人性的丑陋突出地展现出来。

小说《血字的研究》写杰弗逊·侯波因心上人惨死在恶人手中而复仇。小说的女主人公露茜·费瑞厄是一个天真的少女，美丽、纯洁、无瑕。她情窦初开，爱上了英俊潇洒的青年杰弗逊·侯波。可惜，命运是残酷的，露茜的爱情之路并不平坦。露茜的美貌和她义父的财富，被两个恶徒看上，这直接导致了她和她义父的死亡。露茜和爱人最终天人永隔。侯波因此心生怨恨，从此走上了为露茜复仇的漫漫长路，也就有了涂着血字的墙壁和惊人的谋杀案。侯波为了报仇，忍辱负重，日复一日、年复一年地承受着身心的煎熬，没了人样。他为的就是伸张正义，惩罚那些法律都无法制裁的恶人。当然，柯南·道尔并非肯定“以暴制暴”的复仇，而是通过对正义复仇故事的书写，揭示英国犯罪率递增的原因。侯波为露茜报仇，根源就在于恶徒贪婪的欲望；《四签名》中斯茂的复仇，缘于殖民主义给世界带来的灾难和人的欲望的膨胀。

阿加莎·克里斯蒂的小说《啤酒谋杀案》，叙写了主人公在爱情面前的自私和贪婪所造成的不可挽回的悲剧。卡罗琳·克雷尔被冤枉杀害了自己的丈夫艾米亚斯·克雷尔。侦探波洛通过一幅画找到了真相。克雷尔是被情人埃尔莎·迪蒂斯汉姆所杀。埃尔莎亲手杀了始乱终弃的艾米亚斯，为爱迷失了自我。她既是受害者，也是施害者，这一切都是因为埃尔莎在欲望中迷失和贪婪而造成的。

“他告诉她丝毫不在乎我——他在乎过，但是一切都结束了。他一画

① ［英］柯南·道尔著，丁钟华、袁棣华译：《血字的研究》，北京：群众出版社1978年版，第141页。

完就让我收拾东西走。……他们没有死。死的是我。死的是我……”①

埃尔莎痴情、重情，但逾越道德和伦理的爱情最终是没有好结果的。克雷尔为了爱情背叛了自己的妻子，最终也被情人杀掉。侦探小说中的爱情主题，由于常与欲望、死亡、复仇和犯罪这些因素联系在一起，也就多了几分摄人心魄的感染力。不过，对于在侦探小说中书写爱情故事，毛姆有不同的看法：

我实在无法忍受在侦探小说中插入爱情。爱也许能让地球旋转，可那不是在侦探小说的世界里；在这里爱会让一切乱套。我根本不在乎最终是谁赢得了姑娘的芳心——是那个绅士风度的私家侦探，是首席警探，还是被诬告的主人公。在侦探小说中，我要的只是“探案”。②

毛姆认为，如果侦探小说讲述的是与爱情相关的谋杀故事，那么读者在阅读过程中则会轻易地知悉作家的布局和用意，凶手是谁就显得没那么神秘了。其实，以爱情为主题的侦探小说，凶手是谁并不是最重要的，作者真正想要探讨和批判的是欲望和人性，是人类在丧失理智的爱情中而犯下的罪恶。

西方侦探小说将资本主义国家的方方面面展现在世界读者的面前。小说表现了人类理性思维的进步和现代科学技术的发展，同时也批判了人类因欲望和贪婪而迷失的犯罪，启示读者对人性和正义的思考。侦探小说是有趣的，有趣在侦探断案的过程，这是一种“解谜”的乐趣；侦探小说也是深刻的，深刻在它主题思想的表达上。当西方侦探小说出现在19世纪末的中国之后，小说中的理性精神和批判思想给中国的作家和读者带来了深刻的启示。西方侦探小说作家对科学、理性和智慧的尊重与推崇，影响了中国作家的侦探小说主题。以程小青为代表的中国现代侦探小说作家，借鉴西方侦探小说的主题，在小说中叙写科学精神，展现人文关怀，完成了对西方侦探小说与中国古代公案小说主题的创造性转换，创作出了具有中国特色的现代侦探小说。

---

① ［英］阿加莎·克里斯蒂著，李平、秦越岭译：《啤酒谋杀案》，贵阳：贵州人民出版社1998年版，第257页。

② ［英］威廉·萨默塞特·毛姆：《侦探小说的衰亡》，见［英］威廉·萨默塞特·毛姆著，朱金译：《随性而至》，上海：上海译文出版社2015年版，第79页。

第二节　叙写“科学精神”与“人文关怀”

在小说的主题思想表达上，程小青借鉴了西方侦探小说以“福尔摩斯探案”为代表的小说主题，推崇科学和理性精神，关注与批判社会现实，寄托了他对国家、世事的深切关怀之情。“霍桑探案”不仅书写了现代科学和理性精神的重要，也为读者展现了上海这座中西方文化高度融合的城市的生活景象，表达了程小青对于国家、民族命运的担忧与思考。程小青侦探小说在主题思想上表现出与古代公案小说明显的转变与不同。

一、崇尚科学

清末民初的中国战乱不断、民生悲苦，在世界中处于被侵略和被践踏的处境，而根源就在于当时中国的科学、教育、法治等现代制度的落后，这种落后也直接造成了各种犯罪问题和社会问题的出现。落后的中国，需要以科学救国、强国。于是，仁人志士开始“向西方学习”，学习西方先进的科技、政治、教育和法律等制度。西方侦探小说传入中国之后，小说表现科学精神的主题受到了中国作家的广泛关注。程小青在接触西方侦探小说之后，也关注到了小说对西方发达的科技与现代断案方式的书写，这对程小青的侦探小说创作有很深的启示和影响。程小青在其侦探小说中，表露出崇尚科学的态度，展示了科学对于国家、民族的重要性。

程小青笃信科学，他在关于侦探小说的理论文章中，多次表达了他对科学、理性的推崇。程小青在《侦探小说和科学》一文中说到，侦探小说本身就是科学化的，但凡经常阅读侦探小说的人，都会在不知不觉中形成一种论情察理的科学头脑。[①] 侦探小说启迪民智，小说的智慧意味强烈。侦探小说的推理论情，要合于逻辑；侦探小说情节的演述，要有科学的根据。所以，于无形中，侦探小说就增长了读者的思考力和观察社会的经验，[②] “侦探小说是一种化装的通俗科学教科书”[③]。

---

① 程小青：《侦探小说和科学》，《侦探世界》1923 年第 13 期，第 8 页。

② 程小青：《侦探小说和科学》，《侦探世界》1923 年第 13 期，第 8 页。

③ 程小青：《侦探小说的多方面》，见《霍桑探案汇刊》（第二集），上海：上海文华美术图书印刷公司 1932 年版。转引自任翔、高媛主编：《中国侦探小说理论资料（1902—2011）》，北京：北京师范大学出版社 2013 年版，第 152 页。

> 科学是论理的，侦探小说度情察理，也是论理的；科学是重研究重证据的，侦探小说的组织，也注重研究和证据两项；科学的研究方法，分演绎和归纳两种，侦探小说的主角，探案时也都运用这两种方法，以达到他破案的目的。①

科学的侦探小说具有扩展人的理智，培养人的观察力，增进人的社会经验的作用。② 作为“化装的通俗科学教科书”，侦探小说在当时根深蒂固的迷信和颓废的社会里，确实可以指点迷津。③ 程小青以为，凡是科学上的观察、集证、演绎、归纳和判断的方法，都存在于侦探小说之中。侦探小说虽然并非关于天文、地理、物理、生物等科学的纯理论书籍，但它却在潜移默化之中，暗示出一种科学的方法，而科学的方法是人类应对任何事理的工具，并不限于纯粹的科学家才使用。④ 程小青的这些观点都表现出他对现代科学与科学方法的重视和推崇。

> 小说是文艺的一种，大半是诉之于情感的。侦探小说，却是一个例外——情感以外，它还诉之于人们的理智。……侦探小说是一种化装的通俗科学教科书，在文艺的组织和描写以外，还需要相当的科学质料。⑤

程小青认为，侦探小说不仅抒发情感，同时诉诸理智，所以侦探小说应该具有科学质料。同时，科学的侦探小说还可以培养读者的观察力，“治疗我们的‘视而不见’的病”⑥。程小青认为，时人普遍缺少“观察力”，而“观察力”不仅对人生很重要，也是研究科学的一种基本方法。⑦ 他认为，关于人类生活、言语和社会间的根深蒂固的迷信、谬见和传统的习俗，都应该多加思考和观察，而不是武断地作出判断。人类的“观察力”和“理智”在当时已经丧失到很严重的地步，而侦探小说这一“化装

---

① 程小青：《侦探小说和科学》，《侦探世界》1923 年第 13 期，第 8 页。

② 程小青：《谈侦探小说》，《红玫瑰》1929 年第 5 卷第 11、12 期，第 5、4 页。

③ 程小青：《侦探小说的多方面》，见《霍桑探案汇刊》（第二集），上海：上海文华美术图书印刷公司 1932 年版。转引自任翔、高媛主编：《中国侦探小说理论资料（1902—2011）》，北京：北京师范大学出版社 2013 年版，第 152 页。

④ 程小青：《从“视而不见”说到侦探小说》，《珊瑚》1933 年第 2 卷第 1 号，第 4 页。

⑤ 程小青：《霍桑探案汇刊（第一集）· 著者自序》，见《霍桑探案汇刊》（第一集），上海：上海文华美术图书印刷公司 1930 年版。转引自任翔、高媛主编：《中国侦探小说理论资料（1902—2011）》，北京：北京师范大学出版社 2013 年版，第 145 页。

⑥ 程小青：《从“视而不见”说到侦探小说》，《珊瑚》1933 年第 2 卷第 1 号，第 7 页。

⑦ 程小青：《从“视而不见”说到侦探小说》，《珊瑚》1933 年第 2 卷第 1 号，第 2 页。

的通俗科学教科书”能予以人智慧和方法。[①]

抗日战争结束后，社会大环境发生了改变。程小青关于侦探小说的理论研究也有了进一步的发展，不过“侦探小说是一种化装的通俗科学教科书”的观点没有改变。程小青说，在复兴建国的途径中，侦探小说有它存在的必要。因为它对于青年的求知本能和伦理观念具有启发作用，同时它本身还是一种有苏散调剂性的读物。[②] 对于中国侦探小说的发展状况，程小青深感遗憾，他说：“这是侦探小说界上的一种莫大的损失，也是我国通俗教育上的一种缺憾！因为我相信侦探小说是一种化装的通俗科学教科书。”[③] 侦探小说可以扩展人们的理智，培养人们的论理头脑，加强人们的观察力、想象力、分析力和思考力，还可以增进人们辨别是非真伪的社会经验。[④] 侦探小说在新中国社会中还有另一种贡献，那就是侦探小说对于国家司法界是一种借镜：

> 我们的司法情形，到目前为止，就大体说来，委实距离理想的鹄的还很远。独立的地方法院既然还没有普遍设立，执行法律的公务人员，如警察、侦探和检验吏等等的智识程度还不够，有些偏僻的地区，简直是不学无术，谈到科学方法的侦查、集证、检验，相去不知几千里。因此这班人办案的效率也就可想而知。[⑤]

程小青认为，当时司法界的办案人员由于缺乏科学的智识，办案效率低，办案手段有时甚至荒唐迷信。因此，含有科学意味的侦探小说，在现代的国家之中，有普遍提倡的必要。侦探小说是科学化的，可以启迪民智，给予司法界一些助益。[⑥] 在程小青看来，科学技术的缺少是其时中国最薄弱的一面，所以他才经常在关于侦探小说的理论文章中提及侦探小说的科学性。程小青希望侦探小说不仅是民众的通俗读物，更应成为启迪民众智慧的科学读物。侦探小说应该为国家科技的发展和进步尽绵薄之力。

在程小青侦探小说中，特别突出科学对于现代社会的重要性。程小青

---

① 程小青：《侦探小说与“?”》，《新上海》1933 年第 1 卷第 4 期，第 2 – 3 页。

② 程小青：《霍桑探案袖珍丛刊（三集）· 著者自序》，见程小青：《案中案》，上海：世界书局 1945 年版。转引自任翔、高媛主编：《中国侦探小说理论资料（1902—2011）》，北京：北京师范大学出版社 2013 年版，第 205 页。

③ 程小青：《论侦探小说》，《新侦探》1946 年第 1 期，第 5 页。

④ 程小青：《论侦探小说》，《新侦探》1946 年第 1 期，第 7 页。

⑤ 程小青：《论侦探小说》，《新侦探》1946 年第 1 期，第 9 页。

⑥ 程小青：《论侦探小说》，《新侦探》1946 年第 1 期，第 10 页。

始终践行“侦探小说是一种化装的通俗科学教科书”的侦探小说创作观，在小说中叙写了侦探霍桑运用科学思维和方法断案的情节。这些情节表现了程小青侦探小说崇尚科学的主题思想，彰显了程小青侦探小说的现代性。通过描写科学断案的情节，程小青旨在弘扬科学的重要性，以此警醒国人和教化读者。小说《舞后的归宿》中，霍桑对科学的研究方法予以了肯定。

霍桑却仍从容地答道：“……一个科学家在从事研究工作的时候，决不能先抱着某种成见，他必须凭着了毫无翳障的头脑、敏锐地观察、精密地求证，和忠实地搜集一切足资研讨的材料，然后才能归纳出一个结论。”①

霍桑认为，科学研究要有清醒的头脑、敏锐的观察、精密的求证和忠实的材料。霍桑在断案时正是运用了科学研究的方法，以逻辑思维分析、推理案情，以科学手段收集物证，以此锁定犯罪嫌疑人。小说《浪漫余韵》中，霍桑通过受害者的伤口和血流情状推理、判断出凶手行凶的凶器和手段。

霍桑走近去，在那凶刀柄上仔细察验。刀柄和刀锋相接之处，裹着一块不大清洁的白巾，所以流出来的血液不多。

霍桑低声道：“包朗，你瞧，这种刺法不是很奇怪吗？”

我（包朗）应道：“是。这像一把尖刺刀，刀锋大概足有五六寸长，料想从这肩胛和颈项间一刺进去，立即可以致命。当真很厉害。”

霍桑点了点头：“是。这一刀还得有相当的腕力。”②

在案发现场，霍桑运用了科学研究的观察法，仔细察验刀柄和刀锋相接处的白巾，这块白巾成为断案的关键物证。小说《血手印》中，霍桑用科学研究的求证方法，做化学实验区别了血渍与果汁。通过实验，霍桑得出了科学的结论：用肉眼不能分辨的血渍和果汁，可以用淡亚马尼亚液来分辨。

---

① 程小青：《舞后的归宿》，见《霍桑探案集》（1），北京：群众出版社 1997 年版，第 55 页。

② 程小青：《舞后的归宿》，见《霍桑探案集》（1），北京：群众出版社 1997 年版，第 430 页。

"……因为人类的血液里也和桔类等果汁一般，含着些儿酸的成分，酸和铁质接触了，都能变成一种铁柠酸盐，干了以后的颜色是彼此相同的。若是单凭肉眼的能力，决不能分别出来。"

"……有一种方法很简便，只须用一种淡亚马尼亚液，滴在斑渍上面，五分钟后便能明白。若是果汁所染，斑点上会泛出绿色，倘然是血渍，那是不会变色的。"①

霍桑的这些断案方法，科学、严谨、可信。霍桑的助手包朗，对霍桑科学断案的精神和方式也赞赏有加：

我仍独坐在办公室中，默默地寻思。霍桑的处事谨慎和孜孜研究的精神委实是可佩可敬的。其实这种应用科学的知识，凡从事侦探工作的人都应有些涉猎，治案时才不致指黑为白，冤屈无辜。②

程小青侦探小说中霍桑科学断案的情节，既表现了科学方法和科学精神对侦探断案的关键作用，也彰显了人类文明的进步和现代刑侦术的发展，突出了小说推崇科学的主题思想。侦探的科学断案与古代公案小说的"人神兼判"产生了强烈而明显的对比。在国家落后、战乱不断的时代，崇尚科学才有望发展国家的综合实力。以科技改变落后，才能实现国家真正的独立、民主与富强。程小青是当时少有的真正将新文化运动提倡的"民主"与"科学"精神写入小说中的通俗小说作家。

陈独秀在《文学革命论》中说："今欲革新政治，势不得不革新盘踞于运用此政治者精神界之文学，使吾人不张目以观世界社会文学之趋势及时代之精神。"③ 鲁迅说："文艺是国民精神所发的火光，同时也是引导国民精神的前途的灯火。"④ 成仿吾说："我想我们的新文学，至少应当有以下的三种使命：对于时代的使命；对于国语的使命；对于文学的使命。"⑤ 陈独秀、鲁迅和成仿吾等现代作家，都将文学与时代紧密地相连。文学为时代而抒写，文学应该启蒙醒世，这也成为当时绝大多数的作家所共有的创作观，只是不同作家的表达方式不尽相同。无论是陈独秀、鲁迅、成仿

---

① 程小青：《血手印》，见《霍桑探案集》（2），北京：群众出版社 1997 年版，第 415－416 页。

② 程小青：《血手印》，见《霍桑探案集》（2），北京：群众出版社 1997 年版，第 416 页。

③ 陈独秀：《文学革命论》，《新青年》1917 年第 2 卷第 7 期，第 4 页。

④ 鲁迅：《论睁了眼看》，《语丝》1925 年第 38 期，第 2 页。

⑤ 成仿吾：《新文学之使命》，《创造周报》1923 年第 2 期，第 2－3 页。

吾，还是程小青，他们都希望通过文学作品启蒙愚昧、唤醒国民。虽然，相比起鲁迅等新文学作家的作品，程小青的侦探小说在思想深刻性与时代批判性上略显薄弱，但程小青将科学直接写入侦探小说之中，这一点就连新文学作家都未能做到。

二、关怀现实

程小青不仅推崇科学的重要性，还积极关怀现实，具有人文关怀精神。在其侦探小说中，程小青叙写了正义犯罪的故事，探讨了中国女性、青年的各种问题，使小说既具科学性，又具人文性。

"霍桑探案"与"福尔摩斯探案"在小说主题上有很多相似之处。正义犯罪、正义复仇的故事也常常出现在"霍桑探案"中。小说通过叙写正义犯罪的故事，揭露了当时中国民众道德的沦丧，肯定了新时代的游侠精神。

小说《浪漫余韵》中的翟公侠，为了正义和良知，以身犯险，为溺死女子报仇。翟公侠的侠义精神得到了霍桑的肯定，霍桑还请了律师为他辩护，但他终究难逃法律的制裁。

我国的法律，对于这种举动原没有多大宽恕的余地。……霍桑曾给他请过一位律师，竭力给他申辩，效果却不大。可是隔了一月，我们这一种缺憾竟意外地得到了弥补。这个大侠，竟在一个疾风暴雨的晚上越狱而出，不知去向了。①

小说《魔窟双花》中的正义青年王镇华，看穿了虚伪的知识分子何世杰的真实面目，于是化身"神圣之刀"，为民除害。王镇华说：

"霍先生，我也知道杀人的勾当是不能一例算做神圣的，但假使所杀的是一种社会障碍，人群的害物，本人又并无丝毫利害的企图，那不是可以算得神圣的吗？霍先生，这见解你可也赞同？"

霍桑默默地不答，但他的沉静的脸上却仿佛有一种赞成的表示。②

① 程小青：《浪漫余韵》，见《霍桑探案集》（1），北京：群众出版社1997年版，第451页。
② 程小青：《魔窟双花》，见《霍桑探案集》（1），北京：群众出版社1997年版，第380页。

小说表现了王镇华的现代游侠精神，他为民除害、伸张正义的品格得到了霍桑的赞赏。程小青侦探小说中的复仇者和新游侠既吸引了读者、增加了阅读趣味，又启示了读者应该正义和善良。通过对复仇故事的书写，程小青致敬经典，赞扬游侠精神，同时反思了国家的法律制度。程小青以为，法律的公正、权威是不可侵犯的。“你总知道在法律上没有任何阶级。你有钱，也不能购买一条法律的条文。”① “就法律的立场上说，有了嫌疑，任何人都不能不受侦查。”② 但是，法律也是无情的。小说中的一些受害者，他们在受到屈辱和迫害之后，并不能诉诸法律，为自己谋求保护，程小青为此深深地忧虑。

程小青对于国家法律和司法制度的思考，还体现在对官方警察的描写上。官方警察在侦探霍桑眼里是愚笨、无知和无能的一群人。《活尸》塑造了官方警察汪银林和倪金寿这两个滑稽人物，呈现了官方警察的愚笨与丑陋。

汪银林是上海警察厅的侦探长。……他吃的是公事饭，也不免沾些官气，哄吓敲骗这一套，有时也要试试身手。但是他见了霍桑，总是规规矩矩，绝不敢耍什么花招。③

倪金寿也是我们的素识……他对待霍桑比银林显得更加恭敬。但我好几次看到他对付一般老百姓时，也像其他官家侦探一样，却另有一副可憎的嘴脸。④

汪银林和倪金寿在面对霍桑的时候，表现得唯唯诺诺、前倨后恭，十分滑稽与可笑。因为他们都指望着霍桑帮助他们破案，这样就好得到些升官发财的机会和好处。但是，在面对底层民众的时候，汪银林和倪金寿都有着十分可憎的嘴脸。

《灰衣人》刻画了无良律师董贝锦有失职业道德、趋炎附势和见钱眼开的丑陋嘴脸，以及法官不明真相、妄加断案的丑态。在小说中霍桑说道，中国司法界应该进行相应的变革，中国传统中不容讳言的司法界有很

---

① 程小青：《舞后的归宿》，见《霍桑探案集》（1），北京：群众出版社 1997 年版，第 87 页。

② 程小青：《舞后的归宿》，见《霍桑探案集》（1），北京：群众出版社 1997 年版，第 88 页。

③ 程小青：《活尸》，见《霍桑探案集》（2），北京：群众出版社 1997 年版，第 148 页。

④ 程小青：《活尸》，见《霍桑探案集》（2），北京：群众出版社 1997 年版，第 167 页。

多的黑暗面，需要逐渐地变革。在判案上要重证据而非严刑拷打，还有要重视法医的作用。①

小说的这些情节，都表达了程小青对于社会现实的思考，表现了他深切的人文关怀精神。除此之外，程小青对国家的青年一代也十分关注。他同情处于社会底层的女性；对知识青年寄予了深切的希望，希望青年在未来的时代能建造一个合理、光明的社会。②

程小青侦探小说中女性人物无论在学识、智慧或者生存经验上，都显得盲目和无知。小说中有些女性是软弱无力的受害者，有些是勇敢不羁的复仇者。这些女性大都生活在社会的底层，往往是值得别人同情、宽恕和救赎的对象。小说中既有恪守封建社会礼教的传统女性，也有敢于冲破束缚的时代女性。程小青记叙了这些身处乱世之中的女性的迷失、挣扎、毁灭和新生的过程，揭示了女性生存的种种问题，表达了程小青的人文关怀精神。

在众多的女性故事中，较为突出的是舞女的故事。程小青选择以舞女作为书写的对象，展现了当时舞女艰辛、悲惨、奢靡和颓废的生活。舞女的生活也是当时社会底层民众生活的缩影。

小说《舞后的归宿》讲述了舞女王丽兰的故事。王丽兰本是农村出身的女子。她去了上海以后，受了物质的引诱，踏入风尘做了舞女。因王丽兰颇有几分姿色，故被评为“舞国皇后”。但王丽兰生性奢靡，感情生活特别混乱。由于她样貌美艳，做了银行经理陆健笙的情妇，渐渐退出了舞场。但除了陆健笙以外，王丽兰还和几个青年男子有不清不楚的关系。小说中的王丽兰是一个危险组织的中心人物。霍桑认为王丽兰“已沉沦在享乐放纵的洪流中，为了金钱的目的，什么事都干得出，出卖肉体，出卖灵魂，出卖群众，甚至出卖一切!”③

小说《舞宫魔影》中的舞场台柱柯秋心本是一位良家女子，不幸被表哥王百喜诱骗，步入风尘做了舞女。柯秋心表面上看起来风光无限，是舞场的红舞女；但实际上，她却日复一日、年复一年承受着周遭人对她的算计和压榨。当柯秋心的身心都不能再承受这些压榨之后，她选择了和表哥同归于尽，她要为自己报仇。柯秋心是一个勇敢的舞女，虽然误入歧途，

① 程小青：《灰衣人》，见《霍桑探案集》(5)，北京：群众出版社 1997 年版，第 48 页。

② 程小青：《关于霍桑》，《橄榄》1938 年第 2 期，第 2 页。

③ 程小青：《舞后的归宿》，见《霍桑探案集》(1)，北京：群众出版社 1997 年版，第 148 页。

却敢于不向命运低头。[①] 通过对柯秋心悲剧故事的书写，程小青揭示了当时舞女生活的悲惨和女性自我意识的薄弱，以及上海舞场的各种黑暗和罪恶。

舞女的故事也间接表现了上海的不良风气和社会问题。民国时期，交际舞在上海、天津、北京等大都会日渐盛行，并渐渐成为风气和时尚。舞女们通常以一身“摩登”的打扮出现在娱乐场所中，成为旧上海一个标志性的符号。抗日战争爆发前夕，上海的各类舞场就超过五十家，西藏路更是被称为“舞厅路”。上海的舞场藏污纳垢，已经失去了交际舞本身的意义，使交际舞变得污秽不堪。小说《活尸》就揭露了这一问题：

> 交际舞是从外国输入的，本来是一种高尚的娱乐，茶余酒后，男女宾主翩翩起舞，可以增进彼此间的了解和友谊。可是上海的舞场，它们的作用完全不是那么一回事，却变成了一种出卖色相的所在。……
>
> 舞场内部，布置得富丽炫目。[②]

程小青通过讲述舞女的故事，揭露了当时舞场的种种弊端，这些都已成为很严重的社会问题。当时，舞女在上海是社会地位非常低的女性。她们虽然停驻于灯红酒绿和上流社会的男性之间，一时得到了物质的满足，但也只是男性的玩物，没有尊严，在精神上也极为空虚。特别是当她们被抛弃之后，就显得更加悲惨和无助。程小青描写这些身份复杂、命运悲惨的舞女，表现了小说关怀现实的主题思想，给予读者深深的思考。

在程小青侦探小说中也有知识女性，这些女性在面临道德、爱情与人生选择时往往彷徨和困惑。她们接受了新思想，追求民主，提倡婚恋自由。但是，她们对爱情却过于盲目，从而丧失了自我。小说《魔窟双花》中的谈素兰和田漱芳，为了给心爱的人报仇，不惜触犯法律开枪杀人，怎知自己所爱之人却是个十恶不赦的恶人。在得知了事情的真相后，她们才意识到自己的愚蠢和盲目。小说《霜刃碧血》[③] 中的庄爱莲，本是一位青年学生，却成了社会上出名的交际花。她不专心求学，以谈恋爱为目标，同时和几名男子交往，并沉浸在这样的恋爱游戏中。当发现自己心爱的美男爱着另一个女子的时候，庄爱莲竟然指使他人去谋杀情敌，不料庄爱莲

① 程小青：《舞宫魔影》，见《霍桑探案集》（1），北京：群众出版社1997年版，第511页。

② 程小青：《活尸》，见《霍桑探案集》（2），北京：群众出版社1997年版，第194页。

③ 程小青：《霜刃碧血》，见《霍桑探案集》（4），北京：群众出版社1997年版，第408－499页。

自己却反被情敌刺死。这些女性，虽然接受了新式的教育，可是在爱情中迷失了自我，在精神世界上仍旧依附于男性，并没有实现真正的自由和独立。

程小青还书写了依然生活在封建家长专制的传统家庭之中的女性的故事。这些女性深受封建礼教的约束，在面对婚恋、金钱和道德之时，常常要做出两难的选择。小说《青春之火》中的张效琴谋杀了她的哥哥张有刚，因为张有刚用卑鄙的手段，拆散了张效琴和她的心上人姜知廉，并害得姜知廉自杀跳江。于是张效琴痛恨并毒死了张有刚。张有刚是张效琴同父异母的哥哥，他为了霸占父亲平分给张效琴的财产，于是万般阻挠张效琴出嫁，可见张有刚的贪婪、恶毒和自私。

> 这一件事的主因还是中了遗产私有制度的遗毒。那宗法社会的渣滓——无聊的同血统的男性嗣族观念——也推波助澜地造成了这一幕惨剧。（当时女子承继法还没颁行）可是新教育的力量太薄弱，一般人的眼光还都被那传统的魔障所阻隔，到底瞧不破。于是怨海中的风波也就永永汹涌，没有宁息的一日了！①

通过以上这些女性故事的书写，程小青一方面揭露了混乱的社会环境和传统的道德伦理对女性的负面影响与伤害，指出了这些女性在生存方式和人生观念上的偏差或迷失；另一方面也表现了程小青对社会现实问题的关怀和思考：民国时期的女性，社会地位相对较低，仍活在男性视角的统治之下，无法真正地独立。

中国现代小说很多都以女性故事为书写对象。这些女性以鲜明的个性和浓厚的时代气息，身负着苦难的过去，肩负着历史的使命，呈现在新文学的故事中。无论是程小青侦探小说中的女性，还是新文学作家笔下的女性，她们往往都不能掌控自己的命运，在时代的洪流面前，不自觉地随波逐流，不能实现真正的独立和自主。程小青侦探小说中的女性常常是被同情的对象，不过也不乏一些不甘于向命运低头的女性。她们不再柔弱，而是勇敢地向命运抗争。她们是乱世中的奇女子，是寒冷冬天绽放的红梅，成为那个时代永远的一抹亮色。

除了书写女性的故事，程小青对男青年也予以了关注，他为青年的未来深表忧虑。程小青在侦探小说中描写了一些问题青年。小说《舞后的归

---

① 程小青：《青春之火》，见《霍桑探案集》（1），北京：群众出版社1997年版，第238页。

宿》中，霍桑申斥青年革命党人赵伯雄。霍桑认为，赵伯雄并没能经得起美色的诱惑，所以险些陷进了圈套，耽误了革命的事业；[①] 小说《魔窟双花》中，霍桑批评王镇华的鲁莽，呼吁青年们在为公忘私的同时也要讲究手段和方式，因为杀人终须偿命；《魔窟双花》还批判了以何世杰为代表的知识分子，为了金钱竟做出见不得人的勾当和行为，害人、害己、害国家。[②] 小说《怪电话》中，霍桑批评了青年宋梦江的不务正业。宋梦江为了捧红白云兰，故意虚造了绑票案。

这少年的想入非非，的确说得上绝无仅有。因此，他的想象力的丰富，也可以想见。只是他有了这样的头脑，不写些有益的文字，为国家社会效劳，却枉费在无聊的捧角和单恋上面。这种病态现象委实是我国现代青年的通病，也是国家的隐忧！我们若不彻底地改换一个观念，中华民族的前途真是非常危险！[③]

我（包朗）感喟地说："这宋梦江总算是个知识分子，做得出这样的事，委实太没志气了！像他这样的年纪，又有这样敏慧的思想、清丽的文才，不给国家社会尽一分子力，偏偏在单恋上用功，真可惜！"

霍桑也微微叹了一口气："原是啊！其实现代的青年像他这样的正多着！他们好像认为人生的进程中，只有一个恋爱问题值得注意，其他可以一切不顾！这颓唐的人生观不打破，我们的国运真危险呢！"[④]

通过霍桑和包朗的对话，程小青指出了当时的一些青年把心思放在男女关系上，不思进取、不为国家前途担忧的事实。在小说《案中案》中，程小青批判了纨绔子弟孙仲和的种种罪恶，孙仲和残害女性，是个十恶不赦的恶棍；[⑤] 小说《活尸》中，程小青赞许了青年们"抵制劣货"的行为，批评了谢敬渊的享乐主义的人生观。

我暗忖那些爱国少年的行动，在法律和社会秩序方面固然有些抵触，但是原情略迹，他们的动机却很可敬。我痛恨一般保障"钱"权的律棍，

① 程小青：《舞后的归宿》，见《霍桑探案集》（1），北京：群众出版社 1997 年版，第 153 页。

② 程小青：《魔窟双花》，见《霍桑探案集》（1），北京：群众出版社 1997 年版，第 380 页。

③ 程小青：《怪电话》，见《霍桑探案集》（1），北京：群众出版社 1997 年版，第 418 页。

④ 程小青：《怪电话》，见《霍桑探案集》（1），北京：群众出版社 1997 年版，第 422 页。

⑤ 程小青：《案中案》，见《霍桑探案集》（2），北京：群众出版社 1997 年版，第 3 页。

他们往往淆乱黑白，专为金钱说话。①

敬渊兄，你总也知道，现在是外侮内忧交迫的关头，决不是我们享乐的时候。我们既然比较有些知识，我们的责任该是怎样重大？国家给鬼子们步步侵逼，大多数人在泥潭中挣扎，剥着树皮充饥，可是都会中的一些享乐分子却仍把有用的精力消耗在销魂荡魄的魔窟里！想一想，我们如果还有一毫人性，又怎能放纵享乐？我敢说，现在上海的所谓舞场实在是一种吞噬我们青年男女的魔窟，你今后应少来这里才是。敬渊兄，你有了一些学识才能，应得做个实验室中的主角，不应该做舞场里的熟客。②

程小青对当时男青年的思想、生活作风和道德品行等问题给予了特别的关注。国难当头，他希望青年能认真学习，保护国家，而不是沉浸在声色犬马之中，虚度时光，贪图享乐。程小青认为，青年们生活的空虚和放纵，源于现代教育的落后。在小说中，程小青不止一次批判国家的教育制度。

他（霍桑）认为我国教育制度，根本的错误就在东抄西袭什么什么化，更坏在取糟粕而弃精华的表面上的什么化，结果就使青年们倾向于漠视国情的种种享乐、奢靡和放荡。

他（霍桑）曾叹息着说："我们眼前的教育，除了点缀门面以外，有什么意义？博士硕士尽管多如过江之鲫，在国计民生上产生了什么影响？上焉者既然着眼在虚衔，一般人便用'镀金'做敲门砖。这还不是沾染了科举制度的遗毒？有几个人切切实实地对学术的某一部门作精深缜密的探讨？有几个人不顾虚名地在实验室中埋头钻研？有几个人注意到我国现在社会的状况和未来的需要？有几个人着眼到我们民族的生存问题？你想这样的教育到底有什么意义？"③

程小青对当时中国教育问题的揭露，一针见血地剖析了部分中国青年顽劣本性的根源。程小青希望通过侦探故事的书写，教化青年读者。作为侦探小说作家，程小青能够关怀现实，表现了他的人文精神和人文关怀。他始终不忘"侦探小说是一种化装的通俗科学教科书"这一使命，期望通

① 程小青：《活尸》，见《霍桑探案集》（2），北京：群众出版社 1997 年版，第 133 页。
② 程小青：《活尸》，见《霍桑探案集》（2），北京：群众出版社 1997 年版，第 277 页。
③ 程小青：《狐裘女》，见《霍桑探案集》（8），长春：吉林文史出版社 1991 年版，第 3 页。

过侦探故事，针砭时弊，揭露社会问题，为国家的发展贡献微薄之力。所以，程小青的侦探小说绝不仅只是供读者娱乐和消遣的读物，小说不仅推崇科学和理性精神，同时也深切关怀现实，小说的主题思想深刻而丰富，有很深的启示性意义。

第三节　从“颂扬清官政治”到“倡导科学民主”

程小青侦探小说在主题的表达上，完成了从古代公案小说颂扬清官政治到现代侦探小说倡导科学民主的转变。这种转变首先是缘于西方侦探小说尤其是柯南·道尔的“福尔摩斯探案”对程小青的影响，程小青借鉴了“福尔摩斯探案”的主题；另外，鸦片战争之后，中国发生了三千年未有的巨变，由传统农业社会向工业社会转变，中国的政治、经济、文化与国民生活方式等方面都发生了天翻地覆的变化。程小青主要选取民国时期的上海作为小说故事的发生地，书写的也是当时上海市民的生活，因此在小说主题上与古代公案小说截然不同。

公案小说从坊间说书现场的“说公案”话本小说发展而来，叙写的都是百姓喜闻乐见的故事，作为百姓了解社会的文艺载体，展现着时代的一丝一脉，反映着百姓的所思所想。古代公案小说颂扬清官、赞美侠义，表达了古代民众对公平、正义和美好生活的向往与追求。中国古代社会皇权至上，等级制度森严，劳动人民处于社会的最底层，各方面的利益都很难得到保障。封建社会的政治制度与“人治”大于“法治”的司法特征，常使百姓感到公平和正义的缺失。官员独自掌握审理案件与定夺生杀的大权，很容易造成冤假错案。断案官员的公正与否，对于百姓来说显得极为重要，因此公案小说才歌颂清官，赞美侠客。小说中的清官和侠客联手断案，创造了百姓理想中的完美社会。

随着封建制度的瓦解，中国由传统农业社会转变为现代工业社会，法治体系也发生了相应的改变，官员不再是断案的核心人物，公堂不复存在。不过，现代社会警察的无能、律师的无德、法律制度的不健全等因素，促使了代表科学、正义和真理精神的侦探的诞生。柯南·道尔笔下的福尔摩斯，程小青笔下的霍桑，切斯特顿笔下的布朗神父等，都是智性、正直和勇敢的侦探，与官方警察形成了鲜明的对比。程小青塑造的侦探霍桑，掌握高超的现代侦探术，不再像公案小说中的清官依靠神灵托梦和侠客辅助来断案，霍桑信仰的是现代科学与理性精神。程小青的侦探小说崇尚科学、关怀现实，是“一种化装的通俗科学教科书”。

程小青在侦探小说中极力表现现代科学对于人类生活和国家发展的重要作用。五四运动提倡的“科学”精神，在程小青的侦探小说中体现得淋漓尽致。与新文学作家相比，程小青对于科学精神的推崇和倡导，有过之而无不及。科学的思想和精神在新文学作家的作品中，其实并不多见，反而在程小青的侦探小说中，科学方法和科学精神直接体现出来。程小青将“五四”精神最大限度地写入他的侦探小说作品之中。从这一点来看，虽然程小青是被新文学作家认为的只专注于写供人消遣的通俗读物的鸳鸯蝴蝶派作家，但程小青小说的现代精神比之新文学作家作品一点都不逊色。

在极力倡导科学精神的同时，程小青在其侦探小说中还表达了他对世事的关怀。在小说中，程小青指出了法治与教育制度的完善对国家的重要性，叙述了民国时期女性的艰难处境和成长历程，警醒中国的青年应时刻不忘国家、心系国家，不应沉迷于享乐之中。程小青自觉肩负起新文化运动的“改造国民性”和“救亡图存”的社会责任，在小说中对中国现代化进程中出现的问题进行反思，揭露社会矛盾与黑暗，以此“新民”。所以，程小青侦探小说虽然被定义为通俗文学，但并非仅供娱乐和消遣的通俗读物。[①] 程小青的“笔”不仅只是一支“笔”，更像是一把手术刀或者一支枪，治疗中国民众的顽疾，惊醒中国沉睡的民众。

① 范伯群：《多元共生的中国文学的现代化历程》，上海：复旦大学出版社 2009 年版，第 105 页。

第四章　程小青侦探小说的人物形象

中国古代公案小说中有明察秋毫、刚正不阿的清官，也有飞檐走壁、武功高超的侠客。小说中的他们联手断案、洗刷冤屈、拯救黎民，为百姓打造了一个完美的生活景象与“乌托邦”式的美好梦境。生长于与中国古代公案小说不同的文化土壤中的西方侦探小说，在小说人物形象的塑造上明显不同。西方侦探小说以塑造侦探形象为主，小说中的侦探真实、自然，好像生活在读者的周围一样。如侦探福尔摩斯，小说中的他住在英国伦敦的贝克街，会乘坐马车出行，与英国民众并无两样。受西方侦探小说的影响，程小青侦探小说也以塑造侦探形象为主。程小青借鉴福尔摩斯的形象塑造了侦探霍桑，霍桑与福尔摩斯十分相像。霍桑笃信科学，富有同情心，运用现代侦探术断案。但是，霍桑是一个“中西混血”的侦探，极具侠义精神。程小青对西方侦探小说人物形象的借鉴与对中国古代公案小说人物形象的继承，使他完成了从古代以塑造清官和侠客形象为主的公案小说向现代以塑造侦探形象为主的侦探小说的转变。

第一节　“亦真亦幻”的大侦探

西方侦探小说有这样一种魅力，当读者在阅读西方侦探小说之后，很有可能会忘记小说作者的姓名，但是肯定会记得小说中的人物形象。侦探、侦探助手、罪犯，以及出现在小说中的其他人物，都有鲜明的形象特征。与中国古代公案小说中的清官、侠客相比，西方侦探小说中的人物更加立体，像是生活在读者身边的人一样。如柯南・道尔笔下的大侦探福尔摩斯，他真实独特、聪明过人，能看穿一切犯罪者的计谋，又富有同情心，理智之中流露出几许可爱，是全世界读者所喜爱的大侦探。

一、福尔摩斯其人

1930 年 7 月 7 日，作家柯南・道尔在伦敦去世，全世界的“福尔摩斯”迷都倍感伤痛和惋惜。柯南·道尔的墓志铭上写着：“真实如钢，耿直如剑。”这是对柯南·道尔一生最中肯的评价，也是柯南·道尔笔下的大侦探福尔摩斯的形象写照。真实，是福尔摩斯的人物形象特征之一，柯南·道尔把福尔摩斯塑造成了一个真实可信的小说人物。福尔摩斯在读者心中是这样的一个形象：身材瘦削颀长，头戴软布帽，叼着烟斗，手持放大镜。[①] 福尔摩斯就是切切实实生活在伦敦的普通人，他会乘坐大家熟悉的马车或者火车，出没在伦敦的大雾中；他时常住在众所周知的旅馆里，阅读《每日电讯报》和其他流行的报纸，与社会上各个阶层的人来往接触；他还喜欢拉小提琴，抽烟、喝酒……读者很容易就相信福尔摩斯是真实存在于现实社会中的人，也因此福尔摩斯这一形象会给读者留下真实而难忘的阅读体验。[②]

福尔摩斯不仅真实，而且独特。英国小说家威廉·萨默塞特·毛姆（William Somerset Maugham，1874—1965）说，柯南·道尔的小说写得很糟糕，故事的引子很好，布景也很棒，然而故事本身有些单薄，读后的回响较小。但是，福尔摩斯这个侦探形象抓住了大众的心。柯南·道尔用生动的粗线条勾勒出福尔摩斯这一戏剧化的人物，坚持不懈地重复着福尔摩斯的独特，使福尔摩斯的形象深深地烙在读者的脑海中，成就了柯南·道尔侦探小说的成功。[③] 那么，福尔摩斯究竟有多独特呢？

首先，福尔摩斯是一个非常博学多才的侦探，他主攻化学专业，精通法语、意大利语、德语和拉丁语，[④] 学识范围广博：

歇洛克·福尔摩斯的学识范围：

1. 文学知识——无。
2. 哲学知识——无。
3. 天文学知识——无。
4. 政治学知识——浅薄。
5. 植物学知识——不全面，但对于莨菪制剂和鸦片却知之甚详。对毒

---

① 王逢振：《柯南·道尔与福尔摩斯》，见［英］柯南·道尔著，丁钟华、袁棣华等译：《福尔摩斯探案集》（1），北京：群众出版社1979年版，第4页。

② 王逢振：《柯南·道尔与福尔摩斯》，见［英］柯南·道尔著，丁钟华、袁棣华等译：《福尔摩斯探案集》（1），北京：群众出版社1979年版，第4页。

③ ［英］威廉·萨默塞特·毛姆：《侦探小说的衰亡》，见［英］威廉·萨默塞特·毛姆著，朱金译：《随性而至》，上海：上海译文出版社2015年版，第77页。

④ 王逢振：《柯南·道尔与福尔摩斯》，见［英］柯南·道尔著，丁钟华、袁棣华等译：《福尔摩斯探案集》（1），北京：群众出版社1979年版，第4页。

剂有一般的了解，而对于实用园艺学却一无所知。

6. 地质学知识——偏于实用，但也有限。但他一眼就能分辨出不同的土质。他在散步回来后，会把溅在他裤子上的泥点给我看，并且能根据泥点的颜色和坚实程度说明是在伦敦什么地方溅上的。

7. 化学知识——精深。

8. 解剖学知识——准确，但不系统。

9. 惊险文学——很广博，他似乎对近一世纪中发生的一切恐怖事件都深知底细。

10. 提琴拉得很好。

11. 善使棍棒，也精于刀剑拳术。

12. 关于英国法律方面，他具有充分实用的知识。[①]

其次，福尔摩斯掌握着高超的现代侦探术，他以高超的侦探技巧和缜密的逻辑推理，侦破了一个又一个的奇案。[②] 福尔摩斯是个有多种神奇功力的侦探，比如他深谙人的身体语言密码，他能够通过人的指甲、外套、靴子、膝盖的褶皱、手上的老茧以及面部的表情和行为活动判断人的内心活动。福尔摩斯自己也说："假如在得到所有这些信息的情况下竟然还是无法对这些信息的主人作出准确的判断，我认为，这一定是天方夜谭。"[③] 福尔摩斯对于自己所具有的超凡观察力和专业素质非常自信，他说："我非常憎恶平淡的生活，我追求精神上的兴奋，因此我选择了我自己的特殊职业——也可以说是我创造了这个职业，因为我是世界上唯一从事这种职业的人。"[④] 福尔摩斯认为是他开创了侦探这一职业，这样的福尔摩斯甚至显得有些自大。不过，也正因如此，才显出他的真实与可爱。

柯南·道尔的笔墨也集中在描写福尔摩斯的侦探术上。福尔摩斯在断案时，十分细致认真。小说《血字的研究》中，福尔摩斯用放大镜非常仔细地查看墙壁上的血字，全神贯注地检查面前的尸体。福尔摩斯还能从死者的衣袋里发现一些细枝末节的证据：

---

① ［英］柯南·道尔著，丁钟华、袁棣华译：《血字的研究》，北京：群众出版社 1978 年版，第 14 页。

② 王逢振：《柯南·道尔与福尔摩斯》，见［英］柯南·道尔著，丁钟华、袁棣华等译：《福尔摩斯探案集》（1），北京：群众出版社 1979 年版，第 4 页。

③ 《福尔摩斯和卓别林的启示》，见褚凡乔编著：《交往心理学》，北京：中国华侨出版社 2015 年版，第 40 页。

④ ［美］兰萨姆·里格斯著，刘臻译：《大侦探福尔摩斯笔记》，西安：陕西师范大学出版社 2012 年版，末页。

一只金表——97163 号，伦敦巴罗德公司制。一根又重又结实的爱尔伯特金链。一枚金戒指，上面刻着共济会的会徽。一枚金别针，上边有个虎头狗的脑袋，狗眼是两颗红宝石。俄国皮的名片，字首和衬衣上的 E. J. D. 三个缩写字母相符。没有钱包，只有些零钱，一共 7 英镑 13 先令。一本袖珍版的卜迦丘的小说“十日谈”，扉页上写着约瑟夫·斯坦节逊的名字。此外还有两封信——一封寄给锥伯的，一封寄给约瑟夫·斯坦节逊的。①

福尔摩斯在案发现场不仅是一个侦探，更像是一个考古学者，一点点去观察和发现任何与凶案相关的证据。小说《四签名》中，柯南·道尔还通过观察对方的神情揣测对方的心理：

当福尔摩斯请她（摩斯坦小姐）坐下的时候，我看见她嘴唇微动，两手颤抖，显示出紧张的情绪和内心的不安。②

福尔摩斯还擅长甄别字迹：

“除了这封信以外，笔迹全是伪装的，但是都出于一个人的手笔。这一点是毫无疑问的。您看这个希腊字母‘e’多么突出，再看字末的‘s’字母的弯法。摩斯坦小姐，我不愿给您无谓的希望，可是我倒愿知道，这些笔迹和您父亲的，有相似之点没有?”③

小说《波希米亚丑闻》中，福尔摩斯通过华生的外貌推测出华生重新开业行医的事情。

“如果一位先生走进我的屋子，身上带着碘的气味，他的右手食指上有硝酸银的黑色斑点，他的大礼帽右侧面鼓起一块，表明他曾藏过他的听诊器，我说他不是医药界的一位积极分子，那我就真够愚蠢的了。”④

---

① ［英］柯南·道尔著，丁钟华、袁棣华译：《血字的研究》，北京：群众出版社 1978 年版，第 30－31 页。

② ［英］柯南·道尔著，严仁曾译：《四签名》，北京：群众出版社 1978 年版，第 10 页。

③ ［英］柯南·道尔著，严仁曾译：《四签名》，北京：群众出版社 1978 年版，第 13 页。

④ ［英］柯南·道尔：《波希米亚丑闻》，见［英］柯南·道尔著，李家云、陈羽纶译：《福尔摩斯探案集》（2），北京：群众出版社 1980 年版，第 200 页。

福尔摩斯就是一位喜欢查验蛛丝马迹、寻找证据破案、深谙现代侦探术的侦探。柯南·道尔对福尔摩斯的这些塑造与描写，充分展现出福尔摩斯侦探术的高超。福尔摩斯之所以具有高超的侦探才能，与他丰富的学识是分不开的。在丰富的学识基础上，他不断地学习、研究、实践，形成了自己独到的、科学的侦探方法。福尔摩斯利用一切资料和学习的机会，去研究一些侦查科学与侦探探案的经验，于是也养成了善于思考的习惯，掌握了正确的思维方法。[①] 正是因为福尔摩斯具有广博的学识和智慧的头脑，因此俘获了大量的“骨灰级”铁粉，成为读者心中无可替代的神探。

在学识和专业素质上，福尔摩斯是近乎完美的。不过，福尔摩斯的性格有些复杂，也因此显得更加独特。福尔摩斯极具个性，有着强烈的叛逆心和冒险精神，他爱憎分明，明察犀利，对于善恶的感知敏锐，有时甚至有些刻薄。

福尔摩斯疾恶如仇、是非分明的性格，首先表现在他对官方警察的讽刺和嘲笑。对于伦敦的官方警察，福尔摩斯充满了鄙视和嘲讽。小说中的福尔摩斯无论在智慧还是在侦探术上都是高于官方警察的。柯南·道尔笔下的伦敦警察厅人员，最多只能侦破一些简单幼稚、犯罪动机浅显易见的案件，侦探福尔摩斯所做的就是要为他们指点迷津。伦敦的官方警察在断案时总会遇到困难，然后他们就找福尔摩斯“帮忙”。福尔摩斯依据证据与他的头脑、学识加之他强大的逻辑推理能力，把官方警察的错误纠正过来，这样官方警察才能抓住真正的凶手。[②]

小说《血字的研究》中的葛莱森警察和雷斯垂德警察是两个滑稽的形象，被福尔摩斯所鄙视。福尔摩斯说葛莱森虽然在伦敦警察厅算是首屈一指的能干人物，但最多算是“那一群蠢货之中的佼佼者”[③]。葛莱森和雷斯垂德虽然不乏眼明手快、机警干练的工作风格，但是他们都有因循守旧的毛病，而且守旧得很厉害。另外，他们两个彼此明枪暗箭、钩心斗角，就像两个卖笑妇人似的多疑善妒。福尔摩斯说，如果这两个人都插手这件案子的话，那是一定会闹出笑话来的。而且福尔摩斯确信，如果自己把案子全部侦破，葛莱森和雷斯垂德这些官方警察肯定会把全部功劳攫为己有。

---

① 王逢振：《柯南·道尔与福尔摩斯》，见［英］柯南·道尔著，丁钟华、袁棣华等译：《福尔摩斯探案集》（1），北京：群众出版社 1979 年版，第 4 – 5 页。

② ［英］柯南·道尔著，丁钟华、袁棣华译：《血字的研究》，北京：群众出版社 1978 年版，第 18 页。

③ ［英］柯南·道尔著，丁钟华、袁棣华译：《血字的研究》，北京：群众出版社 1978 年版，第 24 页。

毕竟，福尔摩斯知道自己只是个非官方人士。[①] 小说中的这些描写都表现出福尔摩斯对官方警察深深的厌恶和鄙视。

福尔摩斯为什么对官方警察如此嘲笑和批判呢？究其原因，与作者柯南·道尔所处的时代背景不无关联。柯南·道尔生活在英国维多利亚女王统治的时代，这个时期英国由半封建社会向工业资本主义社会过渡，国家经济和工业不断发展，英国民众渐渐享受到了科技进步和工业发达带来的美好生活。但与此同时，生产力的飞速发展也带来了一系列的社会问题。日复一日机械性的、无聊的日常生活，使人对世界的认知模式有所改变。个人谋取私有财产和保持社会地位的欲望日趋强烈，权贵阶层的优越感也越来越膨胀。柯南·道尔小说中的官方警察就常常自以为是、欺软怕硬。福尔摩斯对官方警察的嘲讽，实则也是对当时英国权贵阶层的嘲讽和鄙视，表现了福尔摩斯的尖锐、犀利的性格特征，彰显了柯南·道尔侦探小说鲜明的批判色彩。

日常生活中的福尔摩斯也十分独特，他有非常文艺的一面。柯南·道尔在小说中多次描写了福尔摩斯对小提琴的喜爱。

我记得在前面曾提到过他拉提琴的本事。他提琴拉得很出色，但也象他的其他本领一样，有些古怪出奇之处。我深知他能拉出一些曲子，而且还是一些很难拉的曲子。因为在我的请求之下，他曾经为我拉过几支门德尔松的短歌和一些他所喜爱的曲子。可是当他独自一人的时候，他就难得会拉出什么象样的乐曲或是大家所熟悉的调子了。黄昏时，他靠在扶手椅上，闭上眼睛，信手弹弄着平放在膝上的提琴。有时琴声高亢而忧郁，有时又古怪而欢畅。[②]

福尔摩斯一方面具有超强的科学精神和理性思维，另一方面，他喜爱并擅长拉小提琴的特征又表现了他感性思维的丰富。福尔摩斯偶尔也会多愁善感，展现出与他大侦探这一形象不太相符的气质。在生活中，福尔摩斯是一个“漫画式”的人物。他有着各种怪癖，但又富于艺术气息。他崇尚精密的思维模式和冒险行动，常常亲自去冒险探案，成功捉拿凶手。他还是一个骄傲自负的人，认为自己是一个“顾问侦探”，觉得爱伦·坡笔

---

① ［英］柯南·道尔著，丁钟华、袁棣华译：《血字的研究》，北京：群众出版社 1978 年版，第 24 页。

② ［英］柯南·道尔著，丁钟华、袁棣华译：《血字的研究》，北京：群众出版社 1978 年版，第 15 页。

下的侦探杜宾是微不足道的，虽然有些分析问题的能力，但不是什么非凡的人物；他甚至还说勒考克探长是个不中用的笨蛋，他可以在二十四小时内结了勒考克探长费了六个月左右的功夫所解决的“难题”案件。[①] 小说的这些细节描写，都可见福尔摩斯并不是一个十分完美的人。不过，福尔摩斯在生活和性格上的不完美，反而更加衬托了他的优点，使他显得真实可信、立体丰富。作为一名业余侦探，福尔摩斯博学、专业、富有正义感，侦探术高超，又十分可爱，甚至有时还显得有些滑稽。侦探小说本是一种类型化的小说文类，但是能让类型化的小说显得生动有趣，小说中这些鲜活生动的人物形象功不可没。

福尔摩斯这一小说人物不仅使小说丰富多彩，其本身也有深层的文化内涵。作为现代启蒙理性的传达者，福尔摩斯的断案过程表现了科学话语在资本主义经济中的主导地位，否定了宗教神学的统治地位。福尔摩斯的现代、科学的断案方式，展现了工业文明的发达与强大；表现了科学技术的进步给人类生活带来的巨大转变与意义；表达了人类对于科学的致敬与崇尚。福尔摩斯的断案方式，还显现出了现代性的时间概念：当下的重要。福尔摩斯可以从初次见面的陌生人的言谈举止中判断出其性格、爱好或是烦恼；同时，福尔摩斯根据对当下的思考和判断，推论到历史和未来，把过去的死亡现场和之后的危机境况变幻为一种思维的游戏。[②] 福尔摩斯真实而独特，普通却神秘。张爱玲说，在日常中发现传奇。福尔摩斯这一人物形象既是日常的，也是传奇的、神秘的。柯南·道尔把日常生活中发生的事情转化为传奇的侦探故事，那些“最平淡无奇的犯罪行为往往却是最神秘的，因为它看不出有什么新奇或特别的地方，足以作为推理的根据”[③]。将现实虚构为神秘，将神秘转化为逻辑，在日常和谜团中，吸引着读者的注意力，展现了逻辑推理的魅力，表现了侦探的智性和神奇。

侦探福尔摩斯与中国古代公案小说中的清官、侠客是生长于不同国度、不同文明土壤的小说人物形象，因此形成了鲜明的对比。前者运用理性思维和科学知识断案，后者常依靠神灵断案。不过，二者虽然在断案方式上有所不同，但小说中的清官、侠客、侦探的形象都代表着公平和正义。当福尔摩斯这个日常却传奇的现代侦探形象传入中国之后，福尔摩斯

---

① ［英］柯南·道尔著，丁钟华、袁棣华译：《血字的研究》，北京：群众出版社 1978 年版，第 18 页。

② ［美］兰萨姆·里格斯著，刘臻译：《大侦探福尔摩斯笔记》，西安：陕西师范大学出版社 2012 年版，第 137 页。

③ ［美］兰萨姆·里格斯著，刘臻译：《大侦探福尔摩斯笔记》，西安：陕西师范大学出版社 2012 年版，第 137 页。

的真实独特、聪明智慧以及浑身上下的“科学”因子，吸引了中国当时的读者和有识之士，成为风靡一时的小说人物形象。

二、福尔摩斯的朋友：华生

侦探小说中的侦探形象深入人心。同时，围绕在侦探身边的其他人物也有闪光点，如侦探助手。侦探助手是侦探小说不能缺少的人物之一，相比起古代公案小说中的展昭、白玉堂等这些作家虚构的侠客形象，侦探助手就相对没有那么传奇了。虽然同样是虚构，但侦探助手一般只是一个普通平凡的人，更像是生活在读者身边的人一样，而侠客形象多是作家的虚构和想象，现实生活中并不常见。

大侦探福尔摩斯的助手华生是一位军医，也是一位作家。华生没有特殊的本领，他只是前陆军军医部的一名医学博士，是知识分子。小说《血字的研究》中写到，在第二次阿富汗战争中，华生的身体遭受了创痛的折磨，加之长时间的辗转劳顿而虚弱不堪。之后，华生染上了英国印度属地的倒霉疫症——伤寒，身体变得更加虚弱，因此华生坐上了运兵船“奥伦提斯号”被遣送回国。回国之后，华生经由曾在巴兹医院时的外科手术助手小斯坦福德介绍，做了大侦探福尔摩斯的室友兼助手。①

华生的文笔较好，负责记录有关福尔摩斯破案的故事；他也非常勇敢，同福尔摩斯一起出生入死。华生不仅是福尔摩斯的助手，更是福尔摩斯的朋友。作为朋友，华生忠诚、感性，与福尔摩斯建立了深厚的友谊。福尔摩斯对华生也青睐有加，觉得华生非常的热情聪明、慷慨大方，有时还很幽默。特别是华生缄默少言的个性，得到了福尔摩斯的多次赞赏。

小说《血字的研究》是华生写作生涯的开篇之作，为华生树立了良好的声望，也使整日待在实验室里的大侦探福尔摩斯成为明星，为福尔摩斯带来了不少的“客户”。福尔摩斯对华生的文学才能非常看重，他觉得华生对于自己来说，就像英国著名文学家约翰生的助手包斯威尔一样。在小说《波希米亚丑闻》中，福尔摩斯说：

“哪儿的话，医生，你就呆在这里。要是没有我自己的包斯威尔，我

① ［英］柯南·道尔著，丁钟华、袁棣华译：《血字的研究》，北京：群众出版社1978年版，第1－10页。

将不知所措。这个案子看起来很有趣，错过它那就太遗憾了。”①

不过，福尔摩斯也经常“批评”华生的创作，也因此伤了华生的心，这也恰恰表现出福尔摩斯和华生的亲密关系，所以福尔摩斯才会直言不讳。在小说《四签名》中，福尔摩斯对华生所撰写的《血字的研究》有一番看法：

“我约略看过一遍，实在不敢恭维。要知道，侦探术是——或者应当是一种精确的科学，应当用同样冷静而不是感情用事的方法来研究它。你把它渲染上一层浪漫色彩，结果就弄得像是在几何定理里掺进了恋爱故事一样了。”②

通过这样的描写，柯南·道尔旨在突出福尔摩斯的科学精神和严谨死板的性格。在小说《格兰其庄园》中福尔摩斯说：

“我承认你很会选材，这弥补了你叙述不够得力的缺陷。但你看待一切问题总是从写故事的角度出发，而不是从科学破案的角度，这样就毁坏了这些典型案例的示范性。你把侦破的技巧和细节一笔带过，以便尽情地描写扣人心弦的情节，这样做只能使读者一时激动，并不能让读者受到教育。”③

福尔摩斯希望从科学的角度、秉承科学的精神记述案件；而华生却从文学创作的角度将案件写成了动人的侦探小说。福尔摩斯和华生关于写作的争执与分歧，侧面地表现出福尔摩斯严谨的科学头脑和华生浪漫的文学情怀。通过对比描写，更加突出了华生的感性、细腻和文学才华。

华生不仅富有文采，他还是一个非常随和的人，特别是与大侦探福尔摩斯相比，华生简直太平易近人了。华生也是一个非常深情的人，福尔摩斯理性、冷酷，而华生却显得感性、真挚。华生对待福尔摩斯像对待老朋友一般，他常常夸赞福尔摩斯，丝毫不掩饰自己对福尔摩斯的欣赏。

---

① ［英］柯南·道尔：《波希米亚丑闻》，见［英］柯南·道尔著，李家云、陈羽纶译：《福尔摩斯探案集》(2)，北京：群众出版社1980年版，第203页。

② ［英］柯南·道尔著，严仁曾译：《四签名》，北京：群众出版社1978年版，第3页。

③ ［英］柯南·道尔：《格兰其庄园》，见［英］柯南·道尔著，李家云译：《福尔摩斯探案全集2》，长沙：湖南文艺出版社2013年版，第497页。

说实在的，福尔摩斯并不是一个难与相处的人。他为人沉静，生活习惯很规律……我总看到他的眼里有着那么一种茫然若失的神色。若不是他平日里生活严谨而节制，我真要疑心他有服麻醉剂的瘾癖了。[①]

我一向佩服我朋友的无畏精神。[②]

华生也十分重情重义，小说《最后一案》写了华生对福尔摩斯的不舍与怀念。

我怀着沉痛的心情提笔写下这最后一案，记下我朋友歇洛克·福尔摩斯杰出的天才。……我本来打算只写到"海军协定"一案为止，绝口不提那件造成我一生惆怅的案件。两年过去了，这种惆怅却丝毫未减。[③]

福尔摩斯在《最后一案》中，与莫里亚蒂教授在瀑布边做了一场搏斗，二人一起最终落入了荷兰迈林根的莱辛巴赫瀑布。

我转身走开时，看到福尔摩斯背靠山石，双手抱臂，俯瞰着飞泻的水流。不料这竟是我和他今世的永别。[④]

我永远把福尔摩斯看作我所知道的最好的人，最明智的人。[⑤]

短短的几行文字，就将华生对福尔摩斯的怀念和情谊娓娓道来，表现了华生的真挚、重情、重义。小说中的华生与福尔摩斯形成了鲜明的对比：一个是充满理性、科学和探索精神的侦探；一个是周身感性、浪漫、真挚的作家。虽然个性不尽相同，但福尔摩斯与华生都是勇敢和正直的小说人物形象。福尔摩斯和华生鲜明的形象和性格特征，成为"福尔摩斯探

---

① ［英］柯南·道尔著，丁钟华、袁棣华译：《血字的研究》，北京：群众出版社 1978 年版，第 11 页。

② ［英］柯南·道尔：《最后一案》，见［英］柯南·道尔著，李家云译：《福尔摩斯探案全集 2》，长沙：湖南文艺出版社 2013 年版，第 236 页。

③ ［英］柯南·道尔：《最后一案》，见［英］柯南·道尔著，李家云译：《福尔摩斯探案全集 2》，长沙：湖南文艺出版社 2013 年版，第 228 页。

④ ［英］柯南·道尔：《最后一案》，见［英］柯南·道尔著，李家云译：《福尔摩斯探案全集 2》，长沙：湖南文艺出版社 2013 年版，第 243 页。

⑤ ［英］柯南·道尔：《最后一案》，见［英］柯南·道尔著，李家云译：《福尔摩斯探案全集 2》，长沙：湖南文艺出版社 2013 年版，第 247 页。

案”系列小说最打动人心的部分。柯南·道尔成功地塑造了侦探和侦探助手的人物形象，这也被程小青学习和借鉴，于是就有了中国的侦探和侦探助手——霍桑和包朗的传奇。福尔摩斯和华生的人物形象特征，对程小青侦探小说人物形象的塑造有直接而深刻的影响。没有福尔摩斯和华生，就没有霍桑和包朗。

第二节 “混血”的霍桑

程小青侦探小说中的人物形象，有着鲜明的时代特色，体现为一种中西交融的人物形象特征。程小青借鉴柯南·道尔的“福尔摩斯探案”创作了“霍桑探案”，因此程小青小说中的人物形象与柯南·道尔小说中的人物形象极为相似。如侦探霍桑，他有着与福尔摩斯相似的爱好、断案方式和科学精神；他们都是反叛传统、标新立异，同时又聪明智慧、细心缜密的人。但是，霍桑并不是完全意义上的“西式”侦探。与福尔摩斯相比，霍桑更多了几分社会责任感，身上也有中国传统文化的特质：中庸、谦和、具有侠义精神；而福尔摩斯在性格上则更为通透和洒脱。除了侦探形象，程小青侦探小说中的侦探助手包朗和“新游侠”等人物形象，也都具有十分鲜明的时代色彩，他们受到西方文化的影响又保有中国传统文化的思想，体现了鲜明的人文特征和生活面貌。程小青侦探小说实现了由古代公案小说的清官、侠客形象向现代侦探小说的侦探、侦探助手形象的转变。

一、霍桑的魅力

在众多人物形象中，侦探霍桑是程小青侦探小说的灵魂人物。程小青认为，塑造侦探这一人物形象是创作侦探小说的关键。他说，正宗的侦探小说应该是以侦探为小说的主要人物，全篇的叙述也需要围绕着表现侦探的机智和勇敢这一主题展开，而小说最终的结尾也是要以侦探的胜利为故事结局的。[①] 小说中的侦探要具有精密的观察力，最好是一位无人能敌的

---

① 程小青：《亚森·罗苹案全集·程序》，见《贼公爵》（《亚森·罗苹案全集》第一册），上海：大东书局1925年版。转引自任翔、高媛主编：《中国侦探小说理论资料（1902—2011）》，北京：北京师范大学出版社2013年版，第110页。

智慧高人。[①] 作为侦探小说的第一主人公，侦探的形象、言行、举止等，都是作家心灵和思想的直接投射，侦探形象是否能够深入人心或广为流传，是决定侦探小说创作成功与否的关键性因素。形象鲜明和智勇双全的侦探往往能成为读者心目中的英雄，为侦探小说增添无穷的艺术魅力。

（一）霍桑的“西洋色彩”

由于程小青对柯南·道尔笔法的借鉴，霍桑与福尔摩斯十分相似，具有“西洋色彩”。程小青非常喜欢柯南·道尔笔下的人物，他认为福尔摩斯是一位爱科学、重理智、有毅力、富于想象和精于心理分析的机敏活跃的天才，而华生的忠厚诚笃和其略带的书呆性，也被程小青说为是“前无古人”。[②] 对于侦探霍桑，程小青认为，霍桑除了有坚强的毅力、丰富的责任心和相当的科学智识之外，还有健全的理智和敏锐的感觉，而霍桑的这种健全和敏锐是处于那个混乱时代的其他人可能不具备的，也正是时代所需要的，因为人类的理智已经黯淡得可怜。霍桑希望凭借他的赤手空拳，表示一些合乎理智的行为，借以唤起广大青年的同情，希望能在未来的时代有一个光明的社会。[③] 侦探霍桑所具有的科学智识和理性精神，使他区别于中国传统的断案者形象，显得西洋化。

霍桑的名字，也充满了西洋色彩。关于霍桑和包朗的命名，程小青在《霍桑和包朗的命意》一文中谈道：霍桑和包朗的名字受到了多方面的质疑。当时程小青的几个朋友认为，《霍桑探案》虽然在情节方面比较符合中国社会的实情，但是“霍桑”和“包朗”这两个人的名字，却略微带着几分西洋的色彩，不符合中国人的心理。而程小青却以为，若改成“王福宝”“李得胜”等这些“中国化”的名字，“随俗固然随俗得多，但同时在脑室中，不能不发生一种挺胸、凸肚、歪戴帽子、衔雪茄烟、翘大拇指等可怕的现状”，如果给别人以这种印象的人“乃是守公理、论是非、治科学、讲卫生的新侦探学家”，则“牛头不对马嘴”，使人“笑歪了嘴”。[④]

霍桑和包朗略带西洋色彩的名字，体现了程小青的创作观和他对西方文化的认同。当时西方国家的工业、科技水平和法律制度等都比中国的先进和发达，程小青一心希望中国的青年能够对国家和社会有所作为，因此“才特地把书中主角的名字，题得略为别致一些”[⑤]，为的是激励和鼓舞中

① 程小青：《从“视而不见”说到侦探小说》，《珊瑚》1933 年第 2 卷第 1 期，第 6 页。

② 程小青：《龙虎斗：福尔摩斯与亚森罗苹的搏斗》（引言），《紫罗兰》1943 年创刊号，第 180 - 181 页。

③ 程小青：《关于霍桑》，《橄榄》1938 年第 2 期，第 4 页。

④ 程小青：《霍桑和包朗的命意》，《最小报》1923 年第 1 卷第 11 期，第 6 页。

⑤ 程小青：《霍桑和包朗的命意》，《最小报》1923 年第 1 卷第 11 期，第 6 页。

国的青年们学习西方的先进科学思想和法律制度，以此来保障无产阶级的权益，推翻不平等的统治。程小青说，霍桑和包朗是他理想中的人物形象，虽然他们并不是真实的存在，但是程小青希望未来的少年可以把霍桑和包朗当作模范，从而能出几个真正的新侦探，这样就可以使无产阶级的平民在公道上有所保障，不至于永远“贱在大人老爷们的脚下”①。

霍桑除了名字带有几分西洋色彩之外，他还有着时髦的爱好。霍桑和福尔摩斯一样都喜欢拉小提琴。小说描写霍桑“在遇到难题的时候，喜欢拉小提琴”②：

这时，我忽听得楼下提琴声悠悠扬扬地送入耳朵。③

我踏进霍桑的前门口时，忽听得有一缕凄幽的提琴声音，从他的办公室中送出。我停一停脚步，先留神听听。霍桑平日难得弄提琴的——在两种局势之下才弄提琴，一，每逢他探案得手，他心中得意的情绪往往借那琴弦发挥出来；二，或是他遇到疑难问题，昏乱了脑筋，也往往把提琴做一种镇定神经而爬梳思绪的工具。所以我已有很深的经验，常能从他的音调中揣摩他的成功或失败。这时候我听得那调子哀婉和谐，丝丝入扣，那分明是在充分表现他得意的情绪。④

忽而有一阵幽咽的提琴声音从楼上透送上来。那声音忽疾忽徐，抑扬顿挫，颇合节拍。我从琴声中测验，霍桑对于这案子一定已有了某种把握，否则他的思绪既不宁静，决不能拉出这种合拍的调子。……走进办公室时，我看见霍桑仍坐在那把藤椅上面，左手托着提琴的柄，左颔承着琴，右手执着弓弦，正在缓缓地拉动。他的两支（只）眼睛半开半闭，上身却跟着弓弦的上下缓缓地摇动。他的整个的精神正遨游于美的世界之中，尘世的俗虑显然一切都已忘怀了。⑤

霍桑为什么喜欢拉小提琴呢？首先他是在模仿福尔摩斯，福尔摩斯也爱拉小提琴。霍桑爱拉小提琴的这一爱好彰显了他的现代精神与文艺气

① 程小青：《霍桑和包朗的命意》，《最小报》1923年第1卷第11期，第6页。

② 程小青：《浪漫余韵》，见《霍桑探案集》（1），北京：群众出版社1997年版，第445页。

③ 程小青：《恐怖的活剧》，见《霍桑探案集》（3），北京：群众出版社1997年版，第184页。

④ 程小青：《八十四》，见《霍桑探案集》（3），北京：群众出版社1997年版，第97页。

⑤ 程小青：《白纱巾》，见《霍桑探案集》（3），北京：群众出版社1997年版，第308页。

质，也使霍桑这一人物形象变得生动和饱满起来。而霍桑作为中国的现代侦探，以他对西方文化和科学知识的精通程度，自然也对西洋的乐器感兴趣。现代意义上的小提琴最早出现于16世纪早期意大利北部的威尼斯、热那亚等港口。小提琴作为一种舶来品出现在程小青的侦探小说中，使小说具有了西洋色彩。霍桑喜欢西洋音乐、抽白金龙香烟、喝张裕白兰地酒，这些都使霍桑显得西方、现代，表现出与古代公案小说的清官、侠客截然不同的形象特征。

（二）霍桑的“侦探”天资

程小青心目中的霍桑到底是一个怎样的人呢？在程小青小作《霍桑的童年》中，可以解读程小青心中霍桑的形象。在程小青看来，霍桑就是一个“混血儿”。虽然霍桑是现代的侦探，是程小青借鉴福尔摩斯的形象创作而来的，霍桑身上具有西洋色彩、现代品格和现代精神，但是，霍桑和福尔摩斯还是略有不同，这种不同就缘于程小青受到的中国传统文化的影响，这种影响体现在了霍桑的身上。

在文中，程小青首先介绍了霍桑的成长经历。霍桑是一个“自由意识特别强”的人，喜欢“到外面去游玩”①；他“天性颖悟”，但“喜欢管闲事”，“看见年长的同学欺侮幼小，他会挺身而出，和强暴搏斗”②；霍桑还“投师学拳”，学得还不错③；“霍桑的性情真像一匹没羁勒的野马，什么法则和规律，都缚他不住”④。霍桑的这些特质，都表现出他所具有的中国古代侠客的放浪不羁的性格和路见不平、拔刀相助的侠义精神。

霍桑在学问上的理性思维和钻研精神又与大侦探福尔摩斯相似。在学习上，霍桑喜欢刨根问底，“发出种种出人意外的问题”⑤；随着年岁的渐长，霍桑的“好奇心的发展越发厉害”“喜欢追究事物的根由”⑥；霍桑“所读的功课，不拘新旧，只拣选合时代而实用的几门”，比如“哲学、心

① 程小青：《霍桑的童年》，见孔庆东编选，中国现代文学馆编：《程小青代表作》，北京：华夏出版社1999年版，第345页。

② 程小青：《霍桑的童年》，见孔庆东编选，中国现代文学馆编：《程小青代表作》，北京：华夏出版社1999年版，第347页。

③ 程小青：《霍桑的童年》，见孔庆东编选，中国现代文学馆编：《程小青代表作》，北京：华夏出版社1999年版，第348页。

④ 程小青：《霍桑的童年》，见孔庆东编选，中国现代文学馆编：《程小青代表作》，北京：华夏出版社1999年版，第349页。

⑤ 程小青：《霍桑的童年》，见孔庆东编选，中国现代文学馆编：《程小青代表作》，北京：华夏出版社1999年版，第347页。

⑥ 程小青：《霍桑的童年》，见孔庆东编选，中国现代文学馆编：《程小青代表作》，北京：华夏出版社1999年版，第349页。

理、化学、物理等等”，“学习时也总是孜孜以求”，要学到彻底了悟为止。①

霍桑认为，“学问不是个人事业的敲门砖”，做学问是为“整个国家和民族的福利”考虑，当“国家受尽了他人的欺侮和压榨，复兴自强的希望完全寄托在青年男女身上”；霍桑还“深深地痛恨现代教育制度的不良”，认为现代教育制度耽误了许多青年的发展。② 霍桑身上所具有的中国传统文人心怀天下、治世救国的志向，与传统文化的影响密切相关。

而霍桑和他父亲的关系却十分微妙，霍桑说，他的“父亲是一个农夫，也是一个被压迫的人”，所以他父亲的“反抗意识非常强烈”，希望霍桑能够“立些高名”而扬眉吐气。但是，霍桑认为，“人的地位的高下，在乎他对于社会大众的贡献的多寡”，不在于是否取得了“空洞的头衔”。③ 霍桑的这种理性、务实的精神，又与西方文化的影响相关。

从程小青对霍桑的这些描写可以看出，在程小青心目中，霍桑是一个集中国传统文化和西方文化于一体的现代侦探，是符合儒家“格物、致知、诚意、正心、修身、齐家、治国、平天下”等思想的“中国式”的福尔摩斯。霍桑对于事物喜欢“究其根本”的性格特点，是儒家“格物致知”思想与西方科学理性精神融合的体现。霍桑对教育和青年的关注，并力求为国家尽一己之力的心愿，都表现了他深受儒家思想的影响，而因此心系国家、心系民族。霍桑是一个精通现代科学和西方文化但又保有传统品格和侠义精神的现代侦探。

（三）霍桑的“欧化”断案风格

在断案方式上，霍桑学习和借鉴大侦探福尔摩斯的现代侦探术，运用了不同于公案小说中清官的断案方式。霍桑“欧化”的断案方式，更加现代和科学，改变了公案小说清官的“神秘化”断案风格。程小青“去神秘化”地把霍桑塑造为像福尔摩斯一般拥有广博的科学知识、缜密的逻辑推理思维、高超的现代侦探术的侦探。

小说《血手印》中，霍桑凭借着丰富的化学知识来判断是不是血渍：

“……因为人类的血液里也和桔类等果汁一般，含着些儿酸的成分，

① 程小青：《霍桑的童年》，见孔庆东编选，中国现代文学馆编：《程小青代表作》，北京：华夏出版社 1999 年版，第 350 页。

② 程小青：《霍桑的童年》，见孔庆东编选，中国现代文学馆编：《程小青代表作》，北京：华夏出版社 1999 年版，第 350 页。

③ 程小青：《霍桑的童年》，见孔庆东编选，中国现代文学馆编：《程小青代表作》，北京：华夏出版社 1999 年版，第 351 页。

酸和铁质接触了，都能变成一种铁柠酸盐，干了以后的颜色是彼此相同的。若是单凭肉眼的能力，决不能分别出来。”①

“有一种方法很简便，只须用一种淡亚马尼亚液，滴在斑渍上面，五分钟后便能明白。若是果汁所染，斑点上会泛出绿色，倘然是血渍，那是不会变色的。”②

小说《珠项圈》中，霍桑的面向观察法也十分独特和现代：

第一着眼，就须注意眼睛和鼻子，和那面部的线纹，有无特异之点。这一个印象已经留下，以后便不容易淡忘。③

霍桑还留意观察犯罪嫌疑人的服饰与外貌，嫌疑人脸上涂了“雪花霜”一类的东西，因此带着相同的香气。④

小说《黄浦江中》，霍桑用“易容术”骗过了绑匪：

霍桑忽将他自己皮鞋上的高跟旋下来。我知道那鞋跟本是一个可以活动的铁壳，外面裹着橡皮，内中却可以藏秘密的小件。⑤

这些秘密的小件，是霍桑易容的工具，帮助他更好地破案。小说《裹棉刀》中，霍桑认为死者的伤痕“真有研究的价值”⑥。霍桑细验、端详，用放大镜来勘查现场和尸体，以求找到证据。放大镜也是福尔摩斯极喜欢用的工具，用放大镜发现案发地点的蛛丝马迹，是现代侦探的科学取证方式之一。

“……刀上裹棉花的用意，在于塞住血液，使人家骤然间不能因着血色的鲜明，紫殷，或凝结，而觉察真正发案的时间。”⑦

---

① 程小青：《血手印》，见《霍桑探案集》（2），北京：群众出版社1997年版，第415页。

② 程小青：《血手印》，见《霍桑探案集》（2），北京：群众出版社1997年版，第415－416页。

③ 程小青：《珠项圈》，见《霍桑探案集》（3），北京：群众出版社1997年版，第7页。

④ 程小青：《珠项圈》，见《霍桑探案集》（3），北京：群众出版社1997年版，第19页。

⑤ 程小青：《黄浦江中》，见《霍桑探案集》（3），北京：群众出版社1997年版，第51页。

⑥ 程小青：《裹棉刀》，见《霍桑探案集》（3），北京：群众出版社1997年版，第136页。

⑦ 程小青：《裹棉刀》，见《霍桑探案集》（3），北京：群众出版社1997年版，第157页。

霍桑通过对行凶者在刀上裹棉花的这一举动，分析出行凶者想掩盖作案时间的心理，为断案提供了一些线索和依据。霍桑对凶案现场的证据采集方法与由凶案现场的细节作出逻辑的推理和判断的方式，都与公案小说中清官的断案方式有很大的不同。霍桑的方式是非常科学的，没有鬼神助判，没有刑讯逼供，依靠的是现代理性和科学。小说《夜半呼声》中，包朗曾评价过霍桑科学的现代断案方式：

霍桑对于任何事情，若没有充分的观察和研究，绝不肯轻易下断语。这是他的一贯态度。①

在这篇小说中，还出现了一位柯循理法医官。小说的这些细节都表现了现代侦探术的科学性。

另一篇小说还描写了霍桑的观察力：霍桑的观察十分仔细，他查看物证的时候会像一个考古学者般一丝不苟；他会留心社会上同一类型的人及其喜欢的事物，从而在断案的过程中获得证据。

“……有些欧化的时髦女子，虽也有仿摹西法，在巾角绣一个缩写字母。”②

小说中这些关于霍桑断案细节的描写，都表现出霍桑与以往公案小说中的清官在断案方式上的不同。霍桑的这些现代侦探术有一部分是效法福尔摩斯，也有一部分是霍桑“学习”的结果。事实上，在翻译和创作侦探小说之外，程小青在 1924 年函授攻读了美国一所大学的“犯罪心理学”和“侦探学”等课程。学习期间，程小青阅读了大量的心理学、犯罪心理学和刑侦学等方面的书籍，这对他侦探小说的创作产生了重要的影响。学习和阅读犯罪心理方面的知识，不仅可以使程小青更加准确地把握西方侦探小说的创作特点和艺术精神，也可以使其创作的侦探小说更加生动、有趣味，使小说中的侦探这一人物形象更加专业和逼真。程小青的侦探小说无论从人物的刻画、悬念的设计和情节的推理等方面，都显示出了一种科学性和专业性，而这种科学性和专业性，正是中国古代公案小说所缺乏的。虽然相较于福尔摩斯，霍桑在逻辑推理和科学取证等方面还稍稍逊色，但是相比起公案小说中的“人判”“神判”和“严刑逼供”等断案方

---

① 程小青：《夜半呼声》，见《霍桑探案集》（3），北京：群众出版社 1997 年版，第 212 页。
② 程小青：《白纱巾》，见《霍桑探案集》（3），北京：群众出版社 1997 年版，第 293 页。

式，霍桑的断案方式已经有了很大的突破和改变，更加科学、合理且具有现代特征。

（四）穿过“枪林弹雨”的“谦谦君子”：被儒家思想浸润的霍桑

作为鸳鸯蝴蝶派的代表作家，程小青承袭了中国古代通俗小说一脉，加之受中国传统文学和文化的影响，因此从古代公案小说到程小青现代侦探小说，小说中的人物形象既有转变也有继承。霍桑的断案方式是欧化的，他有科学的头脑、西式的生活方式和爱好；但霍桑也是被儒家思想浸润的现代侦探，相比起福尔摩斯的冷静甚至于冷酷与执着，霍桑的身上则多了几分中庸、柔和与宽容。霍桑虽然张狂却不失内敛，虽然尚武却爱好和平。同时，霍桑具有较强的实用理性精神，他关怀现实、心系国家。在面对受害者或是犯罪者的时候，霍桑比福尔摩斯表现出更多的关怀、说教与指点迷津，体现了霍桑的济世情怀。

1. 刚柔相济：霍桑的儒家中庸特质

霍桑是一位柔和、中庸的现代侦探，他一身正气，做事不偏不倚，正直宽容。在传统儒家思想文化的影响下，中国的文人志士大多都有一种刚柔相济的中庸特质。《中庸》讲：

> 天命之谓性，率性之谓道，修道之谓教。道也者，不可须臾离也；可离，非道也。是故君子戒慎乎其所不睹，恐所不闻。莫见乎隐，莫显乎微。故君子慎其独也。喜怒哀乐之未发，谓之中；发而皆中节，谓之和。中也者，天下之大本也；和也者，天下之达道也。致中和，天地位焉，万物育焉。①

儒家讲中庸，认为人的喜怒哀乐在表露之时要无所偏向、符合法度，即是所谓的中和。中，是天下万事万物的根本，孔子说：

> 君子中庸，小人反中庸。君子之中庸也，君子而时中。小人之反中庸也，小人而无忌惮也。②

孔子认为，君子的言行要符合不偏不倚的中庸标准，霍桑即是如此。

---

① （战国）子思著，王峥嵘、文若愚编：《中庸》，汕头：汕头大学出版社 2016 年版，第 2 页。

② （战国）子思著，王峥嵘、文若愚编：《中庸》，汕头：汕头大学出版社 2016 年版，第 18 页。

特别是在面对官方警察的时候，霍桑表现得和而不同、不卑不亢。虽然他对于官方警察也有看不惯的地方，但是相比起福尔摩斯对待官方警察的态度，霍桑的态度中正而收敛。

侦探小说中的侦探形象可以分为三种：官方警察、私家侦探和业余侦探。小说中的官方警察绝大多数都是不折不扣的、缺乏个性和想象力的无能警察，是统治阶级的爪牙，是民众的对立面。虽然有时这些官方警察表现出敬业、谨慎和充满理性的一面，但是论及断案的聪明才智是远远不及“福尔摩斯”的，是侦探的陪衬。程小青侦探小说中的官方警察也常常是作为霍桑的陪衬而存在，他们愚笨、保守、刚愎自用，总是要依靠霍桑的帮助，否则就无法破案，显得一无是处。侦探对于官方警察的嘲讽，也满足了读者的心愿。特别是在现实生活中，被有权有势之人欺负的处于社会底层的读者，希望在小说中看到这些权贵之人出丑和受到惩罚。正如中国古代民众对于清官、侠客的仰望，都是缘于现实生活的不尽如人意。文学作品总是能表达人类共同的情感、情志，得到读者的共鸣。

在柯南·道尔的侦探小说中，福尔摩斯对官方警察只有讽刺和嘲笑，官方警察在福尔摩斯眼里是不折不扣的大笨蛋，他们屡次抹去了福尔摩斯破案的功劳，为自己加官晋爵，福尔摩斯对官方警察非常鄙视。程小青侦探小说中霍桑与官方警察之间有着微妙的关系，霍桑对于官方警察既有批判的一面，也有合作和肯定的一面，关系较为柔和，霍桑对官方警察的态度比起福尔摩斯来就显得和蔼、亲切得多。霍桑和福尔摩斯对待官方警察态度的不同，体现出中西文化的差异：福尔摩斯是自我的和反叛的，而霍桑是中庸的。

在程小青侦探小说中，出现了众多的官方警察形象。这些官方警察绝大多数和霍桑都保持着友好的关系，只有极为少数的、缺点过于突出的官方警察会被霍桑偶尔鄙视和嘲笑。与霍桑关系较和缓的官方警察，有倪金寿、汪银林、松泉等；霍桑较为反感和鄙视的官方警察，有余桐、秦墨斋等。其中，官方警察倪金寿的出场频率比较高。倪金寿是霍桑多年的朋友，他惧怕财富和权势，由于得了霍桑帮其破案的好处，对霍桑也是恭恭敬敬的。小说中的倪金寿是一个老实、迂腐的人，虽不会得到霍桑太多的赞扬，也不至于会受到霍桑的鄙视。小说《舞后的归宿》中写道：

倪金寿是霍桑多年的朋友，凡知道霍桑的人，总也会连带熟悉他的姓名。他在警界中服务已经二十多年，因着历年来勤恳努力而获得的劳绩，升迁到了现在的地位。不过若使能够适用定量分析的话，他的劳绩里面大概有若干成分是属于霍桑的。倪金寿倒也并不像一般不识时务的人，“一朝得志，尽忘故旧”。他对于霍桑仍保持相当的敬意，每逢有疑难或关系比较重大的案子，依旧和霍桑保持着联系。①

倪金寿对权贵陆健笙和警厅上级的态度是毕恭毕敬的，可见他是一个惧怕财富和权势之人。但是好在倪金寿做人还算忠厚老实，他没有忘记霍桑的恩惠，对霍桑保持着敬意，说明倪金寿不是一个忘恩负义的人，因此读者对他也不会过度反感和鄙视。与霍桑保持友好关系的官方警察除了倪金寿，还有松泉，霍桑对他极为肯定：

这个人我也不认识，但看他的神气，和报告时说话的次序，足见他也是一个相当干练而为警探界不易多得的人才。②

官方警察汪银林较为愚笨，侦探学知识也不如霍桑丰富，但是汪银林办事有毅力而且勇敢，③ 霍桑对他不褒不贬。小说《怪电话》中，写到了警察汪银林。

汪银林的思想虽不及霍桑的敏捷，但关于侦探学上的常识，如观察、推理和应用科学等等，也不能算太丰富，可是他知道爱惜名誉。他的办事的毅力和勇敢，也和他的短阔肥硕而近乎臃肿的身材，同样在侪辈中首屈一指。④

小说《活尸》中，汪银林再次出现：

汪银林是上海警察厅的侦探长，在以往的十多年中，他得到霍桑的帮助简直计算不清。有一次他碰着一件命案，束手无策，几乎丢掉差使，砸破饭碗，幸亏霍桑挽救了他。他吃的是公事饭，也不免沾些官气，哄吓敲骗这一套，有时也要试试身手。但是他见了霍桑，总是规规矩矩，绝不敢耍什么花招。⑤

---

① 程小青：《舞后的归宿》，见《霍桑探案集》（1），北京：群众出版社1997年版，第7页。

② 程小青：《舞后的归宿》，见《霍桑探案集》（1），北京：群众出版社1997年版，第161页。

③ 程小青：《怪电话》，见《霍桑探案集》（1），北京：群众出版社1997年版，第385页。

④ 程小青：《怪电话》，见《霍桑探案集》（1），北京：群众出版社1997年版，第385页。

⑤ 程小青：《活尸》，见《霍桑探案集》（2），北京：群众出版社1997年版，第148页。

汪银林是个身体比较胖的人，性子又有些近乎急躁。心急和体肥就尽够构成多汗易喘的条件；何况他因关怀霍桑，心里确实有些担忧。①

汪银林十分关心霍桑，可见他和霍桑的关系就像朋友一样。也正是因为霍桑对他的宽容和无私，才使汪银林对霍桑有着感激和敬重的心情。

在官方警察中，也有霍桑实在看不上的对象。小说《舞后的归宿》中的警察秦墨斋，是最被鄙视的官方警察：

生就一副上得镜头的滑稽嘴脸，跟我们早就认识。②

霍桑也曾指出官方警察的通病：

“他们历年以来，表面上虽和我合作，暗底里实非常妒忌。”③

这些描写，都表现出霍桑对于官方警察既有质疑、否定，也有肯定的态度。霍桑还是较为宽容的，不像福尔摩斯那样对于官方警察鄙视至极。

霍桑对于官方警察的宽容态度，除了霍桑本身具有的中庸品格之外，也与程小青的清官情结分不开。中国古代断案以“人治”为主，“人治”大于“法治”，因此民众都期盼清官的出现，清官的形象也不断地出现在古代文学作品中。明清小说《警世通言》《拍案惊奇》，公案小说《三侠五义》等都有叙述清官事迹的故事篇章。清官的形象，代表着一种儒家精神和理想人格。作家和文人通过塑造清官形象、叙述清官故事，表达对清官的向往，寄托心中的清官情结。程小青的清官情结造就了小说中的霍桑对于官方警察态度的宽容，也表现了程小青对当时官方警察的某些期许和希望。一方面程小青要让官方警察显得无能一些，以此衬托霍桑的智勇双全；但是另一方面，程小青又不希望官方警察是真的无能，他期望通过侦探小说为改善当时中国社会的法治状况提供一点借鉴。所以，程小青侦探小说中霍桑和官方警察的关系较为缓和，这既突出了霍桑中庸、内敛的性格特征，也彰显了程小青的清官情结。

---

① 程小青：《活尸》，见《霍桑探案集》（2），北京：群众出版社1997年版，第150页。

② 程小青：《舞后的归宿》，见《霍桑探案集》（1），北京：群众出版社1997年版，第29页。

③ 程小青：《浪漫余韵》，见《霍桑探案集》（1），北京：群众出版社1997年版，第442页。

2. 教化现实：霍桑的实用理性精神

霍桑不仅具有中庸的性格，也有较强的实用理性精神。“实用理性”最早由李泽厚提出。李泽厚认为，所谓“实用理性”就是关注现实社会生活，不作纯粹抽象的思辨，也不让非理性的情欲横行；事事强调实用、实际和实行，满足于解决问题的经验论的思维水平，主张以礼节情的行为模式，对人生世事采取一种既乐观又清醒冷静的态度。实用理性精神由来久远，以理论形态呈现在先秦儒、道、法与墨等主要学派中。[①] 实用理性，是一种保证生存、积极入世，以解决现实问题为终极价值追求的文化思想。传统文人追求“修身、齐家”，为的是“治国、平天下”，“内圣”意在“外王”。[②] 追求实用功利，但也要遵循圣贤哲理、圣贤之道，做事有范围、限度和原则。往往社会危机的出现，会导致实用理性的彰显。[③]

清末民初的中国一片混乱，也因此促成了程小青实用理性精神的彰显。程小青在创作侦探小说的时候，关注社会现实，关心民生疾苦，把霍桑塑造为一位具有科学素质、独立勇敢精神的侦探；同时，程小青笔下的霍桑在断案和解决现实问题的时候，都不曾超越传统伦理道德对人的规约。霍桑的实用理性精神，使他有较强的人文关怀，在小说中，霍桑常常教化青年男女。不过，程小青一开始是创作言情小说的，当时其小说表现的实用理性精神和人文关怀意识还不是特别强烈。

民国初年的小说，主要以鸳鸯蝴蝶派小说为主。这时国内时局虽然发生了大变动，小说却不像清末那样反映出时代的情况，而跟时代脱节。这时小说家只是沿袭晚清小说的旧路，其实内容动辄以“一双蝴蝶，三十六鸳鸯”来比拟书中的才子佳人，因此被称作“鸳鸯蝴蝶派”。[④]

鸳鸯蝴蝶派作家作品在民国初年较为盛行，一般都是言情小说，叙写才子佳人的爱情故事。小说供读者消遣的成分居多，思想性不够深刻。所以，鸳鸯蝴蝶派作家被当时许多心系家国和天下的严肃作家所指责。

---

① 李泽厚：《漫说“西体中用”》，见李泽厚：《中国现代思想史论》，北京：东方出版社1987年版，第320页。

② 《浙江社会科学》编辑部编：《百年中国　转型与发展》，杭州：浙江大学出版社2014年版，第247页。

③ 《浙江社会科学》编辑部编：《百年中国　转型与发展》，杭州：浙江大学出版社2014年版，第247页。

④ 方祖燊：《小说结构》，台北：东大图书股份有限公司1995年版，第64页。

上海自清末以来，就是半殖民地的商业大都市，一般人讲究享乐，需要的就是这类读物，专刊揭人隐私的黑幕小说，骈四俪六的言情小说，《聊斋志异》式的谈鬼怪小说，供人在周末消遣时日。这些小说也反映了当时上海畸形的社会现象。[①]

不过，这种指责未免太过绝对。鸳鸯蝴蝶派作家的小说虽然以通俗畅销、愉悦情志为主，但也揭露了当时的一些社会问题，并非只沉溺于“风花雪月”的休闲读物。言情小说的畅销，也侧面反映了当时的社会状况。国破家亡之时，青年男女还沉浸在爱河中，不思进取，又怎么能振兴中华、建设国家？于是程小青将言情故事改为言情侦探故事，以此达到警示青年读者的目的。

这时虽有“五四运动”激励人心，使知识分子觉醒，抨击旧社会、制度、礼教、思想，但北洋政府仍然不思改革，反而压制知识分子，军阀为了争权夺利不停火拼战争，兵匪不分，到处抢掠，土豪劣绅鱼肉乡里，人民的生活困苦之极，知识青年对时局充满了悲观、失望与苦闷。[②]

作为知识青年的程小青在创作侦探小说的时候，也有多方面的考虑，首先考虑的是读者的趣味和喜好；而本着实用理性的精神，程小青在小说中不忘关怀现实。言情小说在当时有较为广泛的受众群体，程小青在侦探小说中写言情故事，可以吸引喜欢看言情故事的读者阅读侦探小说。不过，程小青侦探小说中一些表现青年男女爱情纠葛的小说，虽是叙述风花雪月的爱情故事，却与言情小说不大相同。在讲述爱情故事的同时，程小青又加入了教化现实的内容，以此来启示青年男女如何正确地恋爱，不忘对青年男女的教育和关怀。既考虑了读者、销量，又实践了他侦探小说的创作观和关怀现实的写作愿望。

程小青在侦探小说中教化现实，这一点与五四时期出现的“问题小说”极为相像。“五四”以后的几年间，主要是1919年至1925年，形成了一种小说类型——问题小说。问题小说反映政治、道德、教育、婚姻、恋爱等人生问题，以冰心《两个家庭》《斯人独憔悴》等小说为代表作品。1921年文学研究会成立后，将问题小说的创作推向了高潮。问题小说流行的时间虽然不长，但它是典型的“五四”启蒙时代的产物，小说探问人生

---

① 方祖燊：《小说结构》，台北：东大图书股份有限公司1995年版，第64页。

② 方祖燊：《小说结构》，台北：东大图书股份有限公司1995年版，第64页。

的终极，关顾每个人的人生价值、生存真谛。[①] 问题小说的创作意图和程小青侦探小说对读者的教化成分，其实都是知识青年关怀家国、现实的表现，也是五四时期启蒙思潮运动的影响。

在程小青侦探小说中，霍桑批评了青年男女终日沉溺恋爱之中而不思进取的现状，也侧面表现了当时因言情小说盛行所带来的弊端。小说《怪电话》中，霍桑批评青年宋梦江不务正业，为了捧红舞女，故意虚造了绑票案。[②] 小说《双殉》中，程小青指出了爱情给青年男女带来的困扰和苦恼。

他（霍桑）说："爱河的风波是可怕的！世界上最没法解决和最易使人感受痛苦的事，就是这一个'爱'字。现在你们四个人的曲折离奇的问题都已有了归结，不过这里面含着不少酸辛的因素。"[③]

在小说《魔窟双花》的结尾"病榻上的供词"一节中，通过人物之间的对话，解开了案件的谜团，并教化了读者。

"这两个女子各自冒着危险，给他们的恋人复仇，可见她们的热情和毅力超过了一般女子。不过经过了王镇华的供认以后，又觉得这两个女人的胆量有余，但眼力不足，因为他们的恋爱对象，并不是值得以赤心相待的理想人物，这真是很可惜的！"[④]

程小青多次以青年男女的恋爱故事为题材创作侦探小说，旨在教化青年人树立正确的婚恋观。小说《魔窟双花》结尾的几段话，将整个案件的部分谜团解开，交代了田漱芳和谈素兰给自己未婚夫报仇的过程。两位女子由于对爱情和另一半的认知较少，轻易地相信了他人，满腔热忱地投入爱情之中，却误伤了好人。她们的错误，是值得青年人警醒和注意的问题。程小青把她们的故事写在小说中，以此警示青年人：在面对爱情的时候要清醒和冷静，不可以轻易地相信他人，一定要了解清楚对方，才付出自己的真心真意；否则，将会酿成悲剧，留下遗憾。

---

① 张丽莉：《论"五四"时期小说理念的刷新与创作的多样探索》，《康定民族师范高等专科学校学报》2004 年第 3 期，第 38 页。

② 程小青：《怪电话》，见《霍桑探案集》（1），北京：群众出版社 1997 年版，第 422 页。

③ 程小青：《双殉》，见《霍桑探案集》（1），北京：群众出版社 1997 年版，第 482 页。

④ 程小青：《魔窟双花》，见《霍桑探案集》（1），北京：群众出版社 1997 年版，第 379 页。

除了对青年男女沉溺恋爱问题的批评，霍桑还对社会现实予以了关注。小说《白纱巾》对当时社会的黑暗进行了揭露，批判了没有职业道德、眼里只有钱的律师。律师的职业操守问题也带来了一系列的社会问题。

那渐渐西沉的日轮一落到地平线以下，大地上的景象便整个地起了变动。……在这一刹那间的景况，真像人类社会中的真理，有时候被恶势力所蒙蔽凌夺，一时没法伸张，只得暂时隐忍屈伏着。①

“……上海的律师虽多，可是真正主持公道保障民权的，却找不出几个。一大半却都是金钱的奴隶，案子的是非曲直，只瞧金钱的多少做标准。”②

小说《活尸》中，霍桑对上海舞场风俗的败坏进行了批判。

交际舞是从外国输入的，本来是一种高尚的娱乐，茶余酒后，男女宾主翩翩起舞，可以增进彼此间的了解和友谊。可是上海的舞场，它们的作用完全不是那么一回事，却变成了一种出卖色相的所在。③

霍桑还对知识分子的不务正业感到担忧，如沉迷舞场的谢敬渊便受到霍桑的批评和教诲：

“敬渊兄，你总也知道，现在是外侮内忧交迫的关头，决不是我们享乐的时候。我们既然比较有些知识，我们的责任该是怎样重大？国家给鬼子们步步侵逼，大多数人在泥潭中挣扎，剥着树皮充饥，可是都会中的一些享乐分子却仍把有用的精力消耗在销魂荡魄的魔窟里！想一想，我们如果还有一毫人性，又怎能放纵享乐？我敢说，现在上海的所谓舞场实在是一种吞噬我们青年男女的魔窟，你今后应少来这里才是。敬渊兄，你有了一些学识才能，应得做个实验室中的主角，不应该做舞场里的熟客。”④

---

① 程小青：《白纱巾》，见《霍桑探案集》（3），北京：群众出版社 1997 年版，第 267 页。
② 程小青：《白纱巾》，见《霍桑探案集》（3），北京：群众出版社 1997 年版，第 274 页。
③ 程小青：《活尸》，见《霍桑探案集》（2），北京：群众出版社 1997 年版，第 194 页。
④ 程小青：《活尸》，见《霍桑探案集》（2），北京：群众出版社 1997 年版，第 277 页。

在程小青侦探小说中，这样大段落的教化内容有很多。比起具有实用理性精神、喜欢教化读者的霍桑，福尔摩斯似乎很少如此。福尔摩斯只会在侦探术的优劣上与人争论一番，探讨的是科学断案的内容。因为科学、理性、现代文明也是柯南·道尔所推崇的。柯南·道尔小说中较少会有在情感、道德、伦理等方面教化读者的成分。而程小青的侦探小说，由于具有较强的实用理性精神，因此小说的教化意味较为浓厚；这也与中华民国建立以来战乱的时代背景、复杂的文艺思潮以及小说的发展有非常密切的关系，许多作品都反映着当时的政治与社会的情况。① 时代的动乱、社会和政治的不稳定，使文学作品很难脱离时代因素而独立存在，文学作品中的人物性格特质也因此与时代的因素密切相关。

总的来说，程小青侦探小说中的霍桑形象受到了多重因素的影响。首先，是柯南·道尔侦探小说的影响：无论是霍桑的形象、名字、性格、爱好与断案方式，都显现了程小青对福尔摩斯形象的借鉴，霍桑周身充满着西洋的色彩和风格；但是霍桑又不是完全等同于福尔摩斯，他也有自己的特质，这是程小青对中国传统文化致敬的表现。霍桑并不只是一个西式侦探的复制和翻版，程小青还赋予了霍桑一些“中国化”的元素，避免霍桑“水土不服”，使霍桑成为真正的“中国式”的现代侦探。所以，霍桑是“中国化”了的福尔摩斯，他是一个“混血儿”。从清官“包拯”到侦探“霍桑”，断案英雄由“古典”走向“现代”，这其中既有时代的变迁，也有文学的演变。霍桑这一侦探人物形象的意义，远非只显见了西方文化与西方侦探小说对中国现代文学的影响。霍桑的形象是中西方文学共同影响的结果，其中缠绕着千丝万缕的既关于时代又关于文学的因素。虽然，霍桑比不上福尔摩斯在世界的盛名，但是霍桑的形象绝不只是一个侦探形象，他更是代表了中国公案文学向侦探文学的蜕变，代表了中国古代文学向现代文学的转型。

二、霍桑的朋友：包朗与新游侠

从公案小说到程小青侦探小说，不仅断案者的形象有所转变，小说中的其他人物形象也有相应的改变。这种改变，始终离不开一个“侠”字。科学精神与游侠精神的兼具，是程小青笔下人物最突出的特征。程小青的侦探小说中不仅有光环闪耀的大侦探霍桑，还有富有个性和责任心的侦探

① 方祖燊：《小说结构》，台北：东大图书股份有限公司 1995 年版，第 62 页。

助手包朗。包朗作为霍桑的朋友，协助霍桑解决了很多断案中的难题。作为一位文人，包朗的智勇双全和侠义精神，也打动着众多读者的心。

（一）智勇双全的包朗

细读程小青的《霍桑探案集》不难发现，小说中的侦探助手包朗这一人物形象也刻画得特别生动传神。程小青笔下的包朗是一位作家，是传统文人，但包朗接受了西方先进的思想文化和科学知识，并不守旧。不过，虽然包朗接触也了解现代的侦探术，但是他并没有像华生一般拥有丰富的医学和科学知识，包朗的本职工作只是一位作家。小说中的包朗能文能武，他既是一位新式的知识分子，也不缺乏古代侠客劫富济贫和见义勇为的个性特征。包朗会和犯罪者斗智斗勇，即使少了些飞檐走壁的武功本领，也不失为一位具有游侠精神的现代侦探助手。

作为作家的包朗传统而保守，批判现实，也关注现实。和霍桑一样，包朗受到中国传统文化的影响至深，他心系着国家与民族。在看到舞女的豪华卧室时，包朗不免感慨：

> 这里的布置，和楼下的会客室，可称异曲同工地象征着忘了时代国家的奢靡和浪费！①

在面对一些趋炎附势、前倨后恭的人时，包朗也发起了议论和评价：

> “这是个教育问题。一个人如果有了相当的修养，当然不会有这种不合理的态度。”②

包朗与霍桑的对话，表现出包朗对于仗势欺人的有钱人的憎恶和批判。包朗认为，这种人缺乏理智、没有修养。而这样的人，却无处不在地存在于这个社会之中，显露着各种丑态。

包朗对于青年也十分关注。小说《舞后的归宿》中的余甘棠是一位青年大学生，他在得知舞女王丽兰死后，一心想为其报仇。在包朗和霍桑看来，这样沉迷于美色的青年，是不务正业的。不过，好在余甘棠单纯、幼稚，还有教育、改变的余地。在案情水落石出之后，余甘棠洗脱了谋杀嫌

---

① 程小青：《舞后的归宿》，见《霍桑探案集》（1），北京：群众出版社 1997 年版，第 132 页。

② 程小青：《舞后的归宿》，见《霍桑探案集》（1），北京：群众出版社 1997 年版，第 144 页。

疑，但还是被霍桑和包朗教育了一番：

霍桑在离开警厅以前，又叫余甘棠出来，经过了一番训话，将他放掉。在训话时，我（包朗）也参加过几句。

我（包朗）曾向他说道：“我们的国家处在危急的时代，未来的祸难，随时可以发生，而且也没法避免。青年是国家的命脉，民族的柱石，你是个优秀的知识分子，怎么自暴自弃，投进了迷人的魔窟里去，干这自杀的行为？”①

在听了霍桑和包朗的训话后，余甘棠露出了羞愧且无地自容的表情，包朗甚是欣慰：

我（包朗）暗暗欢喜，料想这少年还有自新的可能，国家也可多留一分元气，因为一个人有了错误而能够感到羞愧，可见他的知耻心还没有完全消灭。我（包朗）所期望他的自新，就寄托在这一点上。②

在遇到宋梦江这样不求上进的青年之后，包朗也十分感慨：

“这宋梦江总算是个知识分子，做得出这样的事，委实太没志气了！像他这样的年纪，又有这样敏慧的思想、清丽的文才，不给国家社会尽一分子力，偏偏在单恋上用功。真可惜！”③

从这些描写都可以看出，包朗是一个关心时事，关心家国命运的知识分子形象。他入世且传统，同时又不乏温润如玉的爱心和悲天悯人的情怀。

包朗一面是作家，一面又是游侠。包朗的笔锋犀利，同时他的枪法也很敏捷。他正直勇敢，临危不惧，有一副好身手。比如，小说《沾泥花》就描述了包朗智斗绑匪的故事情节：

---

① 程小青：《舞后的归宿》，见《霍桑探案集》（1），北京：群众出版社 1997 年版，第 168 页。

② 程小青：《舞后的归宿》，见《霍桑探案集》（1），北京：群众出版社 1997 年版，第 168 页。

③ 程小青：《怪电话》，见《霍桑探案集》（1），北京：群众出版社 1997 年版，第 422 页。

砰！……

枪声一响。我蹲一蹲，又站直起来，跨下石阶。

砰！……

枪声再响。我不再蹲下去，看见一缕火光从汽车后面穿出来。我正待奔过去追捕，一声“哎呦”唤住了我的脚。喊叫是我背后的施桂；喊叫的原因是汽车旁边的一种景状。

霍桑已经跌倒在石阶下面！①

温文尔雅的包朗平时会随身携带一把手枪，随时都准备和恶人斗争。小说《黄浦江中》也有霍桑和包朗智斗绑匪的情节：

霍桑忽一把拉住我，说道：“你去拿什么？何必多费工夫？”

我（包朗）道：“我的手枪还没有拿。这东西不可不备。”②

在绑匪的船上，包朗和绑匪发生了枪战：

我（包朗）便又瞄准地发了一枪，那人竟应声而倒，一些没有声音。我防他诈死，等了一会，蛇行着趋近前去。原来那枪弹已打中了他的咽喉，自然喊不出声了。③

我（包朗）计量已定，便又借重着那支手枪，向来船砰的放了一弹。这一弹虽然不见得命中，但那汽船竟立刻停驶。有几个船上人口中高嚷着，似乎打什么口号。我绝不理会，连接又放了一枪，料他们再不敢冒险驶近。④

砰！

第二弹又来了。我但觉左肩膊上一冷，身体也不禁摇了一摇。我的神智还很清楚，我知道我已中了弹子！我的身体有些儿支撑不直，却还努力向发枪处回了一枪。接着我便觉肩上痛得厉害，血液也汩汩流出。我的脑

---

① 程小青：《沾泥花》，见《霍桑探案集》（2），北京：群众出版社1997年版，第313－314页。

② 程小青：《黄浦江中》，见《霍桑探案集》（3），北京：群众出版社1997年版，第39页。

③ 程小青：《黄浦江中》，见《霍桑探案集》（3），北京：群众出版社1997年版，第56页。

④ 程小青：《黄浦江中》，见《霍桑探案集》（3），北京：群众出版社1997年版，第57页。

中一晕，两只脚再也撑立不住。以后我便不省人事了。[①]

包朗和匪徒进行了一番枪战后受了伤，但成功地救出了被绑架的小孩。小说对包朗的这些描写，都表现出包朗既是一个心怀家国的文人，又是一个正义勇敢的现代侠客。包朗作为霍桑的助手，不仅明辨是非，还英勇无畏。

包朗和霍桑亦师亦友，他们不仅是断案上的合作伙伴，也是生活中的好友挚交。包朗认同霍桑的人生观、价值观，他和霍桑有着相同的济世情怀。包朗一方面向霍桑学习一些现代侦探术与科学知识；另一方面，包朗又会在霍桑有危难的时刻挺身而出，与公案小说中清官身边的侠客极为相像。包朗同霍桑一起出生入死、劫富济贫、伸张正义。不过，公案小说中的侠客之于清官是从属关系，而侦探小说中的助手之于侦探是合作关系，展现出了古今断案方式的迥然不同。

（二）侠肝义胆的新游侠

在程小青侦探小说中，不仅有智勇双全的侦探助手，还有侠肝义胆的新游侠形象。清朝末年，仁人志士愤慨时势，提倡复仇精神与侠客精神。谭嗣同在《仁学》中就谈到，以西汉“内和外威”为“游侠之力”，提倡“莫若为任侠，亦足以伸民气，倡勇敢之风。是亦拨乱之具也”[②]。谭嗣同认为，游侠精神可以伸张正义；崇尚勇敢，可以拨乱反正。自古以来中国文学就有抒写侠客精神的传统，尤其在乱世，游侠精神是国民的一剂“良药”。侠之大义也被程小青继承到了他的侦探小说中。无论是侦探霍桑、侦探助手包朗，他们身上都带着一股侠气。程小青深谙中国文人和读者的侠客情结，所以在他的侦探小说中刻画了众多“复仇者”和“新游侠”的形象，为的就是彰显现代的游侠精神。

程小青侦探小说中出现了像江南燕、翟公侠等现代侠客形象。小说《浪漫余韵》中的“满江红”，名为翟公侠，是一位见义勇为的现代侠客。翟公侠出于义愤为溺死的女子报仇，得到了霍桑的赞许和肯定。

东方民族的浪漫思想素来是很浓烈的。我以为因着近代物质文明的影响，一切都趋于平淡枯燥的理智化，这种丰美热烈的浪漫情绪已渐渐儿消归乌有。不料我的观念是错误的。这种崇高热烈的侠义精神，至今还留存

---

① 程小青：《黄浦江中》，见《霍桑探案集》（3），北京：群众出版社1997年版，第57页。

② 谭嗣同：《仁学》，转引自陈平原：《千古文人侠客梦》，北京：北京大学出版社2010年版，第11页。

在我中华民族的血液里面。[1]

程小青虽然提倡现代的科学理性，但同时他也认为现代物质文明使人变得过于理智和冷漠，因此他推崇侠义精神，赞扬翟公侠崇高热烈的侠义品格。程小青以为，物质生活再发达，也不应丢失了留存在中华民族血液里的精神与品格。

小说《浪漫余韵》讲的是本在天津卖艺的翟公侠，偶然在旅馆中看见一个单身的女子，每夜在室中哭泣，引起了他的同情。有一天，翟公侠向女子询问情由，原来这女子是被一个叫白荣锦的男子骗情。后来，女子投河而死，翟公侠受了这一次的刺激，很觉得不平。于是，翟公侠应聘到了上海，打听到了薄幸男子白荣锦的下落，痛斥了他一番，再叫他到天津去把那女子的棺木迎回来安葬了，当时还没有杀死他的意思。

可是后来，翟公侠得知白荣锦和另一个富家女订了婚，得到了遗产，而且这些事情正是发生在他抛弃了女子回南边之后。翟公侠觉得白荣锦居心太刻毒，为了变作富人，才抛弃了可怜的女子，非常的没有良心。翟公侠决定不能再让白荣锦留在世间，于是用刀将白荣锦刺死。[2] 翟公侠因为同情那位受害的女子，于是将始乱终弃的白荣锦刺死，算是为女子报了仇。小说表现了翟公侠的侠肝义胆，赞美了热烈的侠客精神。

像这一类的复仇故事经常出现在中西侦探小说之中。柯南·道尔笔下的侯波，程小青笔下的翟公侠，都是为了实现正义而选择“以恶制恶”的一类人物形象，这也说明人类在追求正义、平等和自由面前并无差别。古今中外，描写这类故事的文学作品非常多见。中国的唐朝传奇小说中就有复仇侠客的形象出现，公案小说集中描写了一群柔情侠骨，“事了拂衣去，深藏身与名”的侠客形象。程小青将这种写作传统延续在侦探小说的创作之中，为侦探小说增添了几分“古风”。

小说《夜半呼声》塑造了一个为爱复仇的女子，这个女子颇有女豪侠的风范。她没有了女性的柔弱不堪，反倒是多了几分阳刚和侠义之气。

“你为什么杀死他?”

“因为他实在是一个没情没义的衣冠禽兽!”

…………

“……他既然抱着玩弄女子的心理，将来他厌旧喜新，尽可以再离弃

---

① 程小青:《浪漫余韵》，见《霍桑探案集》(1)，北京：群众出版社1997年版，第449页。

② 程小青:《浪漫余韵》，见《霍桑探案集》(1)，北京；群众出版社1997年版，第449页。

一个，另娶一个！他带着新人物的面具，利用那神圣的‘自由’的名词，满足他的私欲，法律也奈何他不得。所以我定意先杀死了他，然后再图一死。这样，我直接可以复仇，间接也可以替代一般柔弱的女子们除掉一个害物。”①

“复仇者”与“新游侠”的存在也揭示了当时社会法律制度的某些缺陷。这些“新游侠”为了正义而犯罪，只因法律制裁不了某一部分恶人。正义、犯罪、法律的关系，也是程小青侦探小说所探讨的内容之一。西方侦探小说中的凶杀案很多也都是出于复仇的原因。为正义而犯罪是否合理？正义犯罪者是否需要被法律制裁？对于这些问题，侦探霍桑表现出与西方侦探小说中的侦探迥然不同的处理态度与方式。与大侦探福尔摩斯相比，霍桑对这些为正义而犯罪的犯罪者持有更加宽容的态度。在小说《夜半呼声》中，程小青认为法律是无情的，为爱复仇的女子却要做法律的“牺牲品”，他觉得这女子有些可怜与无辜，这些细节都充分表明了程小青对于复仇者的宽容态度。

因为他即使犯罪，为的是仗义任侠。可是法律是无情的，他到底免不掉法律上的处分，未免可惜。②

“……一个薄情的丈夫虽已伏诛，但这个可怜无辜的女子却不免要做法律的牺牲品了。”③

小说《轮下血》中，霍桑放走了凶手顾自由，就是因为霍桑欣赏顾自由的侠义行为，认为顾自由不应该受到法律的制裁。小说《难兄难弟》中，霍桑对于主人公的尚侠精神予以了赞赏：

他们仅是通谱弟兄，竟有这样的义气，对于杀人的凶罪大家争认。在这个人主义嚣张的时代，这种尚义尚侠的精神真可算得绝无仅有。④

---

① 程小青：《夜半呼声》，见《霍桑探案集》（3），北京；群众出版社 1997 年版，第 261 - 262 页。

② 程小青：《夜半呼声》，见《霍桑探案集》（3），北京：群众出版社 1997 年版，第 257 页。

③ 程小青：《夜半呼声》，见《霍桑探案集》（3），北京：群众出版社 1997 年版，第 264 页。

④ 程小青：《难兄难弟》，见《霍桑探案集》（3），北京：群众出版社 1997 年版，第 453 页。

从霍桑和包朗的这些评论就可以看出，程小青对现代游侠与游侠精神的肯定，以及对国家法律完善性的质疑。在程小青看来，动乱的时代更加需要具有游侠精神的人物出现，才能给这个时代带来一些浪漫的想象和希望，才能在法律所不能及之处，为受冤屈者鸣不平。当然，新游侠一般只存在于文学作品中，是作家和读者想象出来的人物形象。就像公案小说中的清官和侠客形象，更多的也是大众的一种想象，过于完美，因此也不太真实。现实中的侠客还是很少见的，因为法律的权威终是不可逾越的。

西方侦探小说传入中国之后，小说中的人物形象特别是侦探、侦探助手，还有一些犯罪者的形象，由于被作家刻画得非常真实，就像是生活在读者身边的人一样，感染力非常强。侦探小说是工业文明的产物，小说中的人物形象也符合现代人的特征，于是倍加真实。程小青侦探小说中的人物形象在倍加真实的同时，也倍加生动，他创造性地把西方侦探小说和中国古代公案小说的人物形象相融合，从智勇双全的大侦探霍桑到亦文亦武的侦探助手包朗，再到忠肝义胆、为正义而复仇的现代新游侠，程小青在其侦探小说中刻画了一个又一个鲜明的人物形象。这些人物形象亦真亦幻，使程小青侦探小说完成了从古代公案小说清官、侠客形象到现代侦探小说侦探、侦探助手形象的转变。

第三节 从“清官侠客”到“现代侦探”

生长于农业文明土壤的古代公案小说，刻画了正义凛然、秉公执法的清官形象和扶危济困、成仁取义的侠客形象，这些人物形象很大程度上是因作者和读者的想象与向往而形成的，并不真实存在。虽然公案小说中的清官如包拯、海瑞、施仕纶、彭鹏等确是历史上真实存在的名传千里的清官，但这些清官在小说中的形象与历史上的真实人物也相去甚远。但是，百姓对他们的崇拜也并非空穴来风，这些官员在历史上都有一些清廉为官的事迹可查，而且他们的事迹被百姓口耳相传，再加之清官情结的“发酵”，使这些清官在小说中变成了神话般的人物。公案小说发展到后来，增加了侠客形象。小说中的展昭、白玉堂、欧阳春等侠客形象，绝大多数也是作者和读者的想象。从《史记·游侠列传》中的游侠形象到唐朝传奇小说中的豪侠形象，再到公案小说中的侠客形象，虽然有稍许不同，但是中国文学的侠义精神却延续和流传了下来。清官和侠客的文学人物形象，寄托了文人和民众对清明政治和公平正义的向往。铁面无私的清官与侠肝义胆的侠客，都代表着正义和勇敢的精神。从另一方面看，古代民众虽然身处封建社会的制度之下，但其也有浪漫的想象和情怀。

习惯了阅读存在于想象中的清官和侠客形象的中国读者，在接触西方侦探小说之后，对于其真实、生动的人物形象，自然感觉非常新鲜。不同于古代公案小说中被“神化”了的清官、侠客形象，西方侦探小说中的人物形象并非中规中矩、十全十美、完美无缺，像福尔摩斯、华生、布朗神父、波洛等，都有自身有趣、可爱甚至滑稽的一面，也都有其缺点。侦探小说将传奇的断案者形象拉下了“神坛”，回归到生活之中，使读者感觉非常真实、亲切。特别是小说中的侦探形象，虽然代表着现代文明和科学智性，但也有各种缺点和不足，就像是生活在读者身边的一个朋友。侦探这一文学形象的由来也有复杂的社会、历史和文化成因。当时，西方的资本主义国家在经历了两次工业革命之后，生产力水平迅猛发展，人类的智性思维展现出了前所未有的强大，科学、法律、政治、教育等制度有了不同以往的巨大进步和发展，科学和理性思维、理性精神为西方国家带来了巨大的物质财富。西方侦探小说作家捕捉到了国家的这些变化，于是他们在侦探小说中，赞美现代工业文明，炫耀侦探智慧。与此同时，生产力的迅速发展、生产关系的转变，使贫富差距加大，给社会造成了不稳定的因素。权贵阶层的崛起，使资本主义国家的底层民众受到欺压和挤榨，因为金钱、情色引发的命案连续不断。犯罪问题的滋生，法律制度的不完善，使恶人不能受到惩罚。这一系列的社会问题，促使了代表科学、理性、法律精神的勇敢大侦探这一文学人物形象的诞生。

西方侦探小说中的人物形象，直接影响了程小青侦探小说人物形象的塑造，侦探霍桑就是程小青借鉴福尔摩斯的形象创作而来的。程小青将断案者从古代“官场”拉向现代“生活”，公平和正义的实现不再依靠“清官大老爷”，转而依靠科学、法律和现代的侦探术。霍桑有着丰富的科学知识和严谨的理性精神，他像福尔摩斯一样在断案时注重物证的收集，并且也常常使用化学的方法来检验血痕、脚印或者刀伤。霍桑和福尔摩斯也有相同的爱好和对生活的浪漫情怀，他们都有一颗仁慈和勇敢的心。不过，霍桑也有传统的性格特质，与福尔摩斯的叛逆、古怪和难以接近相比，笃信儒家思想的霍桑，显得更加平易近人、谦和中庸。在对待官方警察之时，霍桑比福尔摩斯多了几分宽容；在对待复仇者之时，霍桑有更多的慈悲之心。

侦探小说中的侦探助手形象也动人、细腻。柯南·道尔笔下的侦探助手华生是福尔摩斯的得力助手，尤其是华生出色的文笔和写作天赋，使福尔摩斯一举成名。程小青笔下的侦探助手包朗与柯南·道尔笔下的侦探助手华生十分相像。包朗也是一位作家，作为霍桑的助手，包朗的文学天赋和华生不相上下。但包朗身上有着中国传统文化的几许炽烈的侠义精神。包朗勇敢果断、爱憎分明，关怀世事、感慨时事，是一位现代侠客。除了侦探和侦探助手，程小青侦探小说中那些为正义犯罪的现代新游侠形象，也具有很强的人格魅力。虽然在西方侦探小说中也存在着众多复仇者的形象，但在程小青侦探小说中出现的这些复仇者比西方侦探小说中的复仇者更多了几许侠肝义胆。无论是霍桑、包朗还是新游侠，他们身上所具有的侠义精神，是程小青继承中国古代文学书写侠客精神传统的表现。从古至今，中国文人对于侠客精神的书写都情有独钟。“千古文人侠客梦”，每一个中国文人心中都饱含热血与勇敢的精神品质。作家以一支看似柔弱实则刚强的笔，希望能拯救心灵、探索世界。侠客精神对于中国文人来说，是存留于血液之中的一种精神，它代表了文人“达则兼济天下，穷则独善其身”的圆融、变通的人生哲学和旷达、自由的心志情感。

可见，程小青侦探小说的人物形象塑造受到西方侦探小说与中国古代公案小说的双重影响。侦探霍桑是“中国化”了的福尔摩斯，也是一位拥有中国传统文化精神品格的现代侦探。小说中的侦探助手、新游侠形象，也都具有中国“本土化”的特征，这一特征使程小青笔下的人物区别于新文学作家的“西化”及其“欧化”的形象谱系。程小青在塑造小说人物形象之时既有对柯南·道尔的“福尔摩斯探案”系列小说中的人物形象的借鉴，又有对中国古代公案小说中的人物精神的继承。因此，他笔下的人物形象既有现代文明的科学、理性、智慧等现代精神品质，又有农业文明的淳朴、忠诚和侠义精神，具有一种穿越时代的人物审美特征。

第五章　程小青侦探小说的结构

中国叙写断案故事的小说在文体类型上，从古代的公案小说发展到现代的侦探小说之后，由于小说的取材、立意和创作时代等因素的不同，在小说的结构上也发生了很大的转变。从古代章回体公案小说发展到现代侦探小说，凝结了现代作家在小说取材、布局、情节和叙事等方面所做的努力和转变。中国现代作家在借鉴西方侦探小说之后创作的中国现代侦探小说，在小说的结构上虽然没能有属于自己本身的侦探小说的结构特征，也与创新求变的“现代”本意相违背，纵然是不成熟地移植西方的文学观念以求标新立异，但是中国侦探小说作家的这种借鉴和尝试构成了中国作家追寻现代性中的一个层面，[①] 使中国现代侦探小说同古代公案小说相比，在小说结构上发生了某些明显的转变。

中国现代侦探小说在结构上的转变，体现在作家对“倒装叙事”“悬念叙事”和“限制叙事”等叙事技巧的灵活运用，这使小说的叙事时间和叙事方式有所转变，且使中国现代侦探小说形成了“悬念式”的小说结构。古代公案小说一般采用“章回体”的结构体制，在叙事时间和叙事视角上也与侦探小说有明显不同。公案小说以第三人称“全知叙事”的视角在“平铺直叙”中展开故事；而“侦探叙事”作为晚清小说现代化进程的一个显著特征，主要集中展现在对“倒装叙事”等叙事技巧的运用上。倒叙这种叙事技巧使中国现代侦探小说的情节复杂化，打破了古代传统小说的连贯叙述模式，形成了侦探小说的“悬念式”结构。在叙事视角上，侦探小说选用了“限制叙事”的视角。这一系列叙事方式的转变，带来了中国现代侦探小说结构上的转变，表现了侦探小说作家从传统小说到新小说的创新，彰显了中国现代侦探小说的现代性文体特征。

---

① ［美］王德威著，宋伟杰译：《被压抑的现代性：晚清小说新论》，台北：麦田出版社2011年版，第39－41页。

第一节 “迷离的森林探险”

西方侦探小说与中国古代章回体公案小说表现出完全不同的小说结构特征。虽然西方侦探小说中的侦探、侦探助手、官方警察这些人物也会重复出现在同一作家的不同小说之中，但每一篇侦探小说故事都是独立的，彼此并无关联；每一篇侦探小说的情节、人物和环境也都不尽相同。相比之下，长篇章回体公案小说往往数十个章回都在叙述同一个故事，整部公案小说会出现不同的断案故事。另外，西方侦探小说与中国古代公案小说最大的不同就在于西方侦探小说“悬念式”的小说结构，这与中国古代公案小说“串珠式”的“章回体”结构形成了明显差异和对照。“悬念式”的结构使小说容易产生戏剧性的效果，牵动读者的神经，增加小说的艺术魅力。“悬念式”结构的小说的主要特点就是设有悬念[①]，悬念吸引着读者，推动着情节的发展，小说作者可以在悬念中描绘人物形象，完成作品。[②] 侦探小说以读者不了解的人和事作为故事的悬念，为了解除这些悬念，侦探小说作家设计情节，以此展开、推移故事。作家通常采用“追述”的写作手法，直至小说的结尾，读者才终于知道了事情的真相，至此悬念解除、小说完成。所以，侦探小说作家叙写的侦探断案故事，实则就是在叙述一个“设谜”和“解谜”的过程。正因如此，侦探小说在取材和情节的布局上，都要围绕“悬念式”的小说结构，以达到作家期望的艺术效果。

一、“罪与罚”

“悬念式”的小说结构首先决定了小说的取材。一般来说，侦探小说作家都十分注重小说的取材，作家往往选取谋杀、凶杀案作为小说的故事内容，设置谜题。因为，若想使小说充满悬念，小说开篇就写“一具尸体”可能再合适不过了。侦探小说的结构和侦探小说的取材是双向作用的关系。侦探小说的结构决定了侦探小说的取材，而侦探小说的取材也形成了侦探小说的结构。如何取材成为侦探小说家在构思侦探小说时首先考虑的因素。侦探小说之所以可以吸引读者，与其取材有着密不可分的关系。

---

① 悬念是一种关切心情，是人们对于某件事或某人的挂念，是一种急切期待和挂念的心理状态。

② 刘孝存、曹国瑞：《小说结构学》，北京：光明日报出版社1989年版，第58页。

侦探小说作家之所以选取谋杀、凶杀案这一类与人类社会的“罪与罚”紧密相关的故事为主要写作题材，是因为在人类的社会生活中，除了战争以外，再没有什么比“罪与罚”的现象更加充满了扑朔迷离的悬念，紧张激烈的动作、耸人听闻的图景和繁芜交错的关系了。“罪与罚”的故事更容易制造悬念，吸引读者。[①] 不过，侦探小说大多选取谋杀、凶杀案为小说题材，不仅是为了产生叙事的悬念效果，在恐怖、悬疑和惊险的小说氛围之外，也闪耀着作家理性思维的光芒。[②] 因此，选择凶杀案作为小说的故事内容，除了考虑到侦探小说的“悬念式”结构，还涉及侦探小说的深层意蕴。

日本的“本格派”推理小说大师高木彬光（Takagi Akimitsu，1920—1995）认为，侦探小说关注的是善与恶的对立、光与影的较量。在侦探小说中出现的案件，必须存在着邪恶势力，因此，百分之九十左右的侦探小说都是围绕着“杀人”这一主题来展开侦探故事情节的。但是，叙写杀人案并不是侦探小说作家最终的写作目标，侦探小说家创作侦探小说的目的在于将隐藏在杀人事件背后的亦正亦邪的人物形象鲜明地呈现给读者，进而通过人物的心理刻画来表现善恶对立，[③] 表现人性的复杂，可以直抵人心，使小说具有可读性和想象性，给读者以思考、想象和智慧。[④]

程小青在他关于侦探小说的理论文章中，也多次提到过侦探小说的取材问题。程小青说，侦探小说所叙述的都是一些劫杀和恐怖的事情；[⑤] 侦探小说大多以偷盗案和凶杀案为主要题材，而论及谋杀、凶杀的动机，一般就是因为“财”和“色”这两个字。[⑥] 为情而死、争夺遗产、金钱诈骗和爱情纠葛等故事是侦探小说作者常常选用的故事。而且，在侦探侦破这类谋杀案的过程中，可以体现出智慧与邪恶的较量，正义和非正义的斗争。因此，侦探小说的取材除了要考虑小说的结构，还要考虑小说的主题

---

① 黄永林：《中西通俗小说叙事　比较与阐释》，武汉：华中师范大学出版社 2009 年版，第 183 - 184 页。

② 黄永林：《中西通俗小说叙事　比较与阐释》，武汉：华中师范大学出版社 2009 年版，第 183 - 184 页。

③ ［日］高木彬光：《什么是侦探小说》，见［日］高木彬光著，赵建勋译：《能面杀人事件》，北京：新星出版社 2013 年版，第 215 - 216 页。

④ 黄永林：《中西通俗小说叙事　比较与阐释》，武汉：华中师范大学出版社 2009 年版，第 183 - 184 页。

⑤ 程小青：《侦探小说杂话》（两篇），《半月》1923 年第 3 卷第 6 期，第 1 页。

⑥ 程小青：《侦探小说的多方面》，见《霍桑探案汇刊》（第二集），上海：上海文华美术图书印刷公司 1932 年版。转引自任翔、高媛主编：《中国侦探小说理论资料（1902—2011）》，北京：北京师范大学出版社 2013 年版，第 154 页。

与深层意蕴。

程小青在创作侦探小说的时候，也多以谋杀案或自杀案等故事作为小说的题材。例如《魔窟双花》中为民除害、为正义而战的谋杀；《浪漫余韵》中翟公侠为被欺凌的女子复仇的谋杀；《双殉》中为爱殉情的自杀；《舞宫魔影》中舞女为了自我尊严的谋杀……另有小说《五福党》《无头案》《案中案》《沾泥花》《血手印》等都是以谋杀、凶杀案为故事的题材。这类侦探小说，不仅悬念迭起、结构玄妙，而且揭示了人性的抉择、情感的困惑、伦理与道德、生与死、心灵的拷问等问题，直击作者和读者的心灵，既渲染了侦探小说悬疑的小说氛围，又深化了侦探小说主张正义与向善的主题。

二、"诗意的情节"

不过，侦探小说只有好的取材还不够，要想使一篇侦探小说充满悬念和趣味，侦探小说作家还需要为好的故事设计好的情节，使侦探故事更加玄妙和生动，实现打动人心的艺术追求。侦探小说的结构要求侦探小说的取材要引人入胜、情节要变化多端，侦探小说的故事和情节的玄妙又成就了侦探小说结构的巧妙。侦探小说的结构、取材和情节，三者是小说必不可少的、相互推动的因素。

故事与情节不同。俄国形式主义者把前者称为"fabula"，后者称为"syuzhet"。"fabula"通常译为"故事"（英译"story"），"syuzhet"通常译为"情节"（英译"plot"）。[①] 好的小说不仅有故事，更有情节。侦探小说就是以情节著称的小说作品。英国作家爱・摩・福斯特（E. M. Forster，1879—1970）说："故事是按照时间的顺序来叙述事件，而情节同样是要叙述事件，只不过特别强调因果关系。"[②] 情节不再受时间的"摆布"和"控制"，侦探小说中的情节需要做的是打乱故事时间，呈现因果关系。古代公案小说作者关注的是故事的"演述时间"，而侦探小说作者关注的则是故事的"情节时间"。侦探小说作者需要做的是将一个完整的故事拆分然后重组，打乱时序，解构时间。

对于侦探小说来说，它的每一个情节之间都充满了因果关系和悬疑性。小说的作者在设计故事情节的时候，无论是案发、破案还是缉拿凶手

---

① 南帆、刘小新、练暑生：《文学理论》，北京：北京大学出版社2013年版，第65页。

② ［英］爱・摩・福斯特著，苏炳文译：《小说面面观》，广州：花城出版社1984年版，第75页。

等故事情节都充满了智慧感和神秘性。如果故事是侦探小说的本身，那么情节就是侦探小说的灵魂。情节的展开过程一般来说可能是这样的：一件凶案发生了，案情扑朔迷离，侦探克服了很多困难，终于拨开迷雾，查清了案情的真相。看完全部情节后，读者通常会按照事情的前因后果和先后顺序把故事重新构想出来。前者就是情节，后者就是故事。① 作者的目标是阻止你发现凶手的身份，直到你读到小说的最后一页；为此他可以使出浑身解数。但他必须和你公平竞争——凶手必须是一个在故事中占据重要地位的人物，不藏在某个阴暗的角落里，或是戏份少得你自始至终都不会注意到他。②

侦探小说作家在创作侦探小说的时候，会设计和构思一系列的情节刻意地阻止读者发现凶手的身份，直到读者读到小说的最后一页，才能得到真相。作家要做的就是巧妙布局小说的情节，先蒙上读者的双眼，再轻轻揭下面纱。情节是侦探小说的灵魂，没有情节的侦探小说就像是“行尸走肉”般没有生气。情节是复杂的，“应该包含四个基本要素：产生、发展、高潮和结局。它们由矛盾推动，构成一个前后之间有因果联系的整体”③。情节是小说的逻辑面，情节又是神秘的。但是神秘的东西必须在后文加以澄清，这样读者才会在扑朔迷离的故事中进行思考。侦探小说作家必须能驾驭自己的作品，尤其是独立于作品之外去探索什么样的情节可以取得最好的效果。④ 侦探小说的情节设计，也要围绕着小说的结构特征，既然侦探小说是悬念式的结构，那么侦探小说的情节也必须充满了悬念，在悬念中一步步揭示案情的真相。

悬念性强的小说情节不仅需要好的故事，更需要作家想象力的参与。举世闻名的英国作家 G. K. 切斯特顿献身于现代侦探小说创作中，创造出了布朗神父这一位教士侦探，受到了全世界读者的喜爱。切斯特顿认为，侦探小说最主要的价值，就在于它是大众文学中最早，也是唯一能传达现代生活中某些诗意感受的文学形式。人类居于崇山深林中千年万载，才发现山林的诗意；因此同样能合理地推测，将来我们的后代将烟囱比为山峰般华丽壮阔，将路灯喻为树木般古意盎然，以如此体悟将大城市视为狂野

① 南帆、刘小新、练暑生：《文学理论》，北京：北京大学出版社 2013 年版，第 65 – 66 页。

② ［英］威廉·萨默塞特·毛姆：《侦探小说的衰亡》，见［英］威廉·萨默塞特·毛姆著，朱佥译：《随性而至》，上海：上海译文出版社 2015 年版，第 74 页。

③ 南帆、刘小新、练暑生：《文学理论》，北京：北京大学出版社 2013 年版，第 66 页。

④ ［英］爱·摩·福斯特著，苏炳文译：《小说面面观》，广州：花城出版社 1984 年版，第 75 页。

和醒目之物，那么，侦探小说当然就是《伊利亚特》。[①] 侦探小说是诗意的，是富有想象力的。而侦探小说的诗意，就是源于小说情节的玄妙和想象力的参与，这种想象力是指作者与读者所共有的想象力。

“爱伦·坡可以为自己的聪慧而感到骄傲，他为自己复制了一个替身……此人是位绅士，叫杜宾，文学史上第一位侦探。”[②] 杜宾运用智慧和机智的行动侦破的疑案，其实就是爱伦·坡运用想象力虚构的侦探故事。侦探小说是虚构的文学，而这种虚构需要的就是作家天马行空的想象力。“爱伦·坡不希望侦探体裁成为一种现实主义的体裁，爱伦·坡希望它是机智的，也不妨称之为幻想的体裁。”[③] 爱伦·坡的想象力首先就体现在故事发生的地点以及故事主人公的国籍上。爱伦·坡是美国人，但是他所写的侦探故事发生在法国巴黎，侦探杜宾也是一位法国人，遥远的人物和陌生的环境增强了读者阅读的新鲜感，激发了读者想象力的潜能。

高木彬光认为爱伦·坡的侦探小说“融合诗歌的幻想和缜密的结构计算能力”[④]。高木彬光对于爱伦·坡想象力的赞叹，也缘于高木彬光创作侦探小说的信条。在《刺青杀人事件》中，高木彬光凭借他非凡的创造力和想象力，刻画了“身上雕刻着‘大蛇丸’‘自雷也’‘纲手姬’三种华丽刺青图案的三兄妹”[⑤]，描述了一场“密室杀人”的事件。高木彬光将三人身上的刺青诅咒与其命运及现实的罪恶相关联，案件复杂难解，疑团重重，令读者脑洞大开。想象力对于侦探小说尤为重要，它可以令小说的情节跌宕起伏、百转千回，也构筑了小说独特的结构。

作家凭借想象力可以创造出悬妙的情节，而读者的想象力也可以促进小说情节的悬妙——“催促”作家的创作也成就作家的创作。对于这一点，阿根廷作家豪·路·博尔赫斯（Jorge Luis Borges，1899—1986）说：“侦探小说制造了一种特殊的读者。”[⑥] “这类读者全世界各国都有，数以百

---

① ［英］G. K. 切斯特顿：《为侦探小说一辩》，见［英］G. K. 切斯特顿著，景翔译：《布朗神父的天真》，长沙：湖南文艺出版社 2013 年版，第 8 页。

② ［阿根廷］豪·路·博尔赫斯：《侦探小说》，见［阿根廷］豪·路·博尔赫斯著，黄志良、陈泉等译：《博尔赫斯全集·散文卷》（下），杭州：浙江文艺出版社 2006 年版，第 40 页。

③ ［阿根廷］豪·路·博尔赫斯：《侦探小说》，见［阿根廷］豪·路·博尔赫斯著，黄志良、陈泉等译：《博尔赫斯全集·散文卷》（下），杭州：浙江文艺出版社 2006 年版，第 41 页。

④ ［日］高木彬光：《侦探小说的创作方法》，见［日］高木彬光著，赵建勋译：《刺青杀人事件》，北京：新星出版社 2012 年版，第 301 页。

⑤ ［日］高木彬光：《侦探小说的创作方法》，见［日］高木彬光著，赵建勋译：《刺青杀人事件》，北京：新星出版社 2012 年版，第 306 页。

⑥ ［阿根廷］豪·路·博尔赫斯：《侦探小说》，见［阿根廷］豪·路·博尔赫斯著，黄志良、陈泉等译：《博尔赫斯全集·散文卷》（下），杭州：浙江文艺出版社 2006 年版，第 37 页。

万计，他们是爱伦·坡制造出来的读者。"①"大凡侦探小说的读者都不肯轻信，对什么都疑神疑鬼，都犯一种特殊的疑心病。"② 这种"疑心病"，就存在于作者为读者创造的想象力空间中。因为那些剪不断、理还乱的情节之间的因果关系，因为那些蒙着面纱的神秘的真相。作家的想象力制造出动人的情节，读者的想象力解读出动人的情节，这一切成就了侦探小说独特的结构特征。

三、"悬念式"

侦探小说的结构是一种"悬念式"的小说结构，这种结构除了与小说的取材和情节相关之外，也与侦探小说作家的叙事技巧密不可分。古代公案小说一般来说是平铺直叙、连贯叙述，而侦探小说恰恰相反。侦探小说一般不采用连贯叙述的叙事方式，侦探小说追求的是一种充满悬疑的叙事效果。侦探小说作家常常是把故事拆分，然后以"倒装叙事"的叙事方式推进小说故事情节的发展，以此构成侦探小说的"悬念式"小说结构。

侦探小说的开头一般是叙述一个已经发生的案件，呈现给读者的是最终的结果，给读者强烈的突兀感和悬念感；等到小说的结尾，作者才揭示出导致这个结果的成因，也就是揭开故事的"谜底"。日本侦探小说家高木彬光对爱伦·坡的侦探小说非常推崇，就是因为爱伦·坡的侦探小说不仅富有妖异诡谲的浪漫主义气息，而且具有巧妙地把故事的内容传递给读者的小说结构③，后者也是最让高木彬光折服的地方，侦探小说自始至终并不必然与"犯罪"发生关系，它真正的核心在于"解谜"。④ 而如何使"解谜"的过程充满趣味性，就在于作家在结构布局上所下的功夫。因此，侦探小说作家十分注重小说的结构和布局，怎样讲述故事就成为侦探小说作家创作的重中之重。

倒叙是侦探小说作家最常用的叙事技巧，以此来实现侦探小说的"解谜"过程的趣味性和悬疑性。倒叙作为一种小说的叙事技巧，特指把"某

---

① ［阿根廷］豪·路·博尔赫斯：《侦探小说》，见［阿根廷］豪·路·博尔赫斯著，黄志良、陈泉等译：《博尔赫斯全集·散文卷》（下），杭州：浙江文艺出版社 2006 年版，第 37 页。

② ［阿根廷］豪·路·博尔赫斯：《侦探小说》，见［阿根廷］豪·路·博尔赫斯著，黄志良、陈泉等译：《博尔赫斯全集·散文卷》（下），杭州：浙江文艺出版社 2006 年版，第 37 页。

③ ［日］高木彬光：《侦探小说的创作方法》，见［日］高木彬光著，赵建勋译：《刺青杀人事件》，北京：新星出版社 2012 年版，第 301 页。

④ 卢冶：《传奇与日常的辩证法："黄金时期"侦探小说与现代性》，《长江学术》2013 年第 1 期，第 80 页。

些发生在后面的情节或故事的结局先行提出，然后再追述发生在先的往事”[①]。“倒叙”这种叙事方式，不是按照故事发展的时间先后顺序来叙事，因此可以调动读者的悬念感，增强小说的艺术表达效果。英国作家帕特里夏·麦吉尔在《美国首都凶杀案》中说：“对谋杀故事的写法，一个派别主张开头即点题，如：突然一声枪响，伴随着一个女人的惊叫，一个男人中枪倒地。”[②] 麦吉尔所说的“开头即点题”，正是侦探小说作家在小说中运用倒叙的叙事技巧的体现。

柯南·道尔的第一篇侦探小说《血字的研究》，就运用了倒叙的叙事技巧。小说一开始，首先叙述华生和福尔摩斯的初次相遇，这并不是侦探故事的开始，只是基本的人物介绍。接着，故事开始：作家先是叙述侦探福尔摩斯收到了一封伦敦警察厅的来信，伦敦警察厅在信中向福尔摩斯请教一个棘手的案子并说明了案情，他们希望得到福尔摩斯的出手相助；然后叙述侦探福尔摩斯和助手华生来到案发现场的过程：

当我进去的时候，我的注意力就全部集中在那个万分可怕的尸体上；他僵卧在地板上，一双茫然无光的眼睛凝视着褪了色的天花板。死者大约有四十三、四岁，中等身材，宽宽的肩膀，一头黑黑的卷发，并且留着短硬的胡子，身上穿着厚厚的黑呢礼服上衣和背心，浅色裤子，装着洁白的硬领和袖口。身旁地板上有一顶整洁的礼帽。死者紧握双拳，两臂伸张、双腿交迭着，看来在他临死的时候，曾经有过一番痛苦的挣扎。他那僵硬的脸上露出恐怖的表情，据我看来，这是一种忿恨的表情，是我生平所没有见过的。[③]

他在靴子上划燃了一根火柴，举起来照着墙壁。……就在这个墙角上，在有一大片花纸剥落了的地方，露出一块粗糙的黄色粉墙。在这处没有花纸的墙上，有一个用鲜血潦草写成的字：瑞契（RACHE）。[④]

这两段文字记叙了一个惊险的案发场面，“尸体”“恐怖的表情”“血

---

① 朱立元：《美学大辞典》（修订本），上海：上海辞书出版社2014年版，第673页。

② ［英］帕特里夏·麦吉尔：《美国首都凶杀案》，见陈海涛编译：《世界上最离奇的100个侦探推理故事》，长春：吉林出版集团有限责任公司2013年版，第22页。

③ ［英］柯南·道尔著，丁钟华、袁棣华译：《血字的研究》，北京：群众出版社1978年版，第28页。

④ ［英］柯南·道尔著，丁钟华、袁棣华译：《血字的研究》，北京：群众出版社1978年版，第32页。

字”这些都给了读者“当头一棒”，恐怖和悬疑的阅读感受顿时涌上心头。作者的笔锋犀利，没有给读者任何的提示和心理准备，就将一具尸体和一幅血字展现在读者面前。突如其来的惊恐画面，将小说的悬疑氛围渲染到了极致。

在惊恐、悬疑过后，作家开始叙述侦探的解谜过程。福尔摩斯经过对整个案情的一番调查、取证和推理之后，揭开了故事的谜底。当故事的谜底逐渐揭开，读者不禁为制造血案的复仇主人公侯波的痴情、深情所打动、惋惜、遗憾。侯波为了给心爱的人报仇，不惜触犯法律，搭上了自己的一生。小说结尾对“谜题”的揭示，给予了读者深深的震撼和思考。《血字的研究》从开头至结尾，从感官的刺激到心灵的触动，为读者带来了全方位的阅读体验。

柯南·道尔的另一篇侦探小说《波希米亚丑闻》也选用了倒叙的叙事技巧。《波希米亚丑闻》虽然没有《血字的研究》那般惊恐和悬疑的小说开篇，但有追忆往事的细腻和深刻。小说开篇首先叙述了艾琳·艾德勒和侦探福尔摩斯的故事：

歇洛克·福尔摩斯始终称呼她为那位女人。我很少听见他提到她时用过别的称呼。在他的心目中，她才貌超群，其他女人无不黯然失色。这倒并不是说他对艾琳·艾德勒有什么近乎爱情的感情。因为对于他那强调理性、严谨、刻板和令人钦佩的、冷静沉着的头脑来说，一切情感，特别是爱情这种情感，都是格格不入的。①

但是对于一个训练有素的理论家来说，容许这种情感侵扰他自己那种细致严谨的性格，就会使他分散精力，使他所取得的全部的智力成果受到怀疑。在精密仪器中落入砂粒，或者他的高倍放大镜头产生了裂纹，都不会比他这样的性格中掺入一种强烈的感情更起扰乱作用的了。然而只有一个女人，而这个女人就是已故的艾琳·艾德勒，还在他那模糊的成问题的记忆之中。②

柯南·道尔一步步设置谜题。首先通过讲述华生的疑问，激发读者的

① ［英］柯南·道尔：《波希米亚丑闻》，见［英］柯南·道尔著，李家云、陈羽纶译：《福尔摩斯探案集》(2)，北京：群众出版社 1980 年版，第 197 页。

② ［英］柯南·道尔：《波希米亚丑闻》，见［英］柯南·道尔著，李家云、陈羽纶译：《福尔摩斯探案集》(2)，北京：群众出版社 1980 年版，第 197－198 页。

好奇心。华生以为像福尔摩斯这种有着理性、严谨、刻板和令人钦佩的冷静头脑的男人，对女人几乎不会产生特殊的感情。然而艾琳·艾德勒对福尔摩斯来说是一个特别的女人，福尔摩斯对艾琳·艾德勒有着暧昧的感情，这种感情在华生看来不是爱情，那是什么？总之艾琳·艾德勒这个女人，永远地存在于福尔摩斯的记忆中。这其中的缘由又是什么？接下来的小说篇幅，就开始了“解谜”的过程。作家展开对过去故事的回忆和追述，叙述了一桩曾经发生的案件，揭开了福尔摩斯和艾琳·艾德勒的一段往事。由于艾琳·艾德勒曾经识破福尔摩斯的计谋，于是福尔摩斯留下了艾琳·艾德勒的照片，并且对她非常尊重。小说结尾回应了小说开头华生的疑问。《波希米亚丑闻》运用倒叙的叙事技巧和“追述”的写作手法，回忆了福尔摩斯和艾琳·艾德勒的往事，为读者呈现了一则精彩的侦探和反侦探的故事。

不仅是柯南·道尔，许多侦探小说作家都喜欢运用倒叙的叙事技巧以增强小说的悬疑性和艺术性。英国作家切斯特顿的《花园血案》也采用了倒叙的叙事方式。小说开头，作家就描述了一幅阴森、恐怖的作案现场。

知道加洛韦勋爵来者不善，奥布莱恩匆匆和他擦身而过，进入了书房。加洛韦勋爵尽管愤恨不已，但也无可奈何，多疑的他向花园走去，试图发现些什么。“草丛里有具尸体，血淋淋的尸体！”勋爵尖锐的叫喊声从花园传出，闻讯后西蒙医生第一个冲了出来，“马上去告诉瓦伦丁先生。”……在加洛韦的带领下，人们在草丛深处发现了那具身材高大的男尸。让人惊骇的是，他的脑袋和身体已经完全分开，几绺褐色的头发混着血迹粘在了头盖骨上。①

“草丛里有具尸体，血淋淋的尸体”，这是多么恐怖和阴森的画面。接着，小说叙述了侦探布朗神父经过对案发现场的各种推理和分析之后，找出了真正的凶手瓦伦丁，解开了小说的谜题。

倒叙的叙事技巧，也被日本的侦探小说作家所钟爱。江户川乱步（ひらい たろう，1894—1965），日本“本格派”侦探小说的创始人，生于1894年，原名平井太郎，于1916年毕业于早稻田大学。乱步从小就爱读西方侦探小说。1923年，日本东京大地震后，东京进入了急速城市化的时代，也就是这一年，乱步发表了他的处女作《二钱铜币》，使他成为日本

① ［英］G. K. 切斯特顿：《花园血案》，见陈海涛编译：《世界上最离奇的100个侦探推理故事》，长春：吉林出版集团有限责任公司2013年版，第18页。

侦探小说的代表作家。乱步受到欧美侦探小说的影响，在小说中也常常运用倒叙的叙事方式，如初期的小说《D 坡杀人事件》。小说在开头首先交代了案发的地点、描述了案发的现场：D 坡大街、白梅轩茶馆和对面的旧书店，还有一个躺在一角的已经死去的女士。

我们怀着一种复杂的心理走向了书店，既希望没出事，也希望我们要去的就是犯罪现场。……进去后，小五郎将电灯打开，我俩震惊地发现，一个女士躺在了一角。"是书店女主人，像是被掐死的。"……死者仰面躺着，腿部裸露在外，现场看不到搏斗的痕迹，身上有明显的已经变紫的掐痕……①

接着小说叙述了侦探小五郎对案情进行层层分析和推理的过程，然后在小说结尾揭开了案情的真相。小说写得非常精彩，展现出侦探小五郎超出常人的观察、推理和逻辑思维能力。

小五郎故作神秘地看了看我，"那就是心理学的方法，我问了面馆老板很多看似无足轻重的问题，但从他的心理反应中，我还是得到了我想要的东西，我发现了罪犯……"②

日本推理文坛"五虎将"之一的佐野洋（1928—2014）的小说《妻子的证词》也运用了倒叙的叙事技巧。不过，这一次的故事是发生在法庭的审理现场。作为犯罪嫌疑人的"我"已经被控告为杀人犯，杀了"我"的学生兼助手田代夏子。小说通过律师八尾对"我"的妻子江里子、妻子妹妹乃里子以及古谷等人证词的推谬分析，在小说结尾处解开了谋杀案的始末真相。乃里子是同性恋，喜欢田代夏子，而田代夏子却成了"我"的情人，逐渐恢复了正常的性取向。"我"的妻子江里子和江里子的妹妹乃里子痛恨田代夏子，便决定杀了她，嫁祸于"我"。③

这些侦探小说都运用了倒叙的叙事技巧，形成了悬念式的小说结构。侦探小说作家首先描述阴森恐怖的案发现场，然后叙述侦探的侦查和推理

① ［日］江户川乱步：《D 坡杀人事件》，见陈海涛编译：《世界上最离奇的 100 个侦探推理故事》，长春：吉林出版集团有限责任公司 2013 年版，第 33－34 页。

② ［日］江户川乱步：《D 坡杀人事件》，见陈海涛编译：《世界上最离奇的 100 个侦探推理故事》，长春：吉林出版集团有限责任公司 2013 年版，第 39 页。

③ ［日］佐野洋：《妻子的证词》，见陈海涛编译：《世界上最离奇的 100 个侦探推理故事》，长春：吉林出版集团有限责任公司 2013 年版，第 67－73 页。

过程，最后是谋杀真相的揭露。直到小说的结尾，一切才真相大白，这也是侦探小说的趣味性所在。一篇优秀的侦探小说能够从头至尾牵动读者的好奇心，而侦探小说的这种艺术魅力与侦探小说作家的叙事技巧和“悬念式”的小说结构密切相关。

第二节 “师其意，不师其辞”

西方侦探小说传入中国之后，当时的中国作家受到侦探小说的影响，开始注重小说的谋篇布局，这一点尤其体现在中国现代侦探小说的创作上。中国侦探小说作家开始学着由主人公的死写到生，突破了中国传统小说线性叙事的结构，增强了小说的可读性。一些侦探小说作家选用“倒装叙事”等西方侦探小说的叙事技巧，从小说的叙事时间上进行突破，使中国现代侦探小说呈现出不同于古代公案小说的结构形式和艺术特征。中国现代侦探小说作家在小说叙事手法上的转变，在当时来说是非常具有突破性的。这种叙事的突破也体现在程小青侦探小说的创作中。程小青对于西方侦探小说叙事技巧的学习和借鉴，不仅使其侦探小说表现出与古代公案小说完全不同的小说结构特征，也为中国小说的转型带来了明显的试验性意义。

一、“动的结构”和“静的结构”

程小青非常注重侦探小说的结构布局，他在关于侦探小说的理论文章中，曾多次谈论过侦探小说的结构问题。程小青认为，侦探小说结构布局的优劣是侦探小说是否成功的重要因素之一，他把侦探小说的结构分成两类，一类是“动的结构”，另一类是“静的结构”。

动的结构，着重布局，处处须用惊奇的笔，构成诡异可骇的局势，譬如绝境待救、黑夜图劫等等，使读者惊心动魄。而且那局势还须随时变换，须得像波浪推逐一般的层层不尽，使读者的眼光应接不暇，然后步步入胜，自然可以有惊喘骇绝的乐趣了。[①]

① 程小青：《侦探小说作法之管见》（其一），《侦探世界》1923 年第 1 期，第 4 页。

程小青所提出的侦探小说的“动的结构”，往往体现在“第三种侦探小说”中。

> 第三种是冒险的，深入虎穴和敌人奋斗，明知众寡不敌，然而随机应变，终能慑服敌人，使他俯首就缚。读者心惊胆落，非到终卷，不肯释手。①

不过，何朴斋认为“第三种侦探小说”虽为数众多，但品格最低，就像是不懂戏的人，喜欢看热闹的戏剧，而那种咆哮和恶斗，只不过是一种兴奋剂。② 所以程小青说：

> 动的作品，偶一不慎，往往要越出情理的范围，而犯手忙脚乱的弊病。③

“动的结构”的侦探小说，在风格上是一层掀起千层浪的、结构波诡云谲的。在《侦探叙事理论》一书中，唐伟胜将侦探小说划分为四类，其中一类是热血沸腾的侦探小说（hard－boiled detective fiction）。小说重点描述侦探或调查者和犯罪势力的较量，表现主人公的英勇、毅力和道德选择，但读者不参与解谜的过程。这类小说一般就具有“动的结构”，小说的情节起伏明显，强烈触动读者的感官和心灵世界。

不过如果恐怖、激烈的情节太多，就会过犹不及，产生相反的效果。侦探小说作家在创作侦探小说的时候，绝不只是为了刺激读者的想象力，而是旨在通过渲染一种惊险的氛围之后，展现逻辑和智性思维的神奇。侦探小说的断案过程，虽充斥着神秘、紧张和惊险之感，但应该出乎意料而仍在情理之中。因此，侦探小说在结构和布局上需要“动”起来，使整个故事有张有弛，充满悬疑性和解谜的乐趣，但是也不能过犹不及。20 世纪 20 年代末期，在美国出现了一种反传统的侦探小说，称为“硬汉派”侦探小说。这类小说的情节更加激烈，常常描写艰苦的环境和打斗的场面。不过在第二次世界大战之后，英美一些追求商业价值的侦探小说作家把“硬汉派”侦探小说推向了色情小说的边缘，集中描写血腥殴打的场面，突出

---

① 何朴斋：《侦探小说的作法》，《侦探世界》1923 年第 3 期，第 8 页。
② 何朴斋：《侦探小说的作法》，《侦探世界》1923 年第 3 期，第 8 页。
③ 程小青：《侦探小说作法之管见》（其一），《侦探世界》1923 年第 1 期，第 4 页。

暴力和色情,[①] 小说结构过度的“动”，偏离了侦探小说本身的初衷。

“静的结构，则在乎‘玄秘’二字。”[②] 程小青认为，侦探小说作家在布置危疑的情节之时，还应给读者留有推想的余地。[③] “第二种侦探小说”就体现了“静的结构”的特征：

> 主出奇制胜，出案的起初，并不很奇，并且读者的目光，早已猜到凶手是什么人了。等到结案，却全局推翻，使读者拍案叫绝。[④]

“静的结构”的侦探小说容易使读者产生枯寂和沉闷的感觉，甚至有时候会使读者觉得莫名其妙。[⑤] 只注重小说的悬疑性和推理思维的展现，而没有惊心动魄的情节、惊悚刺激的场面，确实容易使侦探小说略显沉闷。

唐伟胜所划分的其他三类侦探小说就具有“静的结构”。警方调查侦探小说（police procedural detective fiction），这一类侦探小说的重点在于侦破过程的书写和集体智慧的展现；女性主义侦探小说（feminist detective fiction），此类小说主要探讨和批判的是父权社会；玄理侦探小说和后现代侦探小说（metaphysical or postmodern detective fiction），把文本自身看成一个待解之谜。[⑥] 这三类小说总体来说呈现出一种冷静和智性的风格，有的还十分的“烧脑”。

对于侦探小说的结构，程小青从小说的组织和描写、布局、伏脉这几个要素加以分析。程小青认为，侦探小说的描写应注重真切，伏脉应隐藏不露，布局应曲折多变,[⑦] 如此才能创作出动静相宜的侦探小说。另外程小青还特别重视侦探小说的开端和结局，他说，侦探小说的结构，最重要的是在结束和开端，而最难写的也是在结束和开端。侦探小说的开端，需要有一种动人心弦的力量，吸引读者的兴趣；而结尾还应给读者出乎意料的惊奇感和久久不散的弦外之音。《亚森·罗苹奇案》的开端紧张悬疑，但结局却潦草疏漏；而《福尔摩斯探案》和《斐落·凡士探案》的结局巧

---

① 张德政主编：《外国文学知识辞典》，北京：书目文献出版社1993年版，第1167页。

② 程小青：《侦探小说作法之管见》（续），《侦探世界》1923年第1期，第7页。

③ 程小青：《侦探小说作法之管见》（续），《侦探世界》1923年第1期，第7页。

④ 何朴斋：《侦探小说的作法》，《侦探世界》1923年第3期，第8页。

⑤ 何朴斋：《侦探小说的作法》，《侦探世界》1923年第3期，第8页。

⑥ 唐伟胜：《侦探叙事理论》，见唐伟胜：《文本　语境　读者——当代美国叙事理论研究》，上海：世界图书上海出版公司2013年版，第232页。

⑦ 程小青：《侦探小说作法之一得》，《民众文学》1925年第12卷第6期，第1－2页。

妙完整，但开端却平淡无奇。[①]

从程小青对于侦探小说结构的论述，显见程小青对侦探小说结构布局的重视。程小青侦探小说《舞宫魔影》就具有巧妙的小说结构。这篇小说由以下几个章节构成："红舞星""嫉妒""密谈""波澜""危险的经历""查勘""贾三芝的手段""奇怪景象""春云乍展""指认与举证"。"红舞星"一章，交代了故事的主要人物——红舞女柯秋心、柯秋心的表哥王百喜、暴发户贾三芝以及几个觊觎柯秋心名贵珠宝的盗匪，这一章节旨在混淆读者、制造谜团；接下来，爱慕柯秋心的男子杨一鸣出场，他对柯秋心心生怜悯和爱护，也是他发现了柯秋心的死亡。小说的布局有"声东击西"的意味，作家有意让读者参与其中，先将犯罪嫌疑人指向贾三芝、盗匪和杨一鸣的妻子潘爱美，最后经过侦探霍桑的推理和解谜，在小说的结尾指出了真正的凶手是柯秋心的表哥王百喜。因为柯秋心被王百喜诱骗和利用，所以柯秋心对王百喜非常憎恨，当她再也不能承受眼前的这种暗无天日的舞女生活后，她选择了自杀。在自杀前柯秋心试图杀死谋害她的王百喜，不料反被王百喜杀害。小说的结尾出乎意料却在情理之中，使读者不胜唏嘘。

这篇小说情节出奇制胜，案件初始平淡无奇，甚至读者已经猜到了凶手是何人；但是等到结案的时候，却全局推翻，凶手是意料之外、情理之中的另一个人，使读者不禁拍案叫绝。[②] 小说《舞宫魔影》在娓娓道来柯秋心悲剧命运始末的情节中构成了小说"静的结构"，又穿插了"盗匪绑架柯秋心侍女小莲""贾三芝开枪打杀杨一鸣""王百喜开枪试图逃脱""霍桑开枪击中王百喜"等情节，构成了小说"动的结构"。小说既有缜密的逻辑推理过程，又有惊险的画面、起伏的情节，显得动静相宜。"动静相宜"的小说结构既激发了读者的阅读兴趣，给读者带来了感官的体验；又启发了读者的智慧，使读者体验了"解谜"的趣味。

二、"倒装叙事"

在新文学运动之前，中国小说家虽然也比较注重小说的布局，但倒叙这样的叙事技巧还是很少运用到小说之中的。直到新小说之后，中国小说

① 程小青：《侦探小说的多方面》，见《霍桑探案汇刊》（第二集），上海：上海文华美术图书印刷公司 1932 年版。转引自任翔、高媛主编：《中国侦探小说理论资料（1902—2011）》，北京：北京师范大学出版社 2013 年版，第 154 页。

② 何朴斋：《侦探小说的作法》，《侦探世界》1923 年第 3 期，第 8 页。

家开始关注西方侦探小说与其叙事技巧，才逐渐把倒叙等西方侦探小说常用的叙事技巧运用到小说的创作上。绝大多数的侦探小说都会用倒叙的叙事技巧，“晚清四大小说杂志共刊登采用倒装叙述手法的小说 51 篇，而其中侦探小说和含侦探小说要素的占 42 篇”①。

中国古代的小说多数是以情节为结构的中心要素，作家自然而然地会注重故事的布局。中国作家对西方小说“布局”的赞叹，大多指向小说的开篇。“后者前之”，直取故事中心开始论述，成为中国小说家纷纷借鉴的写作技巧。② 这一点尤其体现在现代侦探小说的创作上。习惯了古代小说“平铺直叙”的叙事传统，“令‘新小说’家惊叹的是侦探小说家‘不满意事件的简单的年代顺序，不是直线式地展开小说，而宁愿描写曲线’；不是由主人公的生写到死，而是由其死写到生：‘从故事一开始就讲到一具被发现的尸体，然后以“倒叙”的方式讲叙威胁和杀害的事。’③”④ “两种不同的叙事时间，产生两种不同的艺术效果，显然后者更能靠悬念抓住读者，更容易把一个故事讲得扑朔迷离，充满神秘感。”⑤

晚清侦探小说在中国的盛行，打破了公案故事在中国的固有形式，也改变了以“平铺直叙”为主的叙事传统。“一方面是清朝公案小说的流行为侦探小说的输入作了很好的铺垫，以福尔摩斯来比包公、施公或彭公，当然不难发现前者更精巧、更科学、更能体现现代社会的守法律、重人权。另一方面，侦探小说的确有它独特的艺术魅力，能够吸引善于鉴赏情节的中国读者。”⑥ 接触到西方侦探小说之后，中国小说作家开始对传统小说叙事方式作出改变，选择了以“情节时间”为突破口。⑦ 以程小青为代表的中国侦探小说家，开始学习和借鉴西方侦探小说“倒叙”的叙事技巧。在小说的结构上，程小青改变了古代小说“平铺直叙”的叙事方式，借鉴柯南·道尔侦探小说的叙事方式和叙事结构。倒叙的叙事技巧在程小青侦探小说中得到了淋漓尽致的运用。叙事技巧的运用使程小青侦探小说在结构上表现出不同于公案小说的转变，从而使程小青侦探小说具有了某

① 陈平原：《中国小说叙事模式的转变》，上海：上海人民出版社 1988 年版，第 49 页。

② 陈平原：《中国小说叙事模式的转变》，上海：上海人民出版社 1988 年版，第 41 页。

③ 林纾：《歇洛克奇案开场·序》，见《歇洛克奇案开场》，上海：商务印书馆 1908 年版。转引自任翔、高媛主编：《中国侦探小说理论资料（1902—2011）》，北京：北京师范大学出版社 2013 年版，第 26 页。

④ 陈平原：《中国小说叙事模式的转变》，上海：上海人民出版社 1988 年版，第 48 页。

⑤ 陈平原：《中国小说叙事模式的转变》，上海：上海人民出版社 1988 年版，第 48 页。

⑥ 陈平原：《中国小说叙事模式的转变》，上海：上海人民出版社 1988 年版，第 47 页。

⑦ 陈平原：《中国小说叙事模式的转变》，上海：上海人民出版社 1988 年版，第 41 页。

种意义上的现代性。

如小说《轮下血》，讲述了一个人命丧火车轮下的案件。在小说的开头，作者首先叙述了一个人被火车碾死的场面：

一个男子的尸身横枕在铁轨上面。那人的头部已完全被车轮碾去，变成了一堆血肉的酱，真是惨不忍睹！尸身的全部躺在轨道旁边的石子上面，却仍旧平直完整。①

“尸身”“血肉”……案发的场面充满了惊悚和恐怖的气氛。倒叙的叙事技巧营造了惊恐、悬疑的小说风格。程小青写人物“由死写到生”，一步步接近事件的真相。《轮下血》讲的是新青年顾自由为了反抗旧家庭的压迫，于是化名孔维新和自己的爱侣隐居在乡村里；不料乡村的房东王大宝对孔维新的妻子尤爱权动了色心，企图谋害孔维新，却反而葬送了自己的性命；孔维新为了生计，于是谋划了一计，将自己的衣服和王大宝调换，设计了自己被害的场面，为的是取得保险公司的一笔赔偿金，以给妻子尤爱权更好的生活；但是，孔维新的计策在霍桑的调查过程中被识破，于是孔维新找霍桑来说明整件事情的经过；而霍桑并没有拆穿孔维新，反而将计就计，帮助他们夫妇取得了赔偿金，因为死者王大宝是出了名的作恶之人，死不足惜，同时霍桑的举动也是为了惩罚不正当的保险公司的商人。

程小青将整个故事的各个事件拆分、重组，不完全按照时间的先后顺序叙述故事，他把事件糅杂在一起，像一团乱麻，理不清、看不明，最后读者不仅要惊叹侦探霍桑的智慧和他高超的侦探术，还会感叹作家构思和叙事的巧妙，而这些都是叙事时间的改变所产生的小说的艺术表达效果。这篇小说在叙事时间上体现出多样性的特征，开篇的“倒叙”之后，作者的笔法转为“平铺直叙”，叙述了发现尸体之后的故事情节。比如护车员、火车司机等人对现场的勘察和处理；过了几天报纸刊登了火车肇祸的新闻，霍桑读后，发出了一些感想；保险员的到访；霍桑和包朗上乡间的调查；孔维新的自述等。在“孔维新的自述”中，插叙了孔维新和死者王大宝生前的各种纠葛，于此揭开了案情的真相。因此，这篇小说除了开篇“倒叙”的叙事技巧之外，程小青还运用了“顺叙”“插叙”和“追述”等叙事技巧，在小说的叙事、结构和布局上，程小青非常用心。

① 程小青：《轮下血》，见《霍桑探案集》（3），北京：群众出版社1997年版，第104页。

程小青的另一篇侦探小说《断指党》，也运用了“开局突兀”的叙事方式。小说开篇，霍桑和包朗收到了一个很奇怪的邮包，邮包里有一个玻璃小瓶，玻璃小瓶里有一个来历不明的断指。

他把瓶口凑近窗口，用他的大拇指和食指捏在瓶口上。我凑近去细瞧。瓶中的火酒并不十分满，酒中浸着一个从人的手指上截断下来的大拇指。①

毫无征兆的一个邮包，莫名其妙的一个断指，小说的开篇充满了惊恐的画面感和令读者不适的阅读体验。紧接着，是悬念的加深，霍桑在报纸上看到了一段新闻，“包朗，这里果真有一段新闻？……一件谋杀案！”②断指、报纸上的谋杀案，似乎有所关联？还是毫无联系？作家画了一个大大的问号给读者。小说《血匕首》同样也运用了倒叙的叙事方式：

这屋子就是发现凶案的所在。我们一进了门，便觉阴惨惨地有一种凄黯冷寂的景象。屋中的窗都是半掩着，有一个穿西服的中年男子坐着，就是医官。离医官的座位不远，有一个直僵僵的尸体躺在地上。死者也穿着白色法兰绒的西服，左襟上血渍殷红，瞧了很是可怖。③

“阴惨惨地有一种凄黯冷寂的景象”“直僵僵的尸体”“左襟上血渍殷红”，程小青描述了一幅阴森、恐怖的谋杀案现场画面，增强了小说的悬念性。程小青的其他小说如《紫信笺》《逃犯》《灰衣人》《无头案》《狐裘女》等，都运用了倒叙的叙事技巧，同时加以精心的布局、巧妙的结构，使他的侦探小说表现出与古代公案小说完全不同的叙事风格。

作家陈蝶衣对于程小青侦探小说的悬念式叙事结构进行了分析和评论。在程小青侦探小说《魔窟双花》的序言中，陈蝶衣就对西方侦探小说倒叙的叙事技巧进行了解析和评论。陈蝶衣说，他曾经在求学的时期，会有一些幻想，比如能够去北极的冰岛或者非洲的森林探一次险，这样一定可以看到很多瑰异的画面和珍奇的生物。而幻想最终不能够实现，那么好奇心的寄托在成年之后，找到了北极的冰岛和非洲的森林的代替者——侦

① 程小青：《断指党》，见《霍桑探案集》（4），北京：群众出版社1997年版，第274页。
② 程小青：《断指党》，见《霍桑探案集》（4），北京：群众出版社1997年版，第279页。
③ 程小青：《血匕首》，见《霍桑探案集》（5），北京：群众出版社1997年版，第62页。

探小说。[1] 陈蝶衣认为，侦探小说的特征就是足以启发读者的思想，满足读者的好奇心。从一件凶案开始，读者就跌进了迷离的境界中，跟随着案情的发展，由你恣意地去思索、推测，读者也许可以从一些线索上获得些许领悟，但最后的结果往往出乎意料。陈蝶衣觉得，读小说足以使人感到兴趣的，莫过于侦探小说。[2]

倒叙是侦探小说作家的常用叙事技巧，虽然“开篇一具尸体”的写法已成为侦探小说创作的一种模式，但总是能实现侦探小说作家期望的小说艺术效果。侦探小说在描写上，侧重于对犯罪心理的剖析、断案证据的采集和揭示谜底的过程，这些都离不开倒叙的叙事技巧。侦探小说最精彩和最引人入胜的部分就是侦探由果推因的断案过程，也就是“解谜”的过程。时间的错位、事件的破碎、悬念的迭起是侦探小说最迷人的特质，它给予读者发挥想象力的空间，充满着诗意。

三、“伏笔”

侦探小说的悬疑性，有时并不只是“依赖”作家对叙事时间的巧妙处理，小说“氛围”的渲染和“伏笔”的铺设也可以增强侦探小说的悬疑性，强化侦探小说的悬疑叙事。

氛围（atmosphere），是指“文艺作品中的特定气氛，往往与景物、场面、环境相结合，构成特定的意境和情境，可以是作品局部描写所达到的艺术效果，也可以环绕整个作品”[3]。伏笔（hints），是“文学表现手法，指对将要在作品中出现的人物或事件预作提示或暗示后，以求前后呼应，有助于全篇达到结构谨严、情节发展合理的效果”[4]。氛围的渲染与伏笔的铺设，是小说家常用的文学表现手法，可以衬托小说的结构，烘托小说的意境。倒叙的叙事手法在中国古代文学中并不常见，但伏笔的铺设很常见。中国古代作家并非不注重小说的结构和布局，只是在对叙事时间的处理上较为单一。

中国古代文学家常用伏笔，清朝毛宗岗评“《三国》一书，有添丝补

---

① 陈蝶衣：《魔窟双花·序》，见程小青：《魔窟双花》，上海：世界书局 1933 年版，第 1 页。

② 陈蝶衣：《魔窟双花·序》，见程小青：《魔窟双花》，上海：世界书局 1933 年版，第 1 页。

③ 朱立元：《美学大辞典》（修订本），上海：上海辞书出版社 2014 年版，第 673 页。

④ 朱立元：《美学大辞典》（修订本），上海：上海辞书出版社 2014 年版，第 673 页。

锦、移针均绣之妙。……前能留步以应后，后能回应以应前，令人读之真一篇如一句”[①]。“前能留步”，即伏笔，“后能回应”，即应笔。清朝的戏曲理论家李渔把戏剧的创作比作缝衣，他说：“每编一折，必须前顾数折，后顾数折。顾前者，欲其照映，顾后者，便于埋伏。照映、埋伏，不止照映一人、埋伏一事，凡是此剧中有名之人、关涉之事，与前此后此所说之话，节节俱要想到，宁使想到而不用，勿使有用而忽之。”[②] 李渔所说即文本布局中的“伏应法”，后文所提到的事情，前文往往先作出交代；前文预设埋伏，后文与之呼应、挑明，因此叫作“伏应”，即“前伏后应”。

中国古代作家非常重视文本布局中伏笔的设置。在叙述性文本的创作中，作家对于故事情节的展开与人物、事件的叙述，常常在文本的开头或者行文过程中预先埋下伏笔，或预先设下悬念，或给出一个暗示；然后在后文各个点破，释开悬念。悬念的解开或是点滴披露，或是全盘托出，将暗示挑明、将结果明示，使接受主体的阅读期待得到应有的回应。伏笔的设置能够使文本造成悬念和审美期待，极大地调动了接受主体的阅读兴趣和高度集中的注意力，加深了接受主体对文本内容的理解，留下清晰鲜明的印记。[③]

侦探小说作家善于铺设伏笔，小说氛围的渲染和伏笔的设置可使小说疑影重重，满足侦探小说读者“猜谜”和“解谜”的阅读期待。作家并不在小说一开头就呈现出恐怖的案发现场，而是“善于先烘托氛围，从一些无关紧要的琐事写起，再逐渐过渡到凶杀案，就好比：福尔摩斯正用它轻盈地拉出一支悠扬动听的乐曲，为正在分析案情的华生伴奏……”[④] 程小青在创作侦探小说之时，善于铺设“伏笔”，有时并不直入主题，而是先叙述他物、他事，但这些都与主题相关。这样的布局是作者有意为之的，增强了小说的悬疑性，使小说显得一波三折，迷影重重，小说的结构和伏脉丝丝入扣。

如侦探小说《紫信笺》。小说的开篇“深夜的来客”一节，写的是一个人的独白，这种独白，营造了一种萧瑟和紧张的小说氛围。这个人是谁读者不知道，小说一开篇就带给读者满腹的疑问。

---

① （清）毛宗岗：《读三国志法》，见（明）罗贯中著，（清）毛宗岗评：《三国演义　注评本3》，上海：上海古籍出版社2014年版，第1165页。

② （清）李渔：《密针线》，见《闲情偶寄》，上海：上海古籍出版社2000年版，第26页。

③ 蒲晓彬：《华夏文章建构理论阐释》，长春：吉林大学出版社2010年版，第140－151页。

④ ［英］帕特里夏·麦吉尔：《美国首都凶杀案》，见陈海涛编译：《世界上最离奇的100个侦探推理故事》，长春：吉林出版集团有限责任公司2013年版，第23页。

“那时候是在半夜过后，十二点钟已经敲过了好一会。昨天上半天下了一阵疏疏的秋雨，午后两三点钟虽住了雨点，天色仍是阴沉沉的。到了晚饭后八点钟光景，忽又下起大雨来，足足注泻了三个多钟头。虽然不能把‘倾盆’的字样形容那雨势，但屋檐下的水溜中奔流不绝，屋后的两只大缸都已储满了水，便可见雨势的一斑。但到了十一点过后，呼呼的风声转了方向，雨脚便渐渐地收束。”①

程小青写侦探小说，一般喜欢通过描写天气而渲染故事的氛围。小说开篇的这一段叙述渲染了案发当天的天气。过午的半夜，奔流的雨势，阴沉的天空，寒凛的秋风，一切都是那么的阴郁。这样的雨夜，又会有怎样的故事发生呢？读者在读过小说开篇之后难免会猜测，这恶劣的天气环境下会有怎样的故事发生？一切都是未知，令人不安。通过对倾盆大雨的描写，程小青制造了一种紧张的小说氛围，凄凄沥沥的雨暗示了小说故事的悲剧色彩。

“风的威权虽然不能直接伸展到我的屋子里来，但我的书室中却已弥漫了阴寒的秋意。我把这件哔叽的短褂，扣紧了钮子，吸着一支纸烟，借此解除些寒威。我正重新提起笔来，绘着那张教养院的底层平面图，忽而仿佛有门铃响动的声音，不禁使我停笔倾听；但仔细听时，却又并无铃声。我一边继续画图，一边想：‘这样的深夜，赛马场里的干事朱先生，不见得再会赶来闲谈罢？就是新村中的那两位先生，也不至于再来扰人罢？’”②

“我”在凄风冷雨的夜晚绘图工作，风声萧瑟、大雨绵绵，“我”被雨声和风声打扰以致心神不宁。就在这清冷的夜，突然有一刻，“我”仿佛听到了似有若无的门铃声。门铃声是断断续续的、是似有若无的。“我”被这风声、雨声和门铃声打乱了绘图的思绪，胡思乱想着：是赛马场里的干事朱先生吗？还是新村中的那两位先生？“我”是谁？“朱先生”是谁？“新村中的那两位先生”又是谁？读者阅读至此，会在脑中画一个大大的问号。不过在接下来的这一段里，程小青就交代了“新村中的那两位先生”的身份。之后，程小青继续渲染凄冷的氛围，断断续续的“门铃声”随着风声的休歇变得分外清厉起来。半夜、秋雨、寒风和清厉的门铃声，

① 程小青：《紫信笺》，见《霍桑探案集》（5），北京：群众出版社1997年版，第112页。
② 程小青：《紫信笺》，见《霍桑探案集》（5），北京：群众出版社1997年版，第113页。

都透露着一种恐怖和危险的信号。

“这时候外面的风声恰巧稍稍休歇，铃声便分外清晰。”

“我不禁抱怨地说：‘唉，果真是门铃响！德兴，快下楼来开门。’”①

小说写到这里，“门铃声”已经成为吸引读者的焦点。“门铃声”究竟是谁按响的？断断续续的“门铃声”不仅可以调动起读者的阅读兴趣，使读者融入充满悬念的叙事氛围中，也为后文“‘我’发现了一具尸体”这一关键性的情节埋下了伏笔。

“我借着灯光，走近些一瞧，我的浑身的毛发也不期而然地竖了起来！”

“门槛上横着一个人。上半身在门口里面，下半身仍搁在门外的阶石上。那人正覆面向下，一时瞧不出是谁，但瞧见他穿的是一件淡色的夹袍和一件深色的马褂，头上的一顶黑色呢帽，却已落在门口里面的地板上面。”

“灯光照在一个灰白的脸上，我才认识他就是傅祥麟。”

“他的左胸口上，还突出一种黑色的东西。我仔细一瞧，才知是一把刀柄。那刀锋分明已深深地陷入他的胸膛中！”②

上文的这一段，呼应了前文。雨夜、风声、门铃声，不过都是为“我”发现尸体所铺设的伏笔。然而，故事到这里还没有结束。尸体的发现回应了之前的门铃声，但是，这死者又是谁呢？这个人为什么躺在门槛上？他为什么在深夜按下了门铃？死者为什么会身中刀伤？伴着“我”和“德兴”的猜疑和惊恐，小说的悬念性一步步加强。

层层的疑点，调动着读者的思维和想象力。侦探小说作家在结构和布局上，是环环相扣，是“设谜—解谜”模式的循环往复，是“伏笔—应笔”的不停交错。程小青一步步地设置谜题，同时又一步步地解开谜题，继而再设置、再解开，直到小说结尾，一切才真相大白。侦探小说的写作本身就是“设谜”和“解谜”的过程。程小青运用了侦探小说作家常用的“由死到生”的人物写作手法，将傅祥麟的尸体展现在读者面前，渲染了

---

① 程小青：《紫信笺》，见《霍桑探案集》（5），北京：群众出版社1997年版，第113页。

② 程小青：《紫信笺》，见《霍桑探案集》（5），北京：群众出版社1997年版，第114－115页。

小说惊恐、悬疑的叙事氛围。

在死者出场之后，目击死亡现场的故事讲述者的真实身份被揭开。独白者是江湾的一个建筑工程师，名叫许志公。许志公目睹了死者身中刀伤而死的惨状，将这一切讲述给淞沪警局的姚国英侦探长、侦探霍桑和小说执笔人“我”也就是助手包朗。

我们在一间精致雅洁的客室中坐定以后，姚国英就问他上夜里发案的情由。他（许志公）就把经历的始末从头至尾地说了一遍。我觉得他所说的一席话情景非常逼真，所以改变了我记述的惯例，先把它记在本篇的开端。这一种记叙层次的变更，似乎是执笔人的特权，读者们大概也可以容许罢。①

许志公的讲述其实是发生在姚国英来找霍桑一同前往凶案现场勘查之后的事情，但是程小青将这段讲述放置在小说的开端，改变了叙事时间，将之后发生的事情写在前面，实际上就是为了增强小说的悬疑性。通过伏笔的铺设、氛围的渲染和倒叙叙事技巧的运用，使小说显得一波三折、疑影重重。

与《紫信笺》不同的是，小说《狐裘女》的开篇并没有恐怖的尸体和骇人的尸体现场。程小青布设了一个伏笔，在小说的第一节，叙述了霍桑和包朗对中国教育制度的忧虑与对中国青年的堕落等社会现实问题的反思。接着，叙述了死者钱芝山在死前一天所经历的事情，钱芝山在被谋杀的前一天在作家俞天鹏家与其发生了矛盾，为钱芝山的死埋下伏笔。在小说第二节中叙述了主人公钱芝山的死亡，呼应了前文的伏笔。霍桑和包朗关于中国教育制度的探讨以及钱芝山在俞天鹏家中发生的事情，都使钱芝山的死亡变得更加扑朔迷离和谜中生谜，也为后文案情的侦破和真相的揭秘埋下了伏笔。如此这篇小说显得扑朔迷离，既增强了小说的悬疑性，也加深了读者在阅读小说时的参与感。

下午四点钟时，我穿好衣服，准备去看霍桑。仆人送晚报进来。我站住了随意翻一翻，忽见本埠新闻中有一行惊人的大字标目：

“离奇惨怖的谋杀案！

“温州路德仁里一号住户钱芝山，忽于昨晚上被人谋杀。据同居的姓

① 程小青：《紫信笺》，见《霍桑探案集》（5），北京：群众出版社 1997 年版，第 118 页。

谢的女主人说，芝山昨晚归家时已近十一点钟。他曾和伊交谈过几句。今天早晨女仆松江妈子送脸水进去，忽发见他已被人谋杀。

“谋杀的情状很惨怖。就现状观察，他像是被人用一个石鼓磴击死的，故而他的脸部血肉模糊，十二分凄惨。他的身上衣服完好，金表和表链等物也完全没有遗失。不过他的书桌抽屉有两只开着，内中的纸件很杂乱，似乎有什么人翻动过。

“死者现在二十七岁，还没娶妻……”①

小说的第二节，程小青也并没有直接叙述案发现场的骇人景象，而是先叙述报纸上刊登的谋杀新闻，再次为描写凶案现场进行了铺垫，最后才写凶案现场。程小青借晚报刊登的“离奇杀人案”，介绍了温州路德仁里一号住户钱芝山被人谋杀的事件，叙述了恐怖的谋杀情状。主人公“被人用一个石鼓磴击死”“脸部血肉模糊”“十二分凄惨”等描写渲染了小说阴森、恐怖的氛围，增强了小说的悬疑色彩。

程小青在《狐裘女》这篇小说的第一节和第二节中，对主人公钱芝山进行了一番大体的介绍，这与古代公案小说常用的人物描写手法类似，显现了程小青对于古代小说人物写法的继承。在小说的第二节末尾，程小青描写了钱芝山的死亡现场，又运用了倒叙的叙事技巧。在第二节之后，通过叙写霍桑的破案过程，作家一步步地追述钱芝山生前所发生的故事。这篇小说先是铺设伏笔，继而制造悬念，然后追述死者的生前故事，最后逐渐解开谜题。如此小说的叙事更加饱满，情节也更加曲折动人。

程小青在创作侦探小说时，不仅借鉴了西方侦探小说常用的叙事技巧，而且创造性地融合了中国小说与西方小说的写作技法，使小说的结构丰富、饱满，具有较强的艺术性。叙事技巧和艺术表现手法的纯熟运用，需要作家精心地布局。程小青认为，这些都离不开作家强大的想象力，创作侦探小说的根本条件就是想象力。因为侦探小说故事大多都是虚构而来，像空中楼阁一般，而这楼阁上的建筑是否玲珑剔透，则取决于作者的想象力是否丰富。只有丰富的想象力才能设计出奇妙且合于情理的情节。程小青将侦探小说比作是一棵树，树上的枝叶和果实越是光怪陆离，越是动人。从表面上看，“奇妙”和“情理”两个名词似乎并不相连，但是侦探小说的结局往往需要把这两个不相连的名词联系和贯穿起来。如何将“奇妙”与“情理”糅合于一篇侦探小说中，依靠的就是想象力。② 程小

① 程小青：《狐裘女》，见《霍桑探案集》(6)，北京：群众出版社1997年版，第7页。

② 程小青：《侦探小说作法之一得》，《民众文学》1925年第12卷第6期，第1页。

青对于侦探小说想象力这一因素的看重，与爱伦·坡、柯南·道尔、G. K. 切斯特顿、阿加莎·克里斯蒂等侦探小说大师并无二致。

程小青侦探小说《魔窟双花》的情节就扑朔迷离，悬疑重重，充分发挥了想象力的作用：首先，穿雨衣的瘦人（闻志雄）发现了被害者（何世杰）和一个黑色的人影，王镇华出现在案发现场，闻志雄和王镇华二人成了犯罪嫌疑人，这些都构成了情节的悬疑；然后，霍桑出现在案发现场，发现了田漱芳的花纹麂皮手套，田漱芳有了犯罪嫌疑，这是又一层悬疑；接着，是发生在孟宗明家中的凶杀案，孟宗明和田漱芳交谈过后被害，两起凶杀案的凶手都指向了田漱芳；最后霍桑前往密党的窟穴，经过一番惊险的枪战后找出了真正的凶手王镇华，也就是在故事开端就出现在第一案发现场的人。程小青将两起凶杀案交织在一起，以超凡的想象力布局，案件显得雾里看花、疑影重重和惊心动魄。小说的命名也误导了读者，用以混淆读者的视听，“魔窟双花”让读者以为谋杀者是两个女子。这些情节设置、结构布局都是程小青为了增强小说的悬疑性而特意为之。这就是小说的“奇妙”，也是作家发挥想象力的效果。

在故事的结尾，王镇华因重伤逝世，打伤王镇华的田漱芳也没有被绳之以法，这也符合叙写正义犯罪故事的侦探小说的一贯结局。何世杰和孟宗明都是十恶不赦的人，但是法律又不能将其制裁。爱国青年王镇华是“正义谋杀”，是现代的侠客。痴情女子田漱芳虽是被孟宗明所蒙骗，但她毕竟是为爱复仇，所以程小青没有让王镇华和田漱芳承担法律的制裁，这就是小说的“情理”。程小青将小说形式的“奇妙”与小说内容的“情理”相融合，凸显了他的想象力和创作功力。读者阅读这样的小说，驰骋在想象力的天空，感受着侦探小说的魅力，惊叹于侦探小说的结构，沉浸在对人生、正义和爱情的思考之中。

四、“限制叙事”

在小说的叙事视角上，程小青也做出了积极的尝试。他借鉴了西方侦探小说的“限制叙事”视角，改变了古代公案小说的“全知叙事”视角，为中国现代小说的现代化转型，提供了可资借鉴的意义。

英国的帕西·拉伯克（Percy Lubbock，1879—1965）说：“在小说技巧中，我把视角问题——叙事者与故事之间的关系——看作最复杂的方法问题。”[①] 叙事视角的复杂和多变，对于小说的创作、小说的结构和小说呈现出的艺术效果有重要的作用。叙事视角作为叙事学中的概念（narrative perspective），是指讲述故事的角度和立足点。“事件无论何时被描述，总是要从一定的‘视觉’范围内描述出来。要挑选一个观察点，即看事情的一定方式，一定的角度。”[②]

叙事视角一般分为“全知叙事”视角和“限制叙事”视角。“全知叙事”视角，“叙述者无所不在，无所不知，有权利知道并说出书中任何一个人物都不可能知道的秘密。拉伯克称之为‘全知叙事’，托多洛夫称之为‘叙述者 > 人物’，热奈特称之为‘零度焦点叙事’”[③]。罗兰·巴尔特曾对“全知叙事”视角做过如下描述：“叙述者既在人物内部，又在人物外部：即人物内心发生什么他都知道，他也从来不与任何人物相混同。”[④]

J. 希利斯·米勒（J. Hillis Miller，1928—）曾在《维多利亚的小说形式》中，讨论过包括乔治·艾略特（George Eliot，1819—1880）在内的六位小说家的全知叙事。[⑤] 米勒认为：“维多利亚时代的小说家们通过全知叙事者担任起类似‘上帝’的角色，在这个并非他们自己创造的世界里，获得一种至尊的优越地位，‘他能够像无处不在的海水或者弥漫的香气一样渗透、流淌；能够看透最隐秘的心灵深处，随处自在游弋’；可以‘以超然的态度观察一切、了解一切、评判一切’，成为一种‘费尔巴哈式的普遍意识’。”[⑥]

“限制叙事”视角，“叙述者知道的和人物一样多，人物不知道的事，叙述者无权叙说。叙述者可以是一个人，也可以是几个人轮流充当。‘限制叙事’可以采用第一人称，也可以采用第三人称。拉伯克称之为‘视点叙事’，托多洛夫称之为‘叙述者 = 人物’，热奈特称之为‘内焦点叙

---

① ［英］帕西·拉伯克：《小说的技巧》，转引自陈平原：《中国小说叙事模式的转变》，上海：上海人民出版社 1988 年版，第 65 页。

② ［荷］米克·巴尔著，谭君强译：《叙述学：叙事理论导论》，北京：中国社会科学出版社 1995 年版，第 167 页。

③ 陈平原：《中国小说叙事模式的转变》，上海：上海人民出版社 1988 年版，第 66 页。

④ ［法］罗兰·巴尔特：《叙事作品结构分析导论》，见［法］罗兰·巴尔特著，李幼蒸译：《符号学历险》，北京：中国人民大学出版社 2008 年版，第 102 – 144 页。转引自刘忠波：《纪录片创作：理论、观念与方法》，天津：南开大学出版社 2014 年版，第 125 页。

⑤ ［美］希利斯·米勒：《维多利亚的小说形式》，见张娜：《空间批评理论视域下的乔治·艾略特作品分析》，天津：天津大学出版社 2015 年版，第 143 – 144 页。

⑥ ［美］希利斯·米勒：《维多利亚的小说形式》，见张娜：《空间批评理论视域下的乔治·艾略特作品分析》，天津：天津大学出版社 2015 年版，第 143 – 144 页。

事’”[1]。

全知叙事和限制叙事孰优孰劣，其实并不是绝对的。鲁迅曾在《怎么写（夜记之一）》里谈到小说创作的问题，对小说作家在创作时如何选择叙事视角有着通透的见解。鲁迅认为，全知叙事和限制叙事的叙事视角只是为了小说叙事的需要，本身并没有高低之分，也并不影响小说的艺术效果。文学作品的真实性并不在于体裁的选择，也就是以第一人称抒写的日记体并不会比用第三人称叙述的作品更真实，重点在于：

只要知道作品大抵是作者借别人以叙自己，或以自己推测别人的东西，便不至于感到幻灭，即使有时不合事实，然而还是真实。其真实，正与用第三人称时或误用第一人称时毫无不同。倘有读者只执滞于体裁，只求没有破绽，那就以看新闻记事为宜，对于文艺，活该幻灭。而其幻灭也不足惜，因为这不是真的幻灭，正如查不出大观园的遗迹，而不满于《红楼梦》者相同。倘作者如此牺牲了抒写的自由，即使极小部分，也无异于削足适履的。[2]

不过，对于侦探小说来说，限制叙事视角显然比全知叙事视角更能给读者带来身临其境的阅读感受。侦探小说注重对侦探现场的描述，作家要能够调动读者的智慧和想象力，使读者参与到侦探的断案之中。叙述者最好不要是全知全能的角色，才能使读者参与到这个谜题的解谜过程之中，否则侦探小说的趣味性会大打折扣。

相比之下，古代的白话小说一般是以一个全知全能的“说书人”的视角来讲述故事。作者既可以置身事外对人物进行评论，也可以揭示人物的内心世界，相对来说这也是一种灵活的叙事方式。尤其是古代章回体公案小说，它由宋元话本小说发展而来，再由说书艺人进行再创作。所以，章回体公案小说一般采用的是全知叙事视角。小说作者也就是说书人，他不参与故事其中，只负责讲述故事。

当然，中国古代小说并不都是采用全知叙事视角，也有一些采用限制叙事视角的文言小说。这些小说的情节相对单纯，类似于中国古代的记人记事散文，“作家容易保持视角的统一”[3]。但是，对于人物繁多、情节复

---

① 陈平原：《中国小说叙事模式的转变》，上海：上海人民出版社1988年版，第66页。

② 鲁迅：《怎么写（夜记之一）》，见《鲁迅全集》（4），北京：人民文学出版社1993年版，第23页。

③ 陈平原：《中国小说叙事模式的转变》，上海：上海人民出版社1988年版，第68页。

杂的长篇章回体小说而言，限制叙事视角很难被成功地运用。不过在实际的创作中，也有采用限制叙事视角的作品。明清的长篇章回体小说中也不乏采用限制叙事的章节和段落。金圣叹评《水浒传》第九回“‘看时’二字妙，是李小二眼中事”①；脂砚斋赞《红楼梦》第三回“从黛玉眼中写三人”②。然而，古代的评论家并没有“把这些作为特殊技巧从理论上予以总结和阐释，只是当作偶一用之以增加笔势摇曳的‘文法’”③。

“在二十世纪初西方小说大量涌入中国以前，中国小说家和小说理论家并没有形成突破全知叙事的自觉意识。”④ 当习惯于阅读和撰写长篇白话小说的“新小说”家开始创作的时候，中国传统的小说并没有提供采用限制叙事视角的成功范例。这些小说家，是通过翻译西方小说逐步摸索和领悟限制叙事视角的。直到“五四”作家，他们“是直接在西方小说视角理论影响下自觉突破了传统小说全知叙事模式的”⑤。

中国现代小说叙事视角的转变，最大程度地体现在了中国现代侦探小说的创作上。中国侦探小说作家叙事视角的转变，很大程度上是受到翻译后的西方侦探小说的影响，是对西方侦探小说叙事技巧的借鉴。这些侦探小说作家，绝大多数是通俗小说作家，他们受到古代白话小说的影响较深。由古代公案小说的“全知叙事”视角转为现代侦探小说的“限制叙事”视角，这是中国作家书写断案故事的一个重大转变。

中国侦探小说作家在创作时选取的限制叙事视角，在一开始其实是生硬借鉴，捷克著名学者雅罗斯拉夫·普实克（1906—1980）就指出了这一问题，他说中国近代作家“不过是借用了欧洲文学的一些写作技巧”⑥，但这种“借用”已实属不易。中国的小说家对限制叙事视角的接受，也是经历了一些曲折的过程的。当西方小说特别是侦探小说传入中国之后，侦探小说的限制叙事视角，既给中国小说作家带来了耳目一新的感觉，却又使他们有种与自己格格不入的感受。所以，有些侦探小说的翻译者在一开始翻译侦探小说的时候，就生硬地改变了原著的叙事视角和叙事时间。

---

① （清）金圣叹：《水浒传》第九回批语，见（明）施耐庵著，（清）金圣叹评：《水浒传》（注评本），上海：上海古籍出版社 2015 年版，第 142 – 143 页。

② （清）脂砚斋：《红楼梦》第三回批语，见（清）曹雪芹著，无名氏续，（清）脂砚斋批：《红楼梦》（上），西安：三秦出版社 2017 年版，第 24 页。

③ 陈平原：《中国小说叙事模式的转变》，上海：上海人民出版社 1988 年版，第 67 页。

④ 陈平原：《中国小说叙事模式的转变》，上海：上海人民出版社 1988 年版，第 66 页。

⑤ 陈平原：《中国小说叙事模式的转变》，上海：上海人民出版社 1988 年版，第 69 页。

⑥ ［捷］雅罗斯拉夫·普实克著，李燕乔等译：《普实克中国现代文学论文集》，长沙：湖南文艺出版社 1987 年版，第 82 页。

例如，清末民初的作家张坤德，他在第一次翻译“福尔摩斯探案”系列小说的时候，就把原文的倒叙改成了顺叙。同时，张坤德又将限制叙事视角改为全知叙事视角，把原文中的“我”改为“华震”，作为故事中的一个人物，而且只作为侦探的助手而非叙述者。这种把西方侦探小说叙事手法改变的翻译策略，一是为了符合中国读者的阅读习惯，二是为了符合中国作家的写作习惯。但是，这种改变使侦探小说失去了它原本在叙事结构上所拥有的独特性。

在“福尔摩斯探案”系列小说中，侦探助手华生的主要意义不仅在于他是改变叙事时间来讲述故事的作者；有时候华生的某些“奇思妙想”可以混淆读者的视听，引起读者的好奇心，使小说情节变得更加错综复杂；华生的存在也是为了衬托大侦探福尔摩斯的聪明才智。因此“华生视角”叙事对于“福尔摩斯探案”系列侦探小说来说是至关重要的，华生作为叙述者，作为侦探助手，对小说的结构和叙事都有特殊的意义。

不过，张坤德再次翻译福尔摩斯系列作品的时候，就意识到了柯南·道尔选取限制叙事视角叙事的意义。虽然，张坤德的译文仍然是全知叙事的叙事视角，但是他保留了以侦探助手视角叙述案情的这一特征，把原文的“我”改为了“滑”（华生）。这样翻译出来的侦探小说，才更加的原汁原味。由此也可以看出，中国现代新小说在叙事方式的转变上，是经历了一个尤为不易的曲折过程的。当然，也不乏像程小青这样的作家，他们大胆突破了古代小说的叙事藩篱，为中国现代小说的发展进行了有益的探索。

程小青曾经翻译过世界名家的侦探小说，他基本上了解到西方侦探小说的叙事风格和写作技巧。程小青认为，柯南·道尔的侦探小说是最具有代表性的侦探小说，“成绩最伟”。[1] 对柯南·道尔的尊崇，使程小青在写作中有意借鉴“福尔摩斯探案”小说的叙事和写作技巧，因此，也不难理解为什么在程小青的“霍桑探案”小说中会有“霍桑与包朗”的“侦探与侦探助手”的断案模式。程小青对柯南·道尔这一写作手法的借鉴，突破了古代公案小说全知叙事视角的写作传统。虽是借鉴，但也是对公案小说的一种重大颠覆。程小青设置了包朗这一小说人物，包朗作为侦探助手、故事的讲述者，其实是有多重人物功能的。

譬如写一件复杂的案子，要布置四条线索，内中只有一条可以达到抉

---

① 程小青：《侦探小说的多方面》，见芮和师、范伯群、袁沧州编：《鸳鸯蝴蝶派文学资料（上）》，福州：福建人民出版社 1984 年版，第 69 页。

发真相的鹄的，其余三条都是引入歧途的假线，那就必须劳包先生的神了，因为侦探小说的结构方面的艺术，真像是布一个迷阵。作者的笔尖，必须带着吸引的力量，把读者引进了迷阵的垓心，回旋曲折一时找不到出路，等到最后结束，突然把迷阵的秘门打开，使读者豁然澈悟，那才能算尽了能事。①

在阅读和翻译“福尔摩斯探案”系列小说之后，程小青注意到了柯南·道尔的侦探小说与古代公案小说不同的叙事视角。“福尔摩斯探案”通常采用的是第一人称的限制叙事视角，华生是“我”，是叙述者，是侦探助手。程小青借鉴柯南·道尔，包朗是“我”，是叙述者，是侦探助手。

我的那位包朗先生，也和华生对于福尔摩斯一般的做了霍桑的得力助手。他在霍桑的一百多件案子里面，除了少数的例外，大部分都亲身参与，他对于探案时的动作和见解，也不消说像华生一般的处处参与——有时候竟变（比）华生更见勤奋。②

对于侦探小说叙事视角的选取，程小青是非常重视的，他曾论述过侦探小说的叙事视角。“侦探小说的记叙方式，也有他叙和自叙两种。他叙体也和其他小说一般，著书的处于第三者的地位，把书中的事实用纯客观的方法，逐节演述出来。自叙体著书的就成了书中人物的一员，在探案时候记录者也亲身经历，对于全案的真实，也往往参加动作和意见，所以他所记述的事实，也比较的亲切、真实和更有兴味。”③“他叙体”实际上就是全知叙事视角小说，“自叙体”也就是限制叙事视角小说。从程小青对侦探小说叙事视角的探讨，可以看出他对于“自叙体”的偏爱。

程小青绝大多数的侦探小说采用的是第一人称的限制叙事视角，叙述者包朗亲自参与断案过程，增强了故事的可读性、真实性和小说的兴味。

---

① 程小青：《侦探小说的多方面》，见《霍桑探案汇刊》（第二集），上海：上海文华美术图书印刷公司 1932 年版。转引自任翔、高媛主编：《中国侦探小说理论资料（1902—2011）》，北京：北京师范大学出版社 2013 年版，第 153 页。

② 程小青：《侦探小说的多方面》，见《霍桑探案汇刊》（第二集），上海：上海文华美术图书印刷公司 1932 年版。转引自任翔、高媛主编：《中国侦探小说理论资料（1902—2011）》，北京：北京师范大学出版社 2013 年版，第 153 页。

③ 程小青：《侦探小说的多方面》，见《霍桑探案汇刊》（第二集），上海：上海文华美术图书印刷公司 1932 年版。转引自任翔、高媛主编：《中国侦探小说理论资料（1902—2011）》，北京：北京师范大学出版社 2013 年版，第 153 页。

第一人称的限制叙事视角 z 使包朗成为侦探霍桑的助手，作为小说故事中的一个人物角色，包朗亲临探案现场，他负责“讲述故事”，同时“混淆视听”。程小青发现，“在许多侦探小说中，大半都采用自叙的方式。如《杜宾探案》中的不著姓名的助手，《福尔摩斯探案》中的华生，《斐落·凡士探案》中的范达痕等都是。至于我国的创作方面，采用自叙体的也居多数。”[①] 所以程小青的“《霍桑探案》，也借重了一位包朗先生”[②]。

不过，不同的侦探小说中的侦探助手角色不尽相同。程小青在熟读柯南·道尔的“福尔摩斯探案”之后，发现侦探福尔摩斯的助手华生，既是小说的叙事者，也是福尔摩斯的得力助手，并且在断案过程中还发挥着不可替代的作用，实际上也是小说中的重要人物之一。但是，其他的西方侦探小说，却不一定都是如此。同是“自叙体”，不同的侦探小说作家在人物设定上却略有不同。“福尔摩斯的华生和斐落·凡士的范达痕，地位虽同，实际上还略有些区别。范达痕只做了凡士的记录人，虽也同样参与其事，有时也私自表示他主观的见解，可是在侦查时的动作和讨论推敲，形式上并不公开参加。华生却不但给福尔摩斯担任记录的职司，同时又明明做了福尔摩斯一个有力的助手。他参加侦查，参加讨论和谈话，有时竟代替福尔摩斯出马，充任全案中的要角。”[③]

程小青在侦探小说中，如果选用的是第一人称限制叙事视角，那么侦探助手包朗就具备了多重的身份特征。首先，包朗是侦探助手，是断案的直接参与者，目睹和参与了整个断案过程。其次，包朗是叙述者，负责讲述故事；最后，包朗是“混淆视听”的助手和叙述者，“包朗”布置了层层线索和迷阵，使读者思绪万千，从而增强了小说的悬疑性和趣味性，也实现了程小青所说的“须知虚虚实实，原是侦探小说的结构艺术”[④]。侦探小说本身就是一种虚构的文学作品，无论是从人物、情节还是故事本身，

---

① 程小青：《侦探小说的多方面》，见《霍桑探案汇刊》（第二集），上海：上海文华美术图书印刷公司 1932 年版。转引自任翔、高媛主编：《中国侦探小说理论资料（1902—2011）》，北京：北京师范大学出版社 2013 年版，第 153 页。

② 程小青：《侦探小说的多方面》，见《霍桑探案汇刊》（第二集），上海：上海文华美术图书印刷公司 1932 年版。转引自任翔、高媛主编：《中国侦探小说理论资料（1902—2011）》，北京：北京师范大学出版社 2013 年版，第 153 页。

③ 程小青：《侦探小说的多方面》，见《霍桑探案汇刊》（第二集），上海：上海文化美术图书印刷公司 1932 年版。转引自任翔、高媛主编：《中国侦探小说理论资料（1902—2011）》，北京：北京师范大学出版社 2013 年版，第 153 页。

④ 程小青：《侦探小说的多方面》，见《霍桑探案汇刊》（第二集），上海：上海文华美术图书印刷公司 1932 年版。转引自任翔、高媛主编：《中国侦探小说理论资料（1902—2011）》，北京：北京师范大学出版社 2013 年版，第 153 页。

侦探小说都有很强的虚构性特征。限制叙事视角增强了小说的真实感，使读者相信和融入这样一个虚构性的故事之中，叙事者是故事的参与者，这很大程度上使小说显得真实而生动。

程小青侦探小说《舞后的归宿》，选取的就是第一人称的限制叙事视角。“我”也就是包朗，作为侦探霍桑的助手，和霍桑还有警察倪金寿一起调查关于舞女王丽兰的凶杀案。

我跟着霍桑走上那条阳光初照还没有干透的水泥狭径时，那瘦长身材穿一件玄细呢夹袍子的倪金寿探长，早已从里面迎了出来。①

“我”既是故事的叙述者，也是观察者，观察故事中的每一个人物，将他们描述给读者听。“我”作为侦探助手在和侦探破案的过程中，也会参与调查、取证和逻辑推理的过程，但是最主要的是要衬托侦探霍桑的聪明才智，因为霍桑总是能发现“我”所不能发现或者“我”所不能推理出的问题。

我回头细瞧，果然在门口里面有几个男子足印是复叠的，不过一行很深，一行较浅，而且将近里面门口越加浅淡，故而粗看便不觉得交叠，好象只有一行。②

在每一个案件中，“我”总是会看到故事中最恐怖的画面，“我”的目光牵动着读者，“我”的目光也是读者的目光，“我”所看到的是“我”希望读者看到的，也是读者希望看到的。“我”就是一个目击者、记录者，也是一个制造混乱的角色，混淆读者的视线，给读者制造出重重的谜团。“我”是情节的推动者，“我”的一言一行，都推动着故事的发展。

当我的眼光瞧到最可怕的一点——伊的致命伤的部分，霍桑已开始在动手了。他将那件闪光细花月白色短袖丝颀袍的钮子解了开来，胸襟前一摊干凝的血迹，见了最觉刺目。③

---

① 程小青：《舞后的归宿》，见《霍桑探案集》（3），北京：群众出版社 1986 年版，第 11 页。

② 程小青：《舞后的归宿》，见《霍桑探案集》（3），北京：群众出版社 1986 年版，第 12 页。

③ 程小青：《舞后的归宿》，见《霍桑探案集》（3），北京：群众出版社 1986 年版，第 13 页。

小说《舞后的归宿》以第一人称的限制叙事视角贯穿全文，完全按照“我”在实际时空中的行动和感觉来叙述故事，[①] 悬念迭起、冲突不断，“这种创作手法使读者不仅可以欣赏故事，还可以介入其中，身临其境，使读者确确实实地感受到叙述者的行为和内心感受，从而增强了小说的真实性、亲切感和说服力”[②]。

程小青绝大多数的侦探小说中，都会选用第一人称的限制叙事视角，这种叙事方式会使侦探小说显得非常真实，最重要的是会使读者有身临其境之感，实现了读者阅读侦探小说所追寻的参与感。第一人称的限制叙事视角，“叙述者和故事中的主人公为同一个人，由叙事主人公亲自讲述发生在自己身上的事情，比之那些以观察者或者见证人的身份来讲述一个关于其他人的真实故事，无疑在可信度上更胜一筹”[③]。

小说《江南燕》中，包朗也就是“我”对霍桑的描述，使霍桑这个人物形象更加生动而真实。

霍桑是我的知己朋友，也可称为“莫逆之交”，我们在大公中学与中华大学都是同学，前后有六年。我主修文学，霍桑主修理科。霍桑体格魁梧结实，身高五尺九寸，重一百五十多磅，面貌长方，鼻梁高，额宽阔，两眼深黑色，炯炯有光。性格完全，睿智机警，记忆力特别强，推理力更是超人，而且最善解人意，揣度人情。[④]

这一段是包朗眼中的霍桑。如果这一段是用全知叙事视角来写，即：

霍桑是包朗的知己朋友，也可称为“莫逆之交”。霍桑和包朗在大公中学与中华大学都是同学，前后有六年。包朗主修文学，霍桑主修理科。霍桑体格魁梧结实，身高五尺九寸，重一百五十多磅，面貌长方，鼻梁高，额宽阔，两眼深黑色，炯炯有光。性格完全，睿智机警，记忆力特别强，推理力更是超人，而且最善解人意，揣度人情。

---

① 程建锋、吕雯霞、张利景主编：《英国经典小说的艺术手法研究》，呼和浩特：内蒙古人民出版社 2012 年版，第 5 页。

② 程建锋、吕雯霞、张利景主编：《英国经典小说的艺术手法研究》，呼和浩特：内蒙古人民出版社 2012 年版，第 5 页。

③ 程建锋、吕雯霞、张利景主编：《英国经典小说的艺术手法研究》，呼和浩特：内蒙古人民出版社 2012 年版，第 5 页。

④ 程小青：《江南燕》，见《霍桑探案集》（1），北京：群众出版社 1986 年版，第 1 页。

整段描写改为第三人称的全知叙事视角之后，霍桑和包朗都成为故事中的人物，降低了真实性，也与读者拉开了距离。读者不是在听一个身临其境的叙述者讲他亲身经历的故事，而只是在听一个叙述者讲述别人的故事。

“包朗”作为叙述者，“读者听由‘我’娓娓道来，产生历历在目、身临其境之感，发觉传奇人物的不平凡经历原来只不过是普通人在特定环境下做出的寻常事，进而相信确实有其人，确实有其事”①。“读者直接进入到人物的内心世界，同人物产生情感共鸣，更是拉近了读者和人物之间、读者和文本之间的距离，收到了独特的审美效果。”② 读者会随着“我”，也就是包朗的一举一动，而产生相应的情感共鸣。“我”对于案情的迷惑，“我”对于霍桑的崇拜，“我”的惊恐、疑虑、不解，都牵动着读者的思绪。

法国散文家查理斯·兰姆（Charles Lamb，1834—1775）曾评价笛福（Daniel Defoe，1660—1731）的小说叙事：“笛福的小说叙事风格自然，不同于其他的小说和浪漫文学作家。他叙述的故事具有真实性，当你读起来的时候，令你无法不相信有一个真实的人正在向你讲述发生在他身上的真实故事。”③ 侦探小说作家要做的就是让一个奇妙的不可思议的故事变得真实，第一人称的限制叙事视角刚好可以帮侦探小说作家达成这个目的。

不过，程小青在创作侦探小说之时并非只选用限制叙事视角叙述，有时也会选用全知叙事视角叙述故事。若是选取第三人称的全知叙事视角，包朗就只是叙述者，不参与断案过程。几篇采用全知叙事视角的小说，是由于包朗结婚了，所以未能参加断案。包朗结婚的安排，也是程小青对“华生结婚”的借鉴。侦探助手包朗结婚之后，程小青就创作了一些包朗缺席的侦探故事。

程小青选用第三人称的全知叙事视角写作的侦探小说，常常有不一样的写作意图和艺术效果。这类小说通常设置为侦探助手包朗缺席，包朗的缺席，使侦探故事变为侦探霍桑独自断案或者和官方警务人员协同办案。这样一来，包朗从侦探助手的角色转换为作家的角色，虽然少了些身临其境之感，但是更加突出了侦探霍桑的人物形象特征。

---

① 程建锋、吕雯霞、张利景主编：《英国经典小说的艺术手法研究》，呼和浩特：内蒙古人民出版社2012年版，第6页。

② 程建锋、吕雯霞、张利景主编：《英国经典小说的艺术手法研究》，呼和浩特：内蒙古人民出版社2012年版，第6页。

③ 程建锋、吕雯霞、张利景主编：《英国经典小说的艺术手法研究》，呼和浩特：内蒙古人民出版社2012年版，第6页。

凡是程小青选用全知叙事视角写作的小说，他常常在小说的开篇，要向读者做一番说明。小说《夜半呼声》就采用了第三人称的全知叙事视角。这篇小说是以侦探霍桑和警员倪金寿为主要断案者，讲述了一个“负心汉”、一个“痴情女”与一个“豪侠”的故事，颇有唐朝传奇小说《霍小玉传》的遗风。在小说开头，程小青安排包朗自述了这篇小说选用全知叙事视角的原因。通过开篇的这种自述也就是“包朗识”，作家解释了小说在叙事视角上改变的原因。

近十多年来，我将霍桑经历的探案陆续发表出来的已经不少，然而就霍桑历年来的纪录而论，还只十分之一二。不过有许多案件，因着种种的关系，一时还不便披露。这一件案子也有相当顾忌的必要，所以案中主要人物的姓名和服务机关大半是隐藏假托的。但全案的情节的曲折离奇，在霍桑的经历中也是不可多得，所以我得到了霍桑特许，提前将它发表出来。当时我因着旅行在外，并不曾亲身预闻，所以在记述的方式上也不能不加变换。这是要请读者们予以谅解的。

包朗识①

小说《新婚劫》的开篇与小说《夜半呼声》的开篇相同，也是包朗的一段自叙。“包朗识”起着点明小说主要故事情节和叙事手法的作用。

凡读过霍桑探案的读者们，大概都知道他的大部分的案子，都是我和他二人合作的，案情的记述，也都凭我亲身经历的见闻。其实自从我结婚以后，我因着和他分居，或偶然旅行出外，不能和他常在一起，他一个人单独进行的案子，数量上也相当可观。就像我所发表的“魔窟双花”“夜半呼声”和“一个绅士”等等，都是他单枪匹马的成绩。本篇所记，也是他一个人奏功以后告诉给我听的；就案情而论，却也当得起离奇曲折的评语。我现在凭着观客的眼光，照着案子发展的程序纪述如下。

包朗识②

包朗在开篇的第一段话，就告知读者自己在这次案件中的缺席，也因此造成了小说叙事视角的改变。小说采用了第三人称的全知叙事视角，包朗缺席，警员汪银林补上，而在叙事时间上也选取了顺叙的叙事方式。程

---

① 程小青：《夜半呼声》，见《霍桑探案集》（3），北京：群众出版社 1997 年版，第 200 页。

② 程小青：《新婚劫》，见《霍桑探案集》（3），北京：群众出版社 1997 年版，第 334 页。

小青为什么要有这样的设计呢？因为程小青在阅读、翻译、借鉴和创作侦探小说的时候，已经意识到了西方侦探小说作家惯有的叙事方式，他们一般都会采用限制叙事的叙事视角。当读者习惯了西方侦探小说这种叙事视角之后，以全知叙事视角写作的侦探小说会与读者已经形成的阅读习惯不相符合，所以程小青写“包朗识”做一番说明。而以全知叙事视角创作侦探小说，就需要更加精心地取材、结构和布局，这样才能弥补其因全知叙事视角所带来的距离感和不真实感。不过，程小青的绝大多数侦探小说都选用了限制叙事的视角、倒叙的叙事方式，悬念叙事结构的小说居多，毕竟侦探小说从本质上来说，是“设谜”和“解谜”的过程。

第三节　从“章回体”到“新小说”

从阅读古代公案小说到借鉴西方侦探小说，程小青改变了公案小说的叙事方式，创作了中国现代侦探小说。程小青的侦探小说完成了从古代“章回体”结构向现代“新小说”结构的转变。

章回体制的公案小说，一般来说是一种线性的、串珠式的小说结构。小说一般都是平铺直叙，作者按照故事发生的时间顺序讲述故事。侦探小说是让读者猜测谁是“凶手”，而公案小说是告知读者凶手是谁，以及凶手是如何认罪的。二者书写的重点不同，自然所选用的叙事结构和叙事技巧就不同。古代公案小说作家一般善于运用“插叙”“补叙”等叙事技巧，在大故事中串小故事，所以纵然小说整体上是平铺直叙的连贯叙事，但作家对故事“演述时间”的分割也使小说结构显得错落有致。而像“神灵给清官托梦”“清官微服私访”“侠客斗武江湖”等离奇曲折的小说情节，又较好地烘托了公案小说的叙事氛围，弥补了平铺直叙的小说叙事的弊端。作为“说书人”的公案小说作者，无所不知，无所不晓，他将故事的“演述时间”把控得恰如其分，客观而宏大地再现了明清时期的社会生活图景和民风民俗，表达了民众对于清明政治和英雄侠义的一种美好的“乌托邦”式的想象。古代公案小说一般都是全知叙事视角，由于其采用了长篇的章回体制，为了更好地再现社会现实生活情状，全知叙事视角是与其小说结构最为相应的叙事视角。

当西方侦探小说带着其独特的叙事结构和小说情节跨海东来之后，给中国作家带来了深刻的影响，给中国读者带来了视觉和心灵的冲击。习惯了阅读古代白话小说和近代言情小说等文学作品的中国读者，面对西方侦探小说“悬念式”的小说结构、巧妙的情节布局和引人入胜的小说取材，感到耳目一新和与众不同。西方侦探小说在小说的结构上，每一方面都与公案小说不一样，它对于中国读者来说就是“从外国来的新鲜事物”，对其总是要“另眼相看”。侦探小说是工业文明社会的产物，契合了工业时代社会的发展和需求，因此与生长于农业文明土壤的公案小说显得非常不同。侦探小说新颖的构思和巧妙的叙事，不仅为中国读者带来了与众不同的阅读感受，也为世界读者呈现了一个精彩纷呈的资本主义社会国家的生活现状。

西方侦探小说的结构和叙事特征，触及了中国作家的神经末梢。在“向西方学习”的口号之下，来自域外的侦探小说也成为翻译家、文学家学习和借鉴的对象。从一开始改变侦探小说结构和叙事技巧的翻译，到之后的原汁原味的翻译，中国作家从初始对西方侦探小说形式的排斥到最终的接受，经历了一个艰辛而必然的过程。在翻译策略改变的过程中，翻译家和作家看到读者对西方侦探小说的接受，加之西方侦探小说本身对中国文学的触动，自然而然地，西方侦探小说的叙事技巧和小说结构渐渐被中国作家所接受。于是，中国作家开始借鉴西方侦探小说的叙事和结构，从“顺叙”“全知叙事”的古代公案小说转变为“倒叙”“限制叙事”的现代侦探小说。中国作家尤其是中国现代侦探小说作家，彻底颠覆了古代公案小说的叙事和结构，使中国现代侦探小说呈现出与古代公案小说不同的小说结构特征和艺术美感。

在这一时代巨浪的面前，程小青是先行者。程小青捕捉到西方侦探小说在小说结构和叙事上的独特性，他有意地借鉴并实践在其侦探小说的创作之中。程小青侦探小说的创作，既继承了古代公案小说的某些叙事笔法，又借鉴了西方侦探小说的叙事技巧。程小青侦探小说的叙事和结构，不仅增强了小说的趣味性和悬疑性，而且以第一人称的限制叙事视角，带给读者身临其境的阅读感受。读者在阅读的过程中，在层层的悬念中拨开云雾，找到真相。以听众和读者为中心的故事讲述方式，使程小青的“新小说”有别于新文学以讲述者（启蒙者）为中心的“新小说”。

总体上来看，在小说的结构方面，程小青对于传统的继承较少，更多的是一种颠覆和创新，这一点不同于他的侦探小说主题表达与人物形象的塑造。在小说的内容方面，程小青对传统有较多的继承；但是在小说的形式方面，更多的是转变。程小青的这种转变，虽然是借鉴柯南·道尔的侦探小说而形成的，但是也十分不易，具有一定的文学史意义和价值。清末民初西方侦探小说传入中国之后，虽然给中国的作家带来了很深的影响，但这其中也只有程小青是少数坚持创作现代侦探小说的作家。从古代的断案故事到现代的侦探故事，从公案小说到侦探小说，这其中的转变，特别是小说叙事方式的转变，代表着中国小说由古代小说向现代小说的转型，这种转变使侦探小说表现出现代性的小说结构特征。程小青的侦探小说完成了这种转变。

对于侦探小说本身，大多数研究者将其归于“类型文学”，所以侦探小说存在“模式化”的特征。因此，侦探小说作家无论从小说的取材、情节的构思，还是叙事方式的选择上，都需要比创作一般小说倾注更多的心力，这样才能使落入“模式化”的侦探小说显得不那么俗套。而程小青创作的绝大多数的侦探小说，虽然在人物设置和叙事技巧方面并没有脱离侦探小说的类型化、模式化的特征，不过，程小青努力使其在小说人物形象的刻画、小说的取材与小说叙事方式的选择上，更加生动、巧妙和多样化。19 世纪二三十年代，正是中西方思想和文化在中国大碰撞的时代，中国文学经历着从古代到现代的转变，而程小青所创作的侦探小说是最能明显地体现出这种转变的文学作品。程小青的侦探小说代表着在那个时代中文学的一种转变，成为中国文学史上永久的经典。

第六章　程小青侦探小说的语言

中国文学对犯罪故事的书写由公案小说发展为侦探小说，小说语言发生了明显的转变。古代公案小说的语言是以古代白话文和唱书语言为主的小说语言，既通俗又古雅，非常有韵味。公案小说中的人物语言，形象、生动、传神地刻画了人物的性格特征，彰显了小说的主题思想，是公案小说最精彩的艺术表现之一。文言文写作，是中国古代文学的主流。公案小说的语言，放在文言文的环境中，已经非常通俗；但是与现代白话文相比，还是存在一定差异。在西方侦探小说和古代公案小说的共同影响下，加之“向西方学习”的社会思潮和“白话文运动”的推动，程小青从最初用文言文翻译侦探小说转为用现代白话文翻译侦探小说；而程小青的原创现代侦探小说的语言也经历了一个由文言文向白话文的转变过程。程小青的小说语言，呈现出一种柔和平淡的风格；另外，程小青小说的人物语言也较好地突出了小说人物的性格特征和角色设定，实现了程小青“侦探小说是一种化装的通俗科学教科书”这一侦探小说的创作观。

第一节　从“江湖”到“日常”

程小青的侦探小说风格细腻、柔婉而平淡，这与他的写作语言风格相关。从最初的文言文翻译、创作到之后的现代白话文翻译、创作，程小青的侦探小说中总能读到鸳鸯蝴蝶派作家一贯的叙事语言风格特色，字里行间流露出“书卷气”。虽然，程小青自己说“侦探小说是一种化装的通俗科学教科书”，但实际上，程小青并没有真的把侦探小说写成科学的教科书。程小青侦探小说的语言极具文学性。阅读程小青侦探小说，可以感受到“十里洋场”的上海风俗风情，在一种柔婉、细腻的语言世界中，感悟作者对家国、民族和世事的深切关怀之情。

一、“书卷气”

清末民初的中国一片混乱和黑暗。落后的中国被欺侮、被践踏。有识之士想到“向西方学习”，清政府也实行“师夷长技以制夷”的方略，试图挽救中国的命运。于是，包括西方侦探小说在内的大量西方作品涌入中国，小说翻译成为当时重要的文学活动。像林纾、周桂笙、包天笑等都是著名的翻译作家，英国作家柯南·道尔的“福尔摩斯探案”系列小说是当时众多作家和翻译家热衷翻译的小说作品。

1920 年，程小青应中华书局之约，跟刘复、严独鹤、周瘦鹃等作家合作译述了《福尔摩斯探案全集》。之后，程小青又应世界书局之约，作为主持将当时流行的全部“福尔摩斯探案”系列小说共六十篇（包括长篇四篇）又都以白话文翻译，更名为《福尔摩斯探案大全集》，在 1934 年结集出版。程小青在阅读和翻译柯南·道尔的“福尔摩斯探案”系列小说之后，开始对西方侦探小说有了一个全面的了解和认识，这也为他日后创作中国现代侦探小说打下基础。

清末民初的中国作家在翻译西方小说时，一开始多翻译为文言文。如《绣像小说》第一期至第四十八期（1903 年至 1905 年），一共刊登了十七篇翻译小说，其中用文言文写的就有八篇。程小青在翻译侦探小说初始，也是用文言文翻译。不过，程小青的文言文是一种“新文言”，比古代文言文要浅显一些。程小青早期翻译过英国作家弼斯东的《碧珠记》，发表在《小说月报》第 8 卷第 6 期。这篇小说就是以文言文翻译的：

霍南德利谷曰：余自与柯娜菱夫人交识以还，每事颇得其信任。夫人多金，喜蓄珍宝，凡钻石珠翠，以及奇珍稀世之品，搜罗绝富，伦敦中无出其右。两阅月前，夫人授意于吾，令购一宝石之手钏，钏为意大利某命妇所有，颇著名于时。今命妇式微，风闻方待价而沽。顾以门望攸关，不能显然求鬻，则交易之事，势不得不出之秘密。柯娜菱夫人闻此，亟思得之，乃授余巨款，令以术为之购致。读吾书者，当知余于宝石之事，经手已伙，而购致云云。实为余日记中绝无仅有之词，乃此次赴意，事绝棘手，竟不能行施故技。终乃出价购之，遄归复命，而夫人得钏，尤极称余能克奏厥功，以是驰函奖饰，谀词盈纸。此时余独居书室，方批阅夫人来书，书中语句温馨，字迹娟秀，读之如饮醍醐直沁心肺。余旋出卷烟吸之，引背就椅。徐徐吐呐，菸纹缕缕上升，成为圆形，渐高渐散，久乃弥布于室。已而静居无憀，复历历追溯往事，默念行术数载，差幸不落人后。闻余名者，靡不称余为智。夫智之为用，实足网括万有。初不止仅指余业，若医生疗疾，律家辩讼，口才手技，在在须神机应化，或操觚之家。摇笔为文，则运思结想，亦必以奇妙为主。凡诸所举，但荦荦大者，而论其归宿，无莫非智之一字。余自入世以来，亦但恃智为生，潜移默化，应用弗穷。及至于今竟与宝琳、阿美特辈，鼎足而三，智名鹊噪，不胫而走，直已遍传于欧美大陆。盖余三人非他，即迩今世界盛赞称之“宝石三巨贼”也。[1]

细读这段文字，程小青的文言文采跃然纸上。程小青多用成语、四字短语，韵散结合，语言简练、优雅、古典，却并不特别晦涩艰深。像“待价而沽”“如饮醍醐”“缕缕上升”“潜移默化”“不胫而走”这些成语在现代汉语中也经常出现；不过像“谠归”“菸纹”“无缪”“荦荦”这些词语，在现代汉语中已经不常出现，是古典文言语词。如“荦荦”出自《史记·天官书》，“此其荦荦大者，若至委屈小变，不可胜道”。在现代汉语中演变为“荦荦大端”，比喻主要的项目，明显的要点。词语的选择和运用影响了小说的语言风格，也显现了近代以来“新文言”的语言特征。

由于程小青在翻译侦探小说时喜欢用四字成语，而成语在语言演变过程中，在现代汉语中保留了下来，所以，现在读程小青的文言翻译侦探小说既有一种古典美感又不致过于难懂。中国的成语有两大来源：书面语和口头语。从书面语言中得来的成语，或来源于古代典籍，或来源于寓言故事和神话传说，或来源于历史事件和名人轶事。成语有很大一部分来自口头语言，这些成语带有明显的通俗性，经常在通俗文学作品中出现，[2] 如古代公案小说、程小青以文言文翻译的侦探小说等，这些小说由于经常使用成语，所以显得通俗生动。

对于有文言文基础的读者，阅读程小青以文言文翻译的侦探小说，会深感其中的语言之美。程小青的文言翻译侦探小说，读起来朗朗上口，流畅如水。用文言文翻译西方侦探小说，会形成一种中西交融的语言风格，别具特色，使读者感受到一种古典与西洋结合的艺术魅力。就如小提琴是西洋的乐器，而小提琴协奏曲《梁祝》却成为千古绝唱。用西洋乐器诠释中国古典的爱情故事和用文言文翻译西方侦探小说，二者都是中西方文化融合的表现。下面节选了程小青早期的翻译侦探小说作品《花后曲》的一段：

“某君拟招致游行衢市之乐工一人。须善吹考耐脱（乐器中主音之器，

---

① ［英］弼斯东著，程小青译：《碧珠记》，《小说月报》1917 年第 8 卷第 6 期，第 1 页。

② 东云主编：《中外文化常识一本通　不可不知的 1500 个文化常识》，北京：中国华侨出版社 2016 年版，第 143 – 144 页。

可独奏）者。如愿承乏，不吝厚酬。请于晚间八时，至勃列斯冬恩特路二二七号接洽。”

此奇异之广告。一日萧晨，余友莱痕特得之于推立夫晨报之中。读竟，深为注意。因指示余曰：“洛度克，汝视观之，此胡为哉。”时余方默坐有所思维，殊不厝意，即曰：“勿尔，此事琐琐无涉吾侪，君奚为虚糜无谓之脑力。须知麦希伦一案，棘手不易就绪，吾等宜预筹陈辨之词，俾少须对簿时，不至哆口结舌，无以应付也。”莱痕特曰：“虽然，但其人招致游食之乐工，究将何图，一时殊无从索解，洵奇闻也。”言已，仍执报弗释，数数朗诵此广告，若方竭力推测其奥者。①

“考耐脱”“莱痕特”“勃列斯冬恩特路”“洛度克”“麦希伦”等，这些都是西方乐器名、人名和地名。程小青选择音译这些词，保留了原小说的西洋色彩。但还有一些词却充满了古典色彩，如“对簿”一词，最早出现在《史记·李将军列传》，原意为在官府受审问，用在侦探小说的翻译中，又使侦探小说附上了中国本土的色彩。清末民初的翻译家在翻译西方小说的时候，考虑到中国读者群的文化心理和阅读习惯，因此无论在小说语言、小说叙事等方面，都试图使侦探小说变得中国化和本土化。

随着白话文写作和阅读的普及与推广，程小青从用文言文翻译侦探小说转为用白话文翻译侦探小说。但是，程小青所使用的白话文，实际上是一种浅近文言文。关于这一点，梁实秋曾谈到过：

晚近的白话文运动是划时代的大事，在文学发展上是顺理成章的向前一大步迈进，这是无人可以否认的，但是白话文学仍是通过文字才得表现，文学作品无法越过文字的媒介而直接的和语言接触。现代白话文实际上是较浅近的文言文，较合逻辑的浅近文言文。②

梁实秋在此提到，现代白话文实则是一种浅近文言文。这是由于近现代作家在翻译和创作的时候，其实未能完全抛开文言文。以程小青用白话文翻译的侦探小说《碧海一浪》的其中一段为例：

当齐德尔郡主得到利维尔的时候，大家都把这消息互相哄传，呈一种

① 程小青译：《花后曲》，《小说大观》1916年第6期，第1页。

② 梁实秋：《语言·文字·文学》，见梁实秋：《梁实秋散文集（第2卷）》，长春：时代文艺出版社2015年版，第124页。

惊异的样子。原来在这清凉的利维尔海滨，曾经发生过几次珍宝劫案。此刻，那里虽然有许多避暑的人，还没有发生过窃案，但大家的心目中，都怀着戒心，以为盗窃的祸患随时都可以发生。所以，许多有钱的妇人，一到晚上便把珠钻珍贵的饰品都藏在保险箱里，他们也只伏在旅馆里面，不到日出的时候，绝不轻易出旅馆的门。旅馆中的防备也格外严密，除了守夜的夫役以外，又从巴黎派下几个特别侦探，终夜在旅馆中往来梭巡。因此之故，大家一听得齐德尔郡主一到，竟不由的惊动诧怪起来。因为郡主是有名的贵族。伊有一条碧玉项圈，更是名贵的东西。①

“哄传”“梭巡”“诧怪”“伊”这些词，实际上还是文言文词汇。程小青的白话文，属于鸳鸯蝴蝶派的旧白话，与五四时期的新体白话还是有所不同。鸳鸯蝴蝶派作家承袭了古代通俗小说一脉，但比古代白话文要更加通俗一些，又比五四新体白话要古雅一些。五四新体白话实际上也受到鸳鸯蝴蝶派作家旧体白话的影响，因为当时众多的鸳鸯蝴蝶派作家都参与了对西方小说的翻译活动，而翻译小说的语言影响着中国新体白话的形成。

近代的翻译文学，直接形成了一种新的白话文体，它就是五四新体白话的直接源头。“鲁迅和周作人曾称赞周瘦鹃《欧美名家短篇小说丛刻》在当时是‘昏夜之微光，鸡群之鹤鸣’”②，周瘦鹃的译文和程小青相似，偶尔会用一些“浅近的文言成语，总体风格明澈晓畅，清新优美”③。

新体白话是一种被翻译逼出来的新体文，新体白话的出现和 19 世纪末期以来近代大都市迅速兴起，市民和新型知识分子大量涌现这些社会条件有关，也和文学革命的倡导以及新文学创作发展的客观要求有关。但最早促成它的动因，实在出于忠实译介西方文学的需要。④

以文言文翻译西方小说，虽然也可以做到优雅、贴切，但很多时候实现了翻译的“雅”，却不能很好地实现“信”。“文学翻译要真正准确贴切

① 程小青译：《碧海一浪》，《半月》1924 年第 3 卷第 10 期，第 1 页。

② 严家炎：《“五四”新体白话的起源、特征及其评价》，见严家炎：《师道师说：严家炎卷》，北京：东方出版社 2016 年版，第 39 页。

③ 严家炎：《“五四”新体白话的起源、特征及其评价》，见严家炎：《师道师说：严家炎卷》，北京：东方出版社 2016 年版，第 39 页。

④ 严家炎：《“五四”新体白话的起源、特征及其评价》，见严家炎：《师道师说：严家炎卷》，北京：东方出版社 2016 年版，第 36 页。

地传达出原作的风貌、对话的韵味，还是要以白话来译。”[①] 以文言文翻译西方小说，有的“按译者审美趣味删节原作，整章不分段落，对话不分行书写等译法，与懂得外文的读者的阅读期待难以吻合”[②]。比如上文程小青的《碧珠记》，就是整章不分段落，虽然语言古雅优美，但与西方原著的著述风格还是相差甚远。清末民初的翻译家，周桂笙、包天笑、周瘦鹃还有程小青，后来都改用白话文翻译外国小说，“新体白话文，就在这类翻译小说在传播的过程中，不知不觉逐渐形成，且被读者所接受”[③]。

新体白话文和古代传统白话小说的语言有所不同。新体白话文是“以现代口语为基础，容纳某些文言词汇，避开过于生僻的方言乡音，语法结构上有时虽略带一些外语的痕迹，却比较顺畅自然，可以被一般读者所接受”[④]，上文程小青的《碧海一浪》就是代表。程小青在用新体白话文翻译侦探小说之后，在侦探小说的创作上，也不再使用文言文，而是改用新体白话文。

无论是以文言文还是白话文翻译西方侦探小说，程小青的翻译小说语言都表现出一种“书卷气”，这与他深厚的古典文学和文言文学养是分不开的。林琴南说：“非读破万卷，不能为古文，亦不能为白话。”[⑤] 文言文简洁雅致，富有文化意蕴；白话文通俗易懂，各有千秋。文学在本质上是一种语言的游戏，[⑥] 故而绝不肯屈从于日常语言。鲁迅的白话小说，实则也是文白夹杂，带着浓厚的日语语法痕迹。就是到了当代，作家贾平凹的小说语言，也仍是商洛方言和《水浒传》式的明清白话的混杂体。所以，程小青的翻译小说语言无论是文言还是白话，都不是完全的大白话，有强烈的鸳鸯蝴蝶派作家的语言特点，偏重古雅、略带通俗，将古典与现代相融合，而这也是民国时期特有的翻译小说的语言风格。

---

① 严家炎：《“五四”新体白话的起源、特征及其评价》，见严家炎：《师道师说：严家炎卷》，北京：东方出版社 2016 年版，第 37 页。

② 严家炎：《“五四”新体白话的起源、特征及其评价》，见严家炎：《师道师说：严家炎卷》，北京：东方出版社 2016 年版，第 37 页。

③ 严家炎：《“五四”新体白话的起源、特征及其评价》，见严家炎：《师道师说：严家炎卷》，北京：东方出版社 2016 年版，第 37 页。

④ 严家炎：《“五四”新体白话的起源、特征及其评价》，见严家炎：《师道师说：严家炎卷》，北京：东方出版社 2016 年版，第 37 页。

⑤ 蒋寅：《白话文运动的危机·序言一》，转引自李春阳：《白话文运动的危机》，北京：生活·读书·新知三联书店 2017 年版，第 1 页。

⑥ 蒋寅：《白话文运动的危机·序言一》，转引自李春阳：《白话文运动的危机》，北京：生活·读书·新知三联书店 2017 年版，第 1 页。

二、“文言”与“白话”的缠绕

在经过用文言文和白话文分别翻译柯南·道尔的“福尔摩斯探案”系列小说之后，程小青从中受到了很大的启发，也因此开启了创作中国原创现代侦探小说的道路。

白话文运动之后，实际上白话文在当时还并不是十分普及。作为鸳鸯蝴蝶派作家之一的程小青，承袭的是中国通俗小说，是传统的旧式文人作家。在创作之初，程小青首先选用文言文创作了数篇现代侦探小说，代表作品有《角智记》《江南燕》《无头案》等。《江南燕》这篇文言侦探小说，是以侠客江南燕为小说的主人公，从主人公的名字就可以看出，程小青受到中国古代公案小说和武侠小说中的侠客形象影响之深，而这种影响在程小青的其他侦探小说作品中也一直有所体现。虽然《江南燕》是用文言文写成的侦探小说，但是这篇小说的语言却十分具有感染力，并不佶屈聱牙。程小青之子程育德在《程小青和〈霍桑探案〉》一文中就提到过他父亲所创作的《江南燕》。程育德说：

《江南燕》是他（程小青）早期用文言文写的一则短篇。在初春的一个傍晚，包朗和霍桑登苏州葑门城墙散步，有一小段描写在暮色苍茫中远眺古城垣内外的风光。只有短短两百多字，就把姑苏城外一角的自然景色写得淋漓尽致，流露出我父亲对家乡的深厚感情。[①]

程育德对其父亲小说的印象和评价，显示了程小青深厚的语言叙事功底和老道的文言叙事水准。

客聆其言，将信将疑。本欲究询，顾不能更留，即鞅鞅去。霍桑始含笑，拊余肩曰：“包朗，今趣，备早餐，餐后可助吾破案，意君必乐往也。”余大喜，允诺，遂立命进食。食垂终，格恩忽至，言其父招霍桑晤商一事。霍桑立辍食，起曰：“可，可。包朗君腹已果否？吾等当立行。”余应之，遂立整衣，随往。将抵孙宅，霍桑忽闪入后巷，已复折回，谓余曰：“后户守警果都撤去矣。”既而同入孙宅。守根迎于厅事，霍桑即趋与寒暄，且含笑问曰：“尊夫人所患如何？殆已平复否？”守根谛视其面曰：

① 苏州杂志社编：《〈苏州杂志〉文选　故人》，上海：文汇出版社2016年版，第46页。

"谢君，幸已稍瘥。然今吾相招，实欲咨询一事。据洪福言，盗者并非江南燕，故已遣散守根。惊异曰信乎，先生果已得贼耶？"①

这一段文字也选自小说《江南燕》，可以看出，程小青的文言文同古代文言小说的文言文既有相似又有不同。程小青的文言文比古代文言文要浅显易懂，但比古代白话文要艰深晦涩。中国作家在最初创作侦探小说之时，选用的是文言文而不是沿袭古代通俗小说的古代白话文。通俗的侦探小说到了现代文学作家这里，却是用文言文写作。不过，程小青的文言文实际上是一种"新文言"，钱钟书谓之"现代文言"。"新文言"是指五四新文化运动"提倡白话文，废除文言文"以来，文人、学者、文化水平较高的官员等，写作和发表时所用的新质文言文和富有文言气息的语言。新文言承继了旧文言的简练和典雅，摈弃了其中的古奥和艰涩，吸收了白话文新的词汇和新的表达方式，力图传达新的内容、新的思想，表现新的世界、新的生活。新文言不作注释，一般稍有文化程度的人大体都能够看懂，但写不出来。正因为看得懂，写不出，因而比白话文更具吸引力。②

"五四"时代虽然以提倡白话为口号，但是为了那个时代的英雄要建立起真正大众的语言，本是不可能的。何况为了中国经济的特殊条件，正如民族资本家刚一抬头便与封建地主结合了一样。"五四"的白话虽然在理论上战胜了文言，而稍缓立刻与文言结合而成了新的文言。③

程小青作为鸳鸯蝴蝶派的代表作家，还是比较传统和保守的，选择以文言文写作侦探小说，对于程小青来说是顺理成章的事情。但是，当时侦探小说的受众已经不仅限于"上流人士"，也面向一般普通读者，所以为了读者阅读的流畅和通俗易懂，程小青的文言文与古代文言文还是有很大不同。后来，随着新文学运动和白话文运动的开始和逐渐发展，在经过了很长一段时间的"文白之争"④ 之后，许多现代作家开始用白话文写作，开启了中国新小说的浪潮。于是，程小青也渐渐地将创作的重心放在了用现代白话文翻译和创作侦探小说上。

---

① 程小青：《江南燕》，《先施乐园日报》，1919年7月9日。

② 罗维扬：《罗维扬文集5 散文卷》，武汉：武汉出版社2014年版，第352页。

③ 胡绳：《文言与新文言》，转引自文振庭编：《文艺大众化问题讨论资料》，上海：上海文艺出版社1987年版，第250－251页。

④ 五四新文化运动不仅高举反孔的大旗，以胡适、鲁迅为代表的领军人物还主张用白话文代替文言文，遭到林纾、黄侃、章士钊等人的反对，由此在学界掀起了"文白之争"。

自从文学革命开始，胡适的《文学改良刍议》，使他成为白话文运动的先驱。1916 年，胡适把他对文学革命的看法，具体概括为八项主张寄给了陈独秀，在陈独秀的“详其理由，指陈得失”的建议下，胡适最终又将八事“衍为一文”，这就是被陈独秀称为“今日中国之雷音”的《文学改良刍议》。在精神上，胡适希望青年们不要发牢骚之音，而要奋发有为，在国家患难之际，努力地唤醒民众。他用进化论思想喊出了具有拓荒意义的“一时代有一时代之文学”的口号，打破了中国人厚古薄今的迷信，进而提出了“今日之中国，当造今日之文学”的观念，这样才能使中国的文学上升到世界第一流文学的地位。在形式上，胡适倡导青年们应该抛弃陈词滥调，“不用典”“不讲对仗”“不避俗字俗语”，以自身的亲见亲闻来叙述现实的经历。胡适通过梳理中国白话小说、话本等通俗文学的历史，认为白话文将是中国文学的正宗。①

白话文运动源自当时的知识分子对“言文一体”的要求。他们认为，文言文作为旧文学的语言工具，已经不合时宜了，不能适应新时代和新报纸杂志的需求。在西方文化的影响之下，所有新的学术、新的思想，必须以一种新的语言、新的文体才能表达得晓明流畅。所以，有识之士提倡普及白话文的书写和阅读，认为以此才可以新民智。清朝末年，清政府废除了科举制度，兴办了学校，推行了“国语运动”，这些也加速了白话文和新文学运动的发展。但是事实上，像陈独秀、李大钊、胡适、鲁迅、钱玄同、刘半农这些推动白话文运动的作家，他们的古代文学的造诣和文言文的功底都是很深厚的，只是他们在接受了西式的教育之后，由于对中国古代文学文化进行了反思，觉得白话文才是顺应历史潮流的书写文字，② 才会推崇用白话文写作。

程小青作为新时代、新文学的弄潮儿，自然而然地也要顺应新的语言发展趋势。程小青侦探小说的语言转变体现出了当时的文学语言的转变。从程小青最初用文言文翻译西方侦探小说，到后来又用白话文重新翻译西方侦探小说，同时又用白话文创作中国现代侦探小说的过程，可以看出程小青在侦探小说语言的选择上经历了从文言文到现代白话文的转变。程小青的这种转变，也是很多中国现代作家在创作新小说过程中的一种语言转变。这些作家的小说语言的转变，一方面说明当时文言文创作已经不是文

---

① 高占祥主编，刘祥英著：《五四新文化运动》，北京：北京时代华文书局 2016 年版，第 29 页。

② 高占祥主编，刘祥英著：《五四新文化运动》，北京：北京时代华文书局 2016 年版，第 30－36 页。

学创作的“主旋律”了；另一方面也展现出中国文学从古至今语言转变的复杂轨迹。这实际上，是中国政治、经济、文化的转变给文学带来的深刻影响的表现。在时代的洪流面前，文学语言的变迁，展现了时代的变迁。

中国作家在白话文运动之后，逐渐摆脱了文言文的束缚，实现了从古代文学向现代文学的转变。用白话文写作，可以使作家与其文学作品从古典文言文中解放出来，从真正意义上实现文学语言的现代性转变。不过，白话文运动在对古典文言文写作进行反抗、颠覆的同时，似乎矫枉过正，使得中国现代小说的语言或多或少地又走向了“欧化”的特征，显得不伦不类。细看民国时期许多作家的作品，其语言是一种介乎浅近文言文、新体白话文又富于欧化特征的语言，也并不是纯粹意义的现代白话文。中国现代小说的语言和中国当代小说的语言，还是有着明显的差别，当然这其中也有语言本身的演变问题。

在程小青的现代侦探小说中，就可以找到很多古典文言文语词和欧化语词。比如下面这一段描写秋景的文字：

最近接连阴了几天，沉沉的阴霾像破棉絮似地塞满了天空，连绵地细雨蒙蒙，非常闷损。这一天突然放晴，陡觉秋高气爽，虽是冷些，精神上却舒畅得多。

外面的空气的确是澄鲜异常。松爽的感觉，因着嗅神经的媒介，顿时展布到全身。一轮红艳的晓日已从东方推升起来，红霞缕缕渲染着蔚蓝的晴空的一角，煞是美丽。道上的泥泞，经风姨一夜的收拾，也已完全干凝。我们沿着那树荫的侧径慢步行进。干黄的树叶在树头簌簌地颤着，一阵风过发出萧萧瑟瑟的哀音，又一片片落在我们的身上。

我不禁怅触地说：“唉！这些叶子的生命已经到了归宿期了。人们的生命也正像这叶子一般地短暂，归宿的期限也只在转瞬间哩！”①

从这一段可以看到，程小青小说的语言修辞丰富了起来。这几段描写秋景的文字，没有了像古代公案小说中的“秋色萧萧”“花香馥郁”“金风瑟瑟”“星斗齐辉”这样的四字词语，而是多了些“沉沉的阴霾像破棉絮似地”这种比喻手法的修辞语句，少了成语、多了修辞。程小青分别从视觉、触觉、嗅觉等多种感官层面去描写朝霞、秋色、秋风、秋叶等景象，这样描写的优点在于其细腻和新颖。程小青把人的生命比作如秋叶一

① 程小青：《案中案》，见《霍桑探案集》（2），北京：群众出版社 1997 年版，第 2 页。

般，语言中充满了伤感和浪漫主义的色彩。而程小青侦探小说的“生涩”词语也逐渐增多。像“闷损”“陡觉”“澄鲜”“松爽”“风姨”“干凝”“怅触”“归宿的期限”等词语和短语，在现在的书面语和口语中已经不常见了，这很有可能是程小青的造词，或者是现代汉语已经淘汰了的词语。又如，程小青侦探小说中的一段关于西湖美景的描写：

我们乘着一只瓜皮小艇，在西湖里荡了一会，就在平湖秋月进晚餐。那晚恰巧是上弦，凉风挟着花气在水面上轻轻拂过，著肌不太寒，只觉得疏爽。弯弯的眉月映照着波心，那鱼鳞似的水波沦涟荡漾，月光也随着闪动，仿佛幻出千百个月儿。身临到这种清幽的境界，精神上自有一种无可言喻的快感。归寓时小艇又冲波前进，短桨起落，又好似把月儿敲成片片。①

时间已是十一点半。深秋天气，湖滨上早已断绝行人。夜风一阵阵吹在脸上，有几分寒意。天空密云四布，把那半丸弦月层层密密地包裹着，不露出一丝光来。瞭望湖面，一片沉黑。我回想起昨夜里明静的湖波，皎洁的月儿多么可爱，今夜却完全不同。天时的不测和人事的变迁，往往出人意外，正是一个样子。②

这一段描写西湖美景的文字，与上文描写秋景的文字相类似，“著肌不太寒”“时间已是十一点半”“早已断绝行人”这些语句，显然还带着文言文的痕迹，而且与口语的距离也相差很远，其实并没有完全实现“我手写我口”。因此，程小青侦探小说的语言，呈现出一种古典和欧化相融合的白话文的特征。

在白话文运动之前，古典文言文作为规范的书面语言，经过了数千年的沉淀；而现代白话文写作，在程小青那个时候才刚刚开始，并没有形成规范和系统的书面语词。所以，在阅读程小青侦探小说之时，无论从语言的风格、语词的选择、语法的构型等方面，都会感受到一种既不同于古代公案小说又不同于当代小说的语言风格，这是一种独有的属于那个时代的中国现代侦探小说的语言风格。

五四时期的“文言文和白话文的区别，不仅是文学外部语言形态的区

① 程小青：《蜜中酸》，见《霍桑探案集》(2)，北京：群众出版社 1997 年版，第 397－398 页。

② 程小青：《蜜中酸》，见《霍桑探案集》(2)，北京：群众出版社 1997 年版，第 410 页。

别，还意味着文学内在精神的平民化”[①]。文言合一，体现了深刻的平民主义文学的价值追求。[②]“现代汉语不只是白话对于文言地位的取代，更是语言思维的扭转，是新文学的平民主义价值追求的体现。”[③]“作为过渡阶段的语言，五四小说的语言‘文白夹杂’‘中西合璧’，是一种全新的语言形态。”[④]作家“以个人性的语言为基础，采用有生命的文言词语，使行文典雅洗练；又摄取了一些西洋句法，使语句自由活泼；吸收了白话文和文言文的优点，能雅则雅，当俗则俗，自然、平实、新鲜”[⑤]。

这样的语言风格也体现在程小青侦探小说中，程小青侦探小说大多取材于底层社会，面向的读者主要是上海的市民阶层，在小说语言上自然首先必须通俗易懂。程小青又以“侦探小说是一种化装的通俗科学教科书”作为其小说创作的信条，如若小说语言晦涩难懂，自然难以实现普及科学的心愿。所以，无论是以文言文或是白话文创作侦探小说，小说语言的通俗性是程小青首先考虑的因素。在小说语言通俗的基础上，辅之以古雅的文言语词、欧化的语词和语法，使程小青侦探小说的语言具有古典文学和西方文学的双重风格，展现出古今中外融汇的小说语言特征。

三、细腻柔婉的风格

每一个小说家都有自己的语言风格，小说家语言风格的形成有非常复杂的原因。作家有可能是受到阅读过的经典作品和各种书籍的影响；也有可能是受其所处时代的文学和语言潮流的影响，语言在不停地演变，时代语言的烙印会体现在作家作品中；还有可能是由作家的个性、气质、创作宗旨等因素所决定，所谓“文如其人”。但是，绝大多数情况下，作家是受这些因素的共同影响而形成其作品的语言风格特色的，也因此，不同的作家作品有不同的语言风格。

① 林荣松：《五四小说的语言风格》，见林荣松：《五四小说综论》，福州：福建教育出版社2012年版，第244页。

② 林荣松：《五四小说的语言风格》，见林荣松：《五四小说综论》，福州：福建教育出版社2012年版，第245页。

③ 林荣松：《五四小说的语言风格》，见林荣松：《五四小说综论》，福州：福建教育出版社2012年版，第245页。

④ 林荣松：《五四小说的语言风格》，见林荣松：《五四小说综论》，福州：福建教育出版社2012年版，第248页。

⑤ 林荣松：《五四小说的语言风格》，见林荣松：《五四小说综论》，福州：福建教育出版社2012年版，第248页。

20世纪80年代，中国现当代文学的著名作家汪曾祺在“语言学转向”的背景下，提出了“写小说就是写语言”的语言本体观。从俄国形式主义的“语言就是形式”到英美新批评的“语言就是艺术本身”，再到结构主义的“语言结构本体论”的观点，这些文学批评方法都试图将语言从传统意义的工具中摆脱出来。语言不仅只是工具，汪曾祺认为“语言即内容”“语言是文化的积淀”“语言即风格”，[①] 语言对于文学作品来说有至关重要的作用和意义。

中国古代文学中的先秦散文就体现出了不同作家的不同语言风格特色：《左传》的委婉曲折，《国语》的平实质朴，《战国策》的诡谲多变，《论语》的言简意赅，《孟子》的气势浩然，《墨子》的逻辑严密，《庄子》的汪洋恣肆，《韩非子》的深刻峭拔……这些经典作品形成了先秦散文“百花齐放”“百家争鸣”的盛况，成就了中国哲学的“黄金时代”。这些散文光彩焕发、结构严整、文句精粹，将严密的哲学思想，装载于美丽多趣的文字之中。[②]

不仅古代散文的语言生动无比，古代小说的语言也毫不逊色。例如，清朝的文言小说《聊斋志异》，继承了古代的志怪小说和唐朝传奇小说这两类文言文小说的传统，同时又吸收了古代白话小说的某些长处，形成了小说自身独特的叙事语言风格。作者蒲松龄以丰富的想象力虚构了一系列离奇的故事和情节，在这些离奇的故事情节中，作者通过细致和富有生活真实感的描写，塑造了一系列生动活泼且人情味浓厚的艺术形象。作家使读者能够沉浸于小说所虚构的恍惚迷离的场景和氛围中，感受阅读小说的快乐。小说的叙事语言以文言文为主，简洁、优雅，人物语言也以文言文为主，同时巧妙地融入浅白的语词语句，这样一来既不破坏总体的语言风格，也在一定程度上克服了文言小说对话难以摹写人物神情的缺陷。蒲松龄创造性地继承了古代六朝志怪小说和唐朝传奇的优秀语言传统，[③] 小说语言优雅中略带通俗，流畅自然，极具特色。《聊斋志异》在文学上获得的成就，很大程度上取决于其独特、生动的小说语言风格。

中国古代文论中也有不少关于语言风格的研究。曹丕在《典论·论文》中从“文气论”出发谈“建安七子”各自诗赋的特点和风格；陆机在曹丕的基础上，将文体分为十类；刘勰的《文心雕龙》更是创造了作家

---

① 肖莉：《“写小说就是写语言”：汪曾祺小说语言观阐释》，《福建论坛·人文社会科学版》2007年第4期，第96页。

② 郑振铎：《插图本中国文学史 上》，北京：中央编译出版社2012年版，第49页。

③ 文若愚：《图说世界文明史》，北京：北京联合出版公司2016年版，第242页。

语言风格的理论系统，“气以实志，志以定言，吐纳英华，莫非情性”[①]，说的就是作家的气质和个性决定了作家的情感、志向，而不同的情志表现为不同的言辞，作文、写诗都是情性的表现。[②]“一位作家选择某种文体进行创作，这与他的性格和情性有密切关系。”[③]“一个人的性格、一个民族的精神，乃至一个国家之国民性格的形成，皆与其生存的自然环境和人文环境有密切的关系。风土决定气质，地域影响性格。”[④]作家对文体的选择和取舍，作家的语言习惯，作家的叙事风格，都是与地理环境和地域文化相关联的。[⑤]

近现代在上海聚集了一批鸳鸯蝴蝶派作家，如周瘦鹃、包天笑、李涵秋、徐枕亚、张恨水等，这些作家擅长写通俗小说，基本上都生长于上海、江苏一带，这些作家的作品普遍呈现出一种带有江南水乡般的诗意和书卷气的小说语言风格。程小青就是其中的典型代表作家，他出生于安徽，在上海生活成长，后来又定居江苏。江南水乡的温润气候和上海“十里洋场”的复杂文化背景对程小青的文学创作和语言风格的形成有着重要的影响。程小青的成长环境、身世、性格和爱好，决定了他侦探小说的语言风格：既有“吴侬软语”的风格，柔和、绵软、细腻，蕴含着浓厚的沪上风俗人情味道；又大胆地摒弃了古典文言文的传统，充满了现代小说的简洁、流畅、深刻的语言风格特色。

程小青本人也非常注重小说的语言，他认为，小说语言是能体现出侦探小说文学性的重要因素之一。在《谈侦探小说》中，程小青说道：

侦探小说有文学价值乎？抑无文学价值乎？此语诚不易解答。盖侦探小说本身，是否属于文学范围，初无一定之鸿沟，要视其组织描写而定。夫文学之条件，要不外乎语句之组织，局势之构造，皆须有艺术手腕，而所述之情节，又须深切动神，能印入阅者之心坎。侦探小说之佳者，不但能适合上列之条件，而描写既真，尤能吸引读者之神智，自始至终，不使

---

① 袁徽、宗廷虎：《汉语修辞学史》，太原：山西人民出版社1995年版，第75－76页。

② 肖莉：《“写小说就是写语言”：汪曾祺小说语言观阐释》，《福建论坛·人文社会科学版》2007年第4期，第96页。

③ 汪文学：《边省地域与文学生产——文学地理学视野下的黔中古近代文学生产和传播研究》，上海：上海古籍出版社2016年版，第301页。

④ 汪文学：《边省地域与文学生产——文学地理学视野下的黔中古近代文学生产和传播研究》，上海：上海古籍出版社2016年版，第301－302页。

⑤ 汪文学：《边省地域与文学生产——文学地理学视野下的黔中古近代文学生产和传播研究》，上海：上海古籍出版社2016年版，第301－302页。

厌倦。甚或移神入书，若自承为书中之主角，为之构思设想，虽为作者笔尖所欺，而犹手舞足蹈以欣赏之。若是，则侦探小说果明明属于文学范围，初无疑义。反之，若摭拾一案，平铺直写，如新闻式之记载，或如报告之记录，或徒眩案情之惊骇、动作之离奇，而文体组织，既无条理艺术可言，则即不能以文学论矣。①

程小青认为，侦探小说是否有文学价值不好评断，但是如果侦探小说的语句组织和局势构造都有艺术手腕，情节又深切生动、吸引读者，就可归于文学的范畴。所以，侦探小说是否具有文学性，取决于作家在创作侦探小说时的艺术手法，这其中就包括语言的真切、情节的趣味，还有构思的精妙。程小青非常注重侦探小说的艺术表现力，自然对小说的语言也是反复揣摩的。程小青希望他的侦探小说具有较强的文学性，因此为侦探小说正名。

在创作现代侦探小说的过程中，程小青无不实践着他对于侦探小说的这一创作观点。细读程小青侦探小说的语言，温婉中带有几分玄妙，细腻中带有几分粗犷，总体来说呈现出一种朴实、柔婉的语言风格。在朴实柔婉的语言叙事中，程小青可以将19世纪二三十年代上海的沪上风物人情，“十里洋场”的妩媚与残酷展现在每一个令读者或惊惧或叹惋的侦探故事中。

我立即了解伊的意思。那地板本是漆着栗壳的颜色的，但抹拭得不很清洁，又因着陈旧的缘故，漆光早已磨灭，靠门口的部分更其磨损得多，已显露出松木的本色，故而即使有什么足印也已瞧不清楚。就在这门口的一边，有一条细而曲的流痕，殷红触目！

那是血！②

《窗》中的这段文字，描述了凶案现场阴森和恐怖的情状。作家通过描写包朗看到鲜血之后心理和生理上的感受，直接传递给读者一种恐怖的感觉。描写凶案现场的血痕和目击者的直观感受，为小说营造出一种紧张的气氛，渲染出一种恐怖的情境。不过，由于程小青的语言风格近乎温婉，语言节奏也较为缓慢，所以也会在某种程度上削弱这种紧张和恐怖的小说氛围。

---

① 程小青：《谈侦探小说》，《新月》1925年第1卷第1期，第4－5页。

② 程小青：《窗》，见《霍桑探案集》（7），北京：群众出版社1987年版，第334页。

除了注重对小说氛围的渲染，程小青还比较注重对人物细节的描写，而且语言细腻真实，刻画了人物的肖像、性格等特征。程小青侦探小说无论是对故事背景、犯罪现场、人物肖像、心理、语言和故事的描写都非常逼真，为读者呈现出一幅真实的侦探故事画面。

……伊的灰白的脸儿，加上那血液的污染，正合得着“伤心惨目，有如是耶！”伊的身上穿一件雪青软缎的长袖夹颀袍，足上一双肉色的长统丝袜，高过了膝盖，一双橡胶底的网球鞋还是簇新的。……

我的眼光抬起来时，才瞧见室中除了霍桑以外，还有两个男子：一个是穿淡棕色西装的少年，白皙的面庞，两条浓眉，一双美目，直挺挺地站在窗侧。他的背心袋口挂一条细的金表链，西装的胸口袋上插一支金墨水笔，又露出一些白绸蓝花的巾角。他的神气英武中带些傲岸。①

这两段描写人物肖像和服饰的语段，细致、传神地展现出当时上海青年着装的时尚，也侧面展现出西方文化对中国的影响，这种影响已经渗入到国人的日常生活中了。国民着装的改变，体现了时代的变革和文化的交融。西方文化对中国产生了全方位的影响，大到国家的变革、文学的变革，小到国民的日常生活，都发生了非常大的变化。这种变化恰在程小青侦探小说的细节描写中体现了出来。对小说人物肖像、着装的细致描写，可以展现出当时上海人的穿衣风俗和中西相融的日常生活景象。

小说《窗》中的女子穿的就是旗袍和网球鞋，这是一种中式与西式结合的装扮，非常时尚；而男子穿的是西装，相貌英俊。从人物的着装可以判断出他们并非来自社会的底层。小说对人物肖像、着装的描写，可使读者分辨和判断出小说人物的社会身份、兴趣爱好和大致性格，增强了读者在侦探小说中的参与度。人物的着装描写给读者一种揭示出案情真相的提示，不过有时这可能只是作家设置的障眼法，为小说的结局布多了几层迷雾而已。作者对人物的肖像、着装的描写，有时是为了促进情节的发展。对于人物的描写，程小青一般都作“工笔画”般的描摹，细中再细、一笔不苟，像精心的刺绣，极为工致。②

再如小说《险婚姻》中，程小青描写了包朗夫人佩芹女士的着装，“伊穿一件淡素色缎的夹袄，玄缎的裙子。伊的素颈上挂一串珍珠项圈，

---

① 程小青：《窗》，见《霍桑探案集》（7），北京：群众出版社 1987 年版，第 335 页。

② 老舍：《略谈人物描写》，见《走向真理》，北京：中国文史出版社 2017 年版，第 200－201 页。

是伊的祖母遗留的东西”；[1] 而包朗的着装是，“穿一身藏青哔叽的西装，侧面立着”。[2] 程小青对包朗和包朗夫人着装的描写，显示出包朗与其夫人的社会地位和身份。小说《狐裘女》的人物、景物描写也非常细腻真实：

俞天鹏的身材足有五尺六七寸。头上戴着乌绒红结的小帽，身穿玄缎马褂和紫色缎的狐皮袍子。[3]

那人的年纪约摸二十六七，身材不很高，瓜子脸，面色虽瘦而且黑，但隆直的鼻子，浓长的睫毛，有力的眼睛，可算很整齐漂亮。[4]

那晚上天气十分冷，寒暑表在零下五度。东北风吹得很急，像虎吼一般地呼呼震耳。……天空中云阵密布，好像覆盖了厚厚的棉絮，乌黑黑地要下雨下雪的样子。[5]

客堂和书房中都装着火炉，温暖得像三月里的天气。[6]

厢房里有只茶几，两只藤垫椅子，一只睡椅，一张柚木的书桌和一只螺旋椅子。书桌上有盏玲珑的镍质台灯，一只镀金的小钟，一个白银的花瓶，一组连笔插的玻璃墨水缸，还有好几本书，不过摆设得不很整齐。一只小书架靠着东壁，架上的书籍中西文都有，大半是小说文艺一类，有些零零落落。书桌的左边两只抽屉开着一半，内容很杂乱。[7]

小说这些语言细致地描述了案发现场人物的外貌和着装、室外的天气、室内的装饰和摆设，营造了悬疑的叙事氛围，为侦探小说的情节发展埋下了线索和伏笔。程小青的描写细腻、温和、客观，使读者感觉到非常真实，为读者制造了一种身临其境的阅读感受。小说细腻柔婉的语言风格特征，可以调动读者的想象力，使读者参与到对故事的猜想中；但由于小说的情节都是作者事先设计好的，所以作者必须在使读者发挥想象力的同

① 程小青：《险婚姻》，见《霍桑探案集》（8），北京：群众出版社 1986 年版，第 123 页。
② 程小青：《险婚姻》，见《霍桑探案集》（8），北京：群众出版社 1986 年版，第 123 页。
③ 程小青：《狐裘女》，见《霍桑探案集》（6），北京：群众出版社 1997 年版，第 3 页。
④ 程小青：《狐裘女》，见《霍桑探案集》（6），北京：群众出版社 1997 年版，第 4 页。
⑤ 程小青：《狐裘女》，见《霍桑探案集》（6），北京：群众出版社 1997 年版，第 2 页。
⑥ 程小青：《狐裘女》，见《霍桑探案集》（6），北京：群众出版社 1997 年版，第 3 页。
⑦ 程小青：《狐裘女》，见《霍桑探案集》（6），北京：群众出版社 1997 年版，第 8 页。

时，不至于偏离作者原先设计的情节、结局等太远，这就需要语言表述的温婉和克制。读者在阅读过程中，随着作家娓娓道来的叙事风格，会产生一种好像已经猜出故事情节和故事意蕴，却又总是有所偏差、与真正的结局擦肩而过的阅读感受。细腻、柔婉、克制的语言风格给程小青侦探小说带来一种独特的、具有内秀气质的艺术魅力。

程小青在谈论时局的动乱、战争的严酷、天气的闷热等一些使人非常痛苦的事情时，也是通过一种细致和平静的语言叙述完成的。也正是程小青这种文人式的、柔婉的、书卷气的语言风格，使他的侦探小说故事呈现出惊险之中又有几分柔美的艺术风格特色。阅读程小青侦探小说，感受他的小说语言，既能体会到程小青叙事风格的委婉，又能捕捉到几分直率。程小青的侦探小说语言集婉约、细腻于一体，同时又融合了西方侦探小说克制、冷静的语言风格，显得中西合璧、相得益彰。独特的小说语言风格，形成了程小青侦探小说独特的艺术风格与艺术魅力。

如果单独阅读程小青的侦探小说作品，可能对于其小说语言特色的感知还并不明显；但如若对比与程小青同时期的侦探小说作家，就一目了然了。孙了红也是中国现代侦探小说名家，与程小青相比，孙了红的小说语言节奏明快，绘声绘色地叙述惊险的故事，描述逼真的恐怖场面。

> 她睡下去了。奇怪，一种不安的感觉，袭击了她的全身。那部恐怖影片与那段恐怖谈话，似乎已化成液体而注射进了她的静脉，使她全身每一滴的血液之中，都像混杂了恐怖的成分，翻来覆去，她只是睡不熟；清楚些说：她只是不敢入睡。①

读者在阅读孙了红小说《鬼手》这一段节选的时候，必然是全身心地屏息阅读，伴随着心跳渐渐加快、呼吸渐渐凝重的阅读体验。这些与孙了红的小说语言风格密切相关。孙了红侦探小说的语言风格与程小青侦探小说的语言风格有明显的不同。不同的语言风格，也让两者的侦探小说呈现出不同的艺术风格。作家本人的性格和成长经历对其侦探小说的语言风格有着很大的影响。孙了红祖籍浙江宁波，生于上海。他的祖父开一家钟表店，父亲是画家，家境虽不是很富裕，但从小没有程小青那样拮据，这也使孙了红的性格非常仗义，只要有人有求于他，他总是会倾囊相助，他是一个性情中人。孙了红是江南人，程小青是皖南人，都生长于上海，但由

① 孙了红：《鬼手》，北京：中国国际广播出版社2013年版，第5页。

于成长经历的不同使他们的性格气质并不相同。孙了红少了江南文人的温婉，多了几分豪气，这都体现在他的文学作品之中。

孙了红喜欢法国作家莫里斯·勒布朗的侦探小说。勒布朗是法国人，骨子里有不羁和浪漫的质素，与柯南·道尔相比，勒布朗笔下的侠盗亚森·罗宾少了福尔摩斯的谨慎和钻研，多了几分痞气和潇洒。孙了红借鉴勒布朗塑造了中国的侠盗鲁平这一人物形象，深受当时读者的欢迎。侠盗是肆无忌惮、无拘无束的，侦探则是科学严谨、恪守伦理的；侠盗“处江湖之远”，而侦探则“居庙堂之高”。因此，孙了红的侦探小说比程小青的侦探小说多了一些“侠”气，在小说的语言表达上也更加肆意、不羁。勒布朗的侠盗也与古代公案小说中的侠客有几分相似。无论是侠盗鲁平、侠盗亚森·罗宾、侠客展昭，在他们的身上都有一个“侠”字，这个“侠”字在侦探小说中代表着正义。侠的精神和正义光明永远是侦探小说家所向往和追求的。

文学作品之所以可以超越国别、超越年代地流传、相似，恰是因为不同作家在性格气质、人生理想、写作特点等方面存在着某种巧合的相似性。文学作品作为一种不断传承、不断改变又不断回归的艺术形式，承载着人类对于世界的认知，作家通过鲜明、生动的语言传达这种认知。不仅是程小青、孙了红，每一位侦探小说作家都有自己的行文和语言风格。我们在阅读一部侦探小说的时候，即使不知道作者是谁，也能轻易地分辨出是柯南·道尔还是程小青，是孙了红还是劳伦斯·布洛克。每一个小说家的语言风格和行文风格都是独特和与众不同的。也正是这种与众不同，才使本来有固定创作模式的侦探小说这一文类显得异彩纷呈。

因此，侦探小说作家的语言风格对侦探小说的艺术性影响很大。一些侦探小说之所以畅销不衰，除了其惊险的情节、丰满的人物、巧妙的叙事等因素之外，也与其作者独特的语言风格相关。小说语言的生动性可以使读者沉迷于故事之中，那些“烧脑”的情节叙述和如临现场般的小说语言描写，揭示了世界的罪恶与光明，直击读者的思想和心灵。毛姆说，一流的侦探小说家总是用流畅的语言向你提供事实的推理，绝不装腔作势。漂亮辞藻在这里是没有用的。当我们急切地想要知道那个男仆下巴上的瘀伤作何解释时，我们不需要一段瑰丽的语言来分散我们的注意力。[①] 当然，毛姆的观点有一些绝对，侦探小说并不是不需要瑰丽的语言，而是要适当使用。如何平衡瑰丽与平淡语言的比重，显见作家的语言叙事功力。程小

---

① ［英］威廉·萨默塞特·毛姆：《侦探小说的衰亡》，见［英］威廉·萨默塞特·毛姆著，朱佥译：《随性而至》，上海：上海译文出版社 2015 年版，第 80 – 81 页。

青既细腻柔婉又平淡克制的侦探小说语言风格显然做到了这一点。

四、“十里洋场”风情

小说的人物语言一般来说是小说的亮点，也是小说的精髓。无论是古代公案小说还是现代侦探小说，都有非常多的人物语言描写，这些人物语言主要以人物的对话方式呈现。语言的创造，对于人类来说就是为了对话，所以说“言为心声”。文学是展现人类社会、人的生活的艺术作品。小说这一与人类现实社会紧密联系的文学类型，当然也离不开人物的对话。例如，小说《红楼梦》中的人物对话占全书总字数的百分之四十左右；海明威《白象似的群山》中的人物对话占总字数的百分之六十八左右。从这些统计数据也可以看出，人物对话在一些小说中所占的比重之大，显见了小说人物对话对于小说的重要性。①

小说之所以离不开人物的对话，主要是由于人物对话具有一定的功能也就是载体性。人物对话折射了社会身影，展现了人物的内心世界，成为小说情节链条上的环扣，也记录着作家的心路轨迹。② 社会身影是由当时的政治、经济、宗教、文化等多种因素综合而成，非文学类著作对社会时代的记录往往抽象，小说家在小说中通过具象细节的补充，使被社会科学著作抽象化了的社会身影变得生动，而这些都是通过人物对话凸显的。③ 黑格尔说，艺术在本质上是心灵的，作为艺术作品的小说，其观照的内容是心灵性的、感性化的人类内心世界。人物对话就是小说人物心灵的载体，作为文字符号在小说中记录下来的人物对话也成为显示人物心灵的底片。

小说中的人物对话，还可以成为小说情节的环扣。英国著名作家、小说理论家爱·摩·福斯特（E. M. Forster，1879—1970）认为，故事是小说的基本面，故事是按照时间的顺序来叙述事件；而情节，是按照因果关系来叙述事件，同时，作者可以用暗示的人物对白的手法来揭示情节的发展。④ 人物对话既暗示着情节，也体现了作者的构思布局。人物对话是小说的灵魂，它能体现出小说本身以及小说之外的很多内容。

现代小说的语言意义层次比较丰富，相比较于现代侦探小说，古代公

---

① 朱邦国：《红楼梦人物对话艺术》，乌鲁木齐：新疆人民出版社 1995 年版，第 2 页。

② 朱邦国：《红楼梦人物对话艺术》，乌鲁木齐：新疆人民出版社 1995 年版，第 1 - 2 页。

③ 朱邦国：《红楼梦人物对话艺术》，乌鲁木齐：新疆人民出版社 1995 年版，第 4 页。

④ 朱邦国：《红楼梦人物对话艺术》，乌鲁木齐：新疆人民出版社 1995 年版，第 7 - 12 页。

案小说的人物语言形式则显得单一，没有太多层次。公案小说的人物语言总体上呈现出一种单一的特征，人物所说就是人物所想，没有太多的心理指向层次意义。因为公案小说的语言是一种唱书语言，太过隐晦或者层次过于丰富的人物语言与唱书现场的听众需求会背道而驰。现代侦探小说的人物语言则不同，会略微复杂和丰富一些，有更多的言外之意。因此侦探小说的人物语言显现出一种不同于公案小说的深层次的人物语言风格，更有知识性、时代性和哲理性。

古代公案小说的人物处于农业社会，现代侦探小说的人物处于工业都市之中。基于农业社会创作的公案小说，其小说人物的语言与基于工业社会创作的侦探小说中的人物语言肯定有所不同。公案小说中的人物语言是"朝廷"和"江湖"[①] 语言的合体；而侦探小说中的人物语言则彰显着现代、科学和理性精神，展现着工业社会中人类的生存、情感和心理状态。在程小青的侦探小说中，有非常多的人物对话，人物对话支撑起了整个小说的情节脉络，展现了上海的风物人情，语言极其生活化，但教化意味过于强烈。

"在这样的大时代中，除了少数奸伪之外，每个人都感受损失和痛苦。不过从整个民族的立场上看，那是值得的。现在摆在前面的是一条光明的大路，只要我们能争气努力。求取光明，当然不能不付代价——断头，毁肢，出汗流血，和其他一切物质上的摧残，都是无可避免的代价。我们不过瘦一些，老一些，只要我们的精神和思想不老，那是没有关系的。"

霍桑这几句话充分显示出他的旨趣，还是数十年如一日，他的"人老心不老"的态度的确足以给他的朋友们一种感召和鼓励。[②]

这一段是侦探霍桑与侦探助手包朗、警察长汪银林的对话。对话以大时代的变迁为背景，探讨了人生的况味：人生苦短，每个人在时代的洪流中都会渐渐老去；但是每个人都应该向往光明，以此来重塑自我的精神世界和思想境界，做到人老心不老。像这样生活化、教化式的语言在程小青侦探小说中随处可见，成为其小说人物语言最显著的特征之一。

程小青侦探小说教化式的人物对话，一般都集中在对某种社会现象的

① "江湖"指远离朝廷与统治阶层的民间社会。在许多中国文学作品中，尤其是武侠小说中，江湖则是指古代侠客与草莽英雄们的活动范围。

② 程小青：《雾中花》，见任翔主编：《江南燕》，北京：北京师范大学出版社 2012 年版，第 451－452 页。

描述、思考和审问上，以此来揭示一些人生哲理。人物语言的这一特征也充分体现了程小青“侦探小说是一种化装的通俗科学教科书”这一侦探小说创作观。在程小青的每一篇侦探小说中，基本上都可以找到一大段的含有说教性质的人物对话，这些对话绝大多数是侦探霍桑和助手包朗之间的对话。他们对世事的议论细腻、深刻，能够警示读者，启迪智慧，但也过于冗长，显得拖沓。

“这里面有一段小小的历史，我可以简括说几句。他们俩当初原是自由结合的。那时彼此的恋爱热度，若在寒暑表上计量，势必要超过沸点以上。所以晓光不顾众议，向他的父亲索要了一笔婚费，就离开老家，组织他们的自由家庭。他为着尽力铺张博取他妻子的欢心，他的每月五十元的薪水当然不够，因此就不得不出于举债。当时晓光沉浸在爱河深处，毫不在意。可是爱的性质，固定的成分少，流动的成分多，尤其是参杂物质溶液的爱变动性更大。它的热度往往会因着环境的影响而发生变动——真像寒暑表受了气候的影响而升降的一般。所以最后的结果，落到了人财两空，晓光就不得不自杀了！”①

这是选自程小青侦探小说《鹦鹉声》中的一段人物议论语言，旨在探讨当时青年的爱情生活问题。这样的议论性对话，一般出现在霍桑和包朗成功破案之后。虽然案子谜题揭晓，但是霍桑和包朗对于案件和案发当事人悲剧的根源有所思考和讨论，只是这样的语言往往都过于冗长。侦探小说在本质上是一种愉情悦性和启迪智慧的小说，读者在阅读侦探小说的情节时，早已对案情和案中人有一定的了解，也对案中人物的性格、命运和结局有一定的思考，所以有时并不需要过多的议论性语言。西方现代侦探小说在中国的发展趋于教化性，也与当时中国的社会文化氛围和文化土壤有关。“启蒙”成为作家的使命，“实用理性”精神和“文以载道”的文学思想也让作家不自觉地以文学作为武器，以此实现醒世救民的愿望。只是在侦探小说中加入了过多的教化式语言，会削弱侦探小说的魅力。相比之下，西方侦探小说作家如柯南·道尔，也会在侦探小说的结尾加入一些议论性的人物对话，但是柯南·道尔加入的内容不是道德说教式的议论，而是对现代侦探术的讨论：

① 程小青：《鹦鹉声》，见《霍桑探案集》（2），北京：群众出版社 1997 年版，第 390 页。

我的伙伴（福尔摩斯）尖酸地说道："在这个世界上，你到底做了些什么，这倒不关紧要。要紧的是，你如何能够使人相信你做了些什么。"①

"我已经对你说过，凡是异乎寻常的事物，一般都不是什么阻碍，反而是一种线索。在解决这类问题时，最主要的事情就是能够用推理的方法，一层层地回溯推理。这是一种很有用的本领，而且也是很容易的，不过，人们在实践中却不常用它。在日常生活中，向前推理的方法用处大些，因此人们也往往容易忽略回溯推理这一层。如果说50个人能够从事务的各个方面加以综合推理的话，那末，能够用分析的方法推理的，不过是个把人而已。"②

柯南·道尔在小说结尾的议论是为了揭示侦探故事的谜题，向读者展示侦探福尔摩斯现代的、高超的侦探术，有一种"炫智"的意味，很少涉及对读者的道德说教，如此才更加符合侦探小说原本的宗旨：注重趣味性和读者的阅读体验。程小青和柯南·道尔侦探小说结尾的不同缘于他们创作理念的不同：程小青创作侦探小说强调和注重的是侦探小说在娱乐性之外的功利性、启蒙性；而柯南·道尔创作侦探小说旨在展现侦探福尔摩斯侦探术的高超、英国科技的强盛，因此程小青和柯南·道尔在文末论述的侧重点就有所不同。

小说《血字的研究》的结尾，柯南·道尔先是通过罪犯侯波的独白，展现英国法律的缺陷，使真正的恶徒逍遥法外；接着，描写了福尔摩斯和华生关于侦探术的对话和议论，以此表现出福尔摩斯高超的侦探术，考古学家细致的精神、理性的逻辑思维和科学的侦探方法；最后，讽刺了英国警察的虚伪和无能。柯南·道尔的侦探小说在娱情悦性的同时，间接地表现出当时英国社会民众的思想、情感和生活的现状。读者在阅读柯南·道尔侦探小说的过程中，自然而然对故事中的善恶是非作出明辨，小说也间接地塑造了读者的人生观、世界观和价值观。相比起来，柯南·道尔讲故事的方式更加自然和流畅，在细微处启迪读者的思考，小说注重的是娱乐性和趣味性，作家的重点在于揭示谜底的过程。

程小青受到新文学运动和中国现代文学启蒙思想的影响，因此他不仅

① ［英］柯南·道尔著，丁钟华、袁棣华译：《血字的研究》，北京：群众出版社1978年版，第135页。

② ［英］柯南·道尔著，丁钟华、袁棣华译：《血字的研究》，北京：群众出版社1978年版，第135－136页。

出于娱乐读者的目的而创作小说，还旨在教化、启蒙读者。小说的结尾处以人物对话的方式展开大篇幅的道德、伦理说教片段，践行了程小青侦探小说的创作观。如若运用得恰当，会有点明主题、引人深思的作用。但是，这种议论性语言假如过于冗长、生硬和啰唆，就会给读者一种画蛇添足的感觉，会破坏侦探小说本身的魅力，使小说失去本应有的文学趣味，这也是程小青侦探小说明显的不足。工业化社会，人类处于快速和高度运转的生活之中，大众读者一般更喜欢阅读短小精悍、情节紧凑的小说。程小青放置大段落的道德说教对话在小说中，实际上并不是特别妥当。如若小说的篇幅较长，再加上这些大段落的说教式的人物对话，很难符合工业社会读者的阅读趣味。

程小青侦探小说的人物语言之中带有浓厚的沪上人物风俗、风情。小说中的人物是身处“十里洋场”上海的一群人，他们的一言一行都反映了当时上海的风物人情，表现了上海市民的日常生活。程小青有着极为深厚的上海情结，他侦探小说的创作背景、主题情节与人物形象等都与上海这个城市密不可分。在小说中，有一类犯罪者是上海的新游侠，他们思想前卫，有革命者的觉悟，往往为了正义而犯罪。小说的结尾常会安排犯罪者独白，既可以揭示案情的真相，又可以警醒读者、引人深思。

他说：“霍先生，我也知道杀人的勾当是不能一例算做神圣的，但假使所杀的是一种社会障碍，人群的害物，本人又并无丝毫利害的企图，那不是可以算得神圣的吗？霍先生，这见解你可也赞同？”①

“你们试想，一个受高等教育的知识分子，不给国家社会尽些劳力，反而干这卑鄙阴险的勾当！像这样的人，岂不是社会的障碍，人群的害物？在有血气的人的眼中，又怎能容许他活在世界上呢？”②

王镇华的独白，不仅揭示了小说的谜底，澄清了案情的真相，也展现了人物的性格特征。小说中的王镇华就像是古代公案小说中的侠客，他为了正义、为了民众，宁可牺牲自己，除去奸人、坏人，颇有古代侠士的风度。

程小青笔下的江南燕也是一个现代侠客。在小说《江南燕》中，虽然程小青对江南燕着墨不多，但是仅有的数笔，通过对江南燕的人物语言描

① 程小青：《魔窟双花》，见《霍桑探案集》(1)，北京：群众出版社1997年版，第380页。

② 程小青：《魔窟双花》，见《霍桑探案集》(1)，北京：群众出版社1997年版，第381页。

写，就充分地刻画出这一现代侠客所具有的精神和姿态。

霍桑先生左右：报上记载苏州城孙家窃案一事，竟然有不肖之徒盗用我名。虽然我名不足惜，但我性格光明磊落，做事直爽，绝无畏首畏尾之丑态。幸亏先生侦查大白，为我洗涤污秽，云山在望，瞻望钦仰，敬修短简，先表谢忱，相见有日，前途珍重。江南燕。①

江南燕的寥寥数语，展现了他作为一位现代豪侠的性格特征，直率、爽朗、正直。他代表了当时的一类人，也就是“叛逆者”的形象。江南燕给霍桑写信是用浅白的文言文，这是坚守中国传统文化的表现。程小青受中国传统文学文化的影响很深，特别是公案小说和武侠小说中的侠客形象，也被他“移植”在侦探小说之中。程小青对侠客精神和凛然正气的推崇，塑造出了属于那个时代的现代侠客。新游侠的语言，充满了正义的力量，表现了他们的侠义心肠，弘扬了中国传统文化精神。

除了王镇华、江南燕，在程小青侦探小说中还有很多类似的现代侠客形象，他们多有古代公案小说中绿林好汉的遗风，是正义和良知的化身。他们的言辞中流露出强烈的现代侠客风范。新游侠的出现和存在，反映了当时的一些社会问题。在法制不健全、军阀混战与民不聊生的时代，他们也许不能掀起巨大的时代波澜；但是正义力量的积少成多，在时代持续动乱的情况下必然会催生出改革的力量。

程小青侦探小说中的上海女性人物语言也极具特色。小说《舞后的归宿》写的是一个上海舞女惨死的故事，侧面展现了当时上海舞女的生活现状，鞭挞了社会的黑暗面。小说既表现了舞女王丽兰的辛酸与血泪，也讽刺了姜安娜追求物质、崇洋媚外的心态。小说开篇的一段人物对话，写的是主人公也就是死者王丽兰的好友姜安娜去找霍桑求助的片段。在这一节中，通过对舞女姜安娜、霍桑和包朗之间人物对话的描写，生动地刻画了姜安娜这一舞女形象，表达了程小青对于舞女和舞女生活的质疑与同情。

“你——你不是霍桑——”伊一边疑讶似地瞧着我，一边举起伊的指爪上涂着粉红色蔻丹的尖细的手指，掠着伊的烫卷的近乎赭红的头发。②

---

① 程小青：《江南燕》，见《霍桑探案集》（1），北京：群众出版社 1997 年版，第 297－298 页。

② 程小青：《舞后的归宿》，见《霍桑探案集》（1），北京：群众出版社 1997 年版，第 3 页。

“霍桑什么时候来?”伊露出怨恨的神气，吐了一口烟。①

我（包朗）冷冷地答道：“这不是姓。这是外国女子的闺名 Anna 的译音。”②

伊不高兴地说：“姜!”③

“我不是来请你批评我的姓跟名字的，我是来托你办一件案子的。”伊随手将大半支纸烟丢在书桌上的烟灰盆里。④

霍桑瞧着伊的头发，自顾自地说：“这头发染得正好，真像是外国人的勃郎色，要是有方法可以把黑眸子染得煤油蓝的话，密司姜，我倒劝你试一试!”⑤

“霍先生，我是为了一件命案来请教你的。你怎么拿我开玩笑?”⑥

姜安娜的语言和神态充分表现了她的性格特征，慵懒、幽怨和率直。霍桑和包朗的言语之中流露出了对舞女姜安娜的嘲笑和反感。新文化运动之后，女性的社会地位有所提高。不过，她们依然摆脱不了男性对她们的审视和评判。霍桑和包朗对于舞女姜安娜就有明显的嘲讽和质疑，他们不喜欢女性崇洋媚外，也不喜欢她们浓妆艳抹，他们认为女性就应该收敛和传统一些，或者有教养一些。不过，霍桑和包朗有同情心，他们同情弱者，同情社会地位低下的女性。因此，虽然在言语之中流露出对姜安娜的嘲讽，但他们对于社会上舞女的处境和前途仍然十分担忧，这些都可以从人物的语言中显现出来。

程小青的侦探小说中还有一类人物的语言也比较鲜明和突出，就是“十里洋场”青年的语言，这些青年有一些是勤奋努力的年轻人，也有一些是纨绔子弟。小说《催命符》中的杨春波就是一个典型的纨绔子弟。小说中的一段人物对话写的是杨春波的朋友总是收到奇怪的字符，于是杨春

① 程小青：《舞后的归宿》，见《霍桑探案集》(1)，北京：群众出版社 1997 年版，第 4 页。
② 程小青：《舞后的归宿》，见《霍桑探案集》(1)，北京：群众出版社 1997 年版，第 4 页。
③ 程小青：《舞后的归宿》，见《霍桑探案集》(1)，北京：群众出版社 1997 年版，第 5 页。
④ 程小青：《舞后的归宿》，见《霍桑探案集》(1)，北京：群众出版社 1997 年版，第 5 页。
⑤ 程小青：《舞后的归宿》，见《霍桑探案集》(1)，北京：群众出版社 1997 年版，第 5 页。
⑥ 程小青：《舞后的归宿》，见《霍桑探案集》(1)，北京：群众出版社 1997 年版，第 5 页。

波来找霍桑帮忙的情节。

他（杨春波）一边说道："霍先生，我又来讨你的厌了！"他抬头瞧见了我，忽然缩回了手迟疑着道："唉，这——这一位我似乎会面过的，一时却想不起来。"①

霍桑忽接嘴道："正是，那年你们在半淞园的剪翠亭前会面过的，你怎么这样的健忘？"②

杨春波想了一想，脸上忽而涨得通红，两只手弄着一顶高价呢帽子的边，不住地转动着。"唉，我惭愧得很！这位是包先生。"他也照样奔过来和我握手。③

他（杨春波）慌忙道："霍先生，我早已听了你的劝告，也吸国产烟了啊。你瞧，这是金星牌。"④

杨春波曾受到霍桑的帮助和教诲，因此他在霍桑面前显得格外谦卑和顺从。短短的几句话，就充分表现出杨春波在霍桑面前慌张、惭愧和害怕的样子。杨春波曾经是一个崇洋媚外的青年，但是经过霍桑的批评和教育后有了些许改变。杨春波的一言一行，虽然透露着一种纨绔子弟的作风，但他的语言是谦恭的。杨春波代表了当时上海的一群纨绔青年，他们崇洋媚外、不务正业，整天流连于舞场和社交场合，沉湎于工业文明的纸醉金迷，缱绻于男欢女爱之中。但是，他们本性不坏，如果予以适当的教育还是可以成为正直的青年，成为对国家有用的青年。程小青认为，是社会风气的败坏和教育制度的落后，导致了青年的成长问题。

还有像小说中的上海官方警察，他们的言行也被程小青描写得入木三分，彰显了人物的时代特征。官方警察犹豫、势力、愚蠢、谄媚的人物形象特征，在他们与霍桑、包朗的对话中展露无遗。在程小青的笔下，官方警察通常都是一些愚蠢的家伙，也总是会说一些愚蠢的话。官方警察的语言，还显得官腔化，甚至有些虚伪，程小青对官方警察的态度多半是鄙视

① 程小青：《催命符》，见《霍桑探案集》（4），北京：群众出版社1986年版，第8页。
② 程小青：《催命符》，见《霍桑探案集》（4），北京：群众出版社1986年版，第8页。
③ 程小青：《催命符》，见《霍桑探案集》（4），北京：群众出版社1986年版，第8页。
④ 程小青：《催命符》，见《霍桑探案集》（4），北京：群众出版社1986年版，第9页。

和否定的。

生动和形象的人物语言是小说的灵魂。人物语言不仅推动着小说故事情节的发展，也能塑造出鲜明与独一无二的小说人物形象，使小说更加贴近生活，更加富有趣味，引人深思。不过，程小青侦探小说的人物语言在丰富之余略显冗长，影响了小说整体的阅读和美感。程小青侦探小说人物对话的冗长，也与程小青借鉴柯南·道尔的侦探小说有关，柯南·道尔比较注重小说的人物对话描写，欧美的小说很多都是以长篇幅的人物对话支撑起来的。

相比起来，中国现代小说家鲁迅的小说人物语言，言简意赅、精练独到。鲁迅在写人物对话时有一条重要的原则，那就是“决不说到一大篇”（《南腔北调集·我怎么做起小说来》），因而鲁迅小说中的人物对话总是简洁凝练且言少意深，像经过冶炼而成的优质纯钢一样没有半点杂质。如小说《一件小事》中共写了车夫、我、老女人、巡警等人物，但是人物对话只有简短的六句，总共才二十三个字。虽然只有简短的六句话，但就是这六句人物对话展现出了四人各自鲜明的性格特征。鲁迅小说的人物对话，绝大多数都做到了“寥寥无几，而神情毕肖”。烦琐、冗长的人物对话，在鲁迅小说中是找不到的，这也是鲁迅一贯主张的“白描”“画眼睛”的方法在描写人物对话上的具体运用。①

文学艺术作品离不开对人物语言的描写，古希腊柏拉图的《文艺对话集》是柏拉图有关文艺的言论合集，以对话的方式探讨艺术、探讨美、探讨哲学和人生，是古希腊人思辨思维的经典体现。中国古代也有孔子的《论语》，是孔子和他的弟子的言论合集，这些人物对话引发读者的思考，在人物的议论和争辩中，揭示了孔子的哲学思想。小说家能做到如鲁迅一般惜墨如金和一针见血固然是好的，不过根据小说的剧情需要有时人物的对话也可以丰富一些，只是如果过于烦琐和冗长，就会削弱小说的魅力。

总的来看，程小青侦探小说的人物语言是智性的、逻辑的和推理的语言，也是沉重的、日常的、社会的语言。无论是侦探、警察的语言，还是舞女、青年的语言，或是上海形形色色人物的语言，都是日常的和充满“十里洋场”风情的语言。小说的人物语言勾勒出一张张“脸谱”，描绘出“十里洋场”的爱恨情仇。在侦探推理之外，从人物的语言中既可以感受到大时代的浪潮，又可以体会上海的风物、民俗和人情。小说中的人物语言不仅促进了情节的发展，展现了人物的个性，还彰显了小说的主题。

---

① 王凤胜：《新时期文艺散论》，济南：明天出版社2002年版，第360页。

第二节　“雅与俗”的双重变奏

在小说语言上，程小青侦探小说完成了从半文言、半白话的古代白话文到现代口语白话的变革。相比小说主题、人物、结构，程小青侦探小说语言的转变最为明显，也最为复杂。这其中中国古代公案小说、西方侦探小说对程小青侦探小说语言的变革的影响，虽然没有明显的踪迹可循，但其是“润物细无声”的一种灌溉和滋养。

中国古代公案小说的叙事语言浅白生动，人物语言传神逼真。小说作者以畅快、敞亮的语言，叙写了一个个发生在民间的断案故事。公案小说的语言既符合大众的审美，又不失古雅和庄重。阅读公案小说，读者就像身处明清说唱艺人的说书现场一般。说书、唱书这一生长于古代勾栏瓦肆中的文艺形式，首先需要通俗易懂。如果是用文言文说书，也许连说者本人最后都会“不知所云”了。公案小说半文言、半白话的语言特征，首先可以使说书现场的听众听得懂；另外，公案小说的语言由于适当使用了文言成语、古诗古词，也极富文采。语言的优美，不仅展现了说书艺人较高的文学素养，也让说书本身变得高雅起来。古代公案小说的语言集雅与俗于一体，使公案小说成为雅俗共赏的文学作品。公案小说行云流水般的小说语言，通俗、晓畅又不失雅致。唱书艺人和书案文人的才华与才情相互糅合，精妙绝伦地再现了明清时期的人物风情风俗。从宋元的“说公案”话本小说发展到明清章回体公案小说，公案小说的语言经历了几百年时间的洗涤、变迁和沉淀，才形成了引人入胜的语言风格特色。

西方侦探小说传入中国之后，取代了古代公案小说的文学地位，中国作家开始了对侦探小说的翻译。有识之士认为要学习西方先进的文化就要摈弃文言文，改用白话文，先是用文言文试译、翻译西方小说，后是用白话文翻译西方小说。程小青也是如此，他先是用文言文翻译西方侦探小说，他的文言翻译小说斐然成章，小说语言引人入胜，既不生涩，也不佶屈聱牙，将文言文的美发挥到了极致。鸳鸯蝴蝶派作家普遍都有较为深厚的文言文学养，因此他们的小说即使是用白话文书写的，也总是有一种隽永的古典语言风格藏在其中，通俗与古雅的风格交织并存。白话文运动之后，作家和翻译家一致认为白话文比文言文更适合翻译西方侦探小说，于是程小青也转向用白话文翻译西方侦探小说，这也对他日后创作现代白话侦探小说产生了重要的影响。只是，程小青的白话翻译侦探小说语言实则并未完全脱离文言传统，在翻译小说中他常常运用一些文言语词，显得扬葩振藻，富有文采，这样的语言风格也体现在他创作的侦探小说作品之中。

现代侦探小说叙述的是一个“设谜”和“解谜”的过程，需要作家精心构思和布局，小说才能显得生动、真实。“悬疑”和“推理”从根本上说，就是“讲述”和“再现”行为本身，经过重新组装后的结果，但其背后却有强大的哲学动能，[①] 读者在阅读侦探小说的时候“烧脑”，作家在创作侦探小说时也很“烧脑”。类型小说由于创作模式已经固定，作家如果想写出好的类型小说，必须要有新颖的故事、鲜明的人物形象和极具特色的小说语言作为支撑。作家的写作功力和语言风格，直接影响到侦探小说的艺术表达效果。

程小青侦探小说的语言总体呈现出一种细致、柔婉且富于文采的风格特征。程小青不像公案小说作者采用半文半白的语言，也不像新文学作家袭用西方翻译小说的“欧化”书面语言。程小青以鲜活、通俗、晓畅、温润的现代白话口语，杂以必要的方言、俗语，形成了他侦探小说鲜明的语言特色。虽然程小青侦探小说以白话口语为主，但其语言也不失文采。成语、俗语和诗词歌赋的引用，使他的侦探小说语言具有一种通俗之中略带古雅的风格特征。他以雅俗兼具的小说语言，书写了发生在“十里洋场”上海的形形色色的犯罪故事和复仇故事，呈现出上海作为一个华洋杂处、古今杂糅的魔幻都市所具有的古典和现代并存的多元文化特征。以口语为基础的众声喧哗、雅俗互动、大俗大雅，使程小青侦探小说的语言变革具有突出的文化张力。

程小青侦探小说语言风格的形成，受到了中国古代公案小说和西方侦探小说译著的潜移默化的影响。其实，小说语言的进化和发展总是在悄无声息中完成的。现代小说作家虽然不再用文言文写作，但是文言语词依旧会经常出现在现代小说之中。就是到了当代，诗词歌赋、成语、俗语、俚语和方言的运用，也普遍出现在当代小说的创作中，可谓“古风”犹存。小说语言的发展从来都不是割断式的，并不是非此即彼。作家在时代洪流的面前需要有驾驭语言的能力，用一种最适合的语言，来表现所处时代的人类社会生活，表达一己情志，这才是小说语言应有的真谛。

---

① 卢冶：《推理小说与财富感：我们究竟能从中得到什么》，《书都》2017 年第 14 期。

附　录

一、程小青原创侦探小说目录（1909年至1949年）

1917年：

3月30日—6月30日：《角智记》，发表于《小说大观》，第九集至第十集。

1919年：

5月27日—7月22日，《江南燕》（东方福尔摩斯探案），发表于《乐园》（又名《先施乐园日报》），第二百七十三号至第三百七十五号；

10月25日—1920年4月25日：《倭刀记》（东方福尔摩斯探案）（9卷），发表于《小说月报》，第十卷第十号至第十一卷第四号。

1920年：

6月：《倭刀记》，上海：大东书局，初版。

1921年：

3月19日—6月4日：《断指党》（东方福尔摩斯探案），发表于《礼拜六》，第一百零一期至第一百一十二期；

4月：《江南燕》，上海：华庭书局，初版（1922年4月再版）；

6月11日—9月3日，《长春妓》（东方福尔摩斯探案），发表于《礼拜六》，第一百一十三期至第一百二十五期（第一百一十五期未登）；

8月：《精神病》（东方福尔摩斯探案），发表于《消闲月刊》，第四期；

10月15日：《自由女子》（霍桑探案），发表于《半月》，第一卷第三号；

11月9日—12月29日：《?》（东方福尔摩斯新探案），发表于《半月》，第一卷第六号（侦探小说号），第一卷第八号；

1921年—1923年：《无头案》（东方福尔摩斯探案），发表于《华安杂志》，第二卷第一号至第二卷第五号。

1922年：

5月27日：《怪别墅》（东方福尔摩斯探案），发表于《半月》，第一卷第十八号；

7 月 9 日：《霍桑的小友》（东方福尔摩斯探案），发表于《半月》，第一卷第二十一号；

8 月：《红宝石》，发表于《红杂志》，第二期；

9 月 6 日：《试卷》（霍桑探案），发表于《半月》，第二卷第一号；

《猫儿眼》（东方福尔摩斯探案），发表于《快活》，第三期；

《一个嗣子》（东方福尔摩斯探案），发表于《快活》，第十一期；

《冰人》（东方福尔摩斯探案），发表于《快活》，第廿三期（侦探号）。

1923 年：

1 月 26 日：《酒后》，发表于《小说世界》，第一卷第四期；

1 月：《孽镜》（东方福尔摩斯探案），发表于《游戏世界》，第二十期（侦探号）；

6 月：《怨海波》（东方福尔摩斯探案），发表于《侦探世界》，第一期至第六期；

7 月 5 日：《窗外人》，上海：大东书局；

8 月 10 日：《红圈》（霍桑探案），发表于《红杂志》（纪念号），第二卷第一期；

10 月 24 日—11 月：《我的婚姻》（霍桑探案），发表于《侦探世界》，第十期至第十二期；

12 月 8 日：

《不可思议》（霍桑探案），发表于《侦探世界》，第十三期；

《异途同归》（东方福尔摩斯霍桑探案），发表于《半月》，第六卷第六号（侦探小说号）。

1924 年：

1 月 6 日—2 月 5 日：《乌骨鸡》（霍桑探案），发表于《侦探世界》，第十五期至第十七期；

1 月 20 日—4 月 4 日：《毛狮子》（霍桑探案），发表于《侦探世界》，第十六期至第二十一期；

2 月 5 日：《新年的消遣》，发表于《侦探世界》，第十七期；

4 月 18 日：《假绅士》（霍桑探案），发表于《侦探世界》，第二十二期；

9 月 28 日—10 月 4 日：《第二弹》（霍桑探案），发表于《红玫瑰》，第一卷第五期至第一卷第六期。

《翡翠圈》（霍桑探案）（未完），发表于《华安杂志》，第二卷第六号。

1925 年：

3 月 12 日：《系铃解铃》，发表于《红玫瑰》，第一卷第三十六号；

8 月 4 日—8 月 19 日：《一幅画》，发表于《半月》，第四卷第十六号至第四卷第七十号；

8 月 22 日—8 月 29 日：《吠声》（霍桑探案），发表于《红玫瑰》，第二卷第一期至第二卷第二期；

9 月 19 日—10 月 3 日：《半块碎砖》（霍桑探案），发表于《红玫瑰》，第二卷第五期至第二卷第七期。

1926 年：

5 月：《东方福尔摩斯探案》，上海：大东书局，初版；

（篇目有：《试卷》《怪别墅》《断指余波》《自由女子》《霍桑的小友》《黑鬼》《异途同行》）

7 月 10 日：《幻术家的厄运》（霍桑探案），发表于《紫罗兰》，第一卷第十五号；

8 月 16 日—1927 年 2 月 16 日：《楼上客》（霍桑探案），发表于《联益之友》，第二十六期至第三十八期。

1927 年：

1 月 1 日—1 月 8 日：《第二张照》（霍桑探案），发表于《红玫瑰》，第三卷第一期至第三卷第二期；

11 月 12 日—11 月 26 日：《霍桑失踪记》（霍桑探案），发表于《红玫瑰》，第三卷第四十一期至第三卷第四十二期；

《旅邸之夜》（霍桑探案），发表于《旅行杂志》，第一卷春季号；

《浪漫的余韵》（霍桑探案），发表于《旅行杂志》，第一卷夏季号、秋季号；

《我的功劳》（霍桑探案），发表于《旅行杂志》，第一卷冬季号。

1928 年：

4 月：《妒杀案》，上海：文明书局；

5 月：《玉兰花》，上海：社会新闻社，初版；

（篇目有《爱之波折》《惊人之话剧》《棋逢敌手》《玉兰花》）

9 月：

《白纱巾》，上海：良晨好友社；

《错误的头脑》（霍桑探案），发表于《旅行杂志》，春季号；

《虱》（霍桑探案），发表于《红玫瑰》，第四卷第廿一期至第四卷第廿三期；

《有效的警戒》（霍桑探案），发表于《红玫瑰》，第四卷第三十二期。

1929 年：

1 月—4 月：《舞女生涯》，发表于《旅行杂志》，第三卷第一号至第三卷第四号；

7 月 1 日：《霍桑的训话》，发表于《紫罗兰》，第四卷第一号；

《赤玉环》（江南燕案），发表于《红玫瑰》，第五卷第一期；

《弹之线路》（霍桑探案），发表于《红玫瑰》，第五卷第廿二期至第五卷第廿五期。

1930 年：

5 月 20 日—9 月 10 日：《窗》（霍桑探案），发表于《民众生活》，第一卷第一期至第一卷第十二期；

《舞场中》（江南燕案），发表于《红玫瑰》，第六卷第一期；

《误会》（霍桑探案），发表于《红玫瑰》，第六卷第廿二期至第六卷第廿三期。

1930 年—1931 年：

《霍桑探案汇刊（一集）》（全 6 册），上海：文华美术图书印刷公司。

第一册：《猫眼宝》《一只鞋》；

第二册：《第二张照片》；

第三册：《弹之路线》；

第四册：《黑地牢》；

第五册：《五福党》；

第六册：《毒与刀》。

1931 年：

《灯影枪声》（霍桑探案），发表于《红玫瑰》，第七卷第一期。

1932 年：

7 月 1 日—10 月 16 日：《八十四》（霍桑探案），发表于《珊瑚》，第一卷第一号至第一卷第八号；

7 月：《霍桑探案外集》（1 ~ 6 册），上海：大众书局，初版（1936 年 6 月重版）。

（篇目有：《江南燕》《无头案》《黑面团》《无罪之杀》《白纱巾》《灰衣人》《紫信笺》《两粒珠》《轮痕与血迹》《怪房客》《误会》《酒后》《新婚劫》《霍桑的童年》等 16 篇）

1933 **年**:

1 月:《霍桑探案汇刊（二集）》（全6册），上海：文华美术图书印刷公司。

第一册:《湖亭惨景》《神龙》《请君入瓮》《地狱之门》《失败史之一页》;

第二册:《社会之敌》《剧中人》;

第三册:《魔力》《项圈的变幻》《堕落的女子》;

第四册:《舞女血》《畸零女》;

第五册:《父与女》;

第六册:《案中案》。

10 月 15 日:《良医与良媒》（霍桑探案），发表于《新上海》，第一卷第二期。

1935 **年**:

8 月 15 日:《胭脂印》（集锦侦探小说），与范烟桥、顾明道等同著，发表于《社会月报》，第十一期。

1936 **年**:

4 月:《白纱巾》，上海：大众书局，二版。

1941 **年**:

11 月—1942 年 4 月 1 日:《血匕首》（霍桑探案），发表于《乐观》，第七期至第十二期。

1942 **年**:

《霍桑探案袖珍丛刊》（第 1 ~ 10 册），上海：世界书局。

（收录有《珠项圈》《黄浦江中》《八十四》《轮下血》《裹棉刀》《恐怖的活剧》《舞后的归宿》《白衣怪》《催命符》《矛盾圈》）

1943 **年**:

4 月 10 日—1944 年 4 月:《龙虎斗》，发表于《紫罗兰》，第一期至第十二期。

1944 **年**:

12 月 1 日:《古钢表》（霍桑探案），发表于《大众》，第二十六期;

《霍桑探案袖珍丛刊》（第 11 ~ 20 册），上海：世界书局。

（收录有《紫信笺》《怪房客》《魔窟双花》《两粒珠》《轮下血》《灰衣人》《血匕首》《夜半呼声》《霜刃碧血》《新婚劫》《难兄难弟》《江南燕》《活尸》）

1945 年：

1 月 1 日：《黑脸鬼》（霍桑探案），发表于《大众》，第二十七期；

2 月 1 日：《王冕珠》（霍桑探案），发表于《大众》，第二十八期；

5 月 1 日：《反抗者》（霍桑探案），发表于《大众》，第三十期；

6 月 1 日：《别墅之怪》（霍桑探案），发表于《大众》，第三十一期；

7 月 1 日：《断指余波》（霍桑探案），发表于《大众》，第三十二期；

《霍桑探案袖珍丛刊》（第 21 ~ 30 册），上海：世界书局。

（收录有《案中案》《险婚姻》《青春之火》《怪电话》《浪漫余韵》《五福党》《双殉》《魔力》《舞宫魔影》《第二张照》《犬吠声》《狐裘女》《猫儿眼》《嗣子之死》《项圈的幻术》《断指团》《一只鞋》《楼头人面》《催眠术》《沾泥花》《第二弹》《鹦鹉声》《蜜中酸》《逃犯》《乌骨鸡》《虱》《断指余波》《血手印》《反抗者》《单恋》《请君入瓮》《别墅之怪》《幻术家的暗示》《地狱门》《黑地牢》《古钢表》《黑脸鬼》《王冕珠》《打赌》《一个绅士》《毋宁死》《试卷》《论侦探小说》）

1946 年：

1 月 10 日：《百宝箱》（未完），发表于《新侦探》，第一期至第十七期；

2 月：《毋宁死》（霍桑探案），发表于《新侦探》，第二期。

1947 年：

6 月：《雾中花》（霍桑探案），发表于《中美周报》，第 242 期至第 266 期（第 253 期未登）。

11 月：

《原子大盗》，上海：复新书局；

《假面女郎》，上海：复新书局。

1948 年：

《缥缈峰下》（霍桑探案），发表于《中美周报》，第 301 期至第 322 期（第 316 期未登）。

《灵璧石》，发表于《蓝皮书》，第二十期至第二十六期。

二、程小青翻译侦探小说目录（1909 年至 1949 年）

1914 年：

7 月 1 日：《左手》，发表于《中华小说界》，第 1 期。

1915 年：

4 月 1 日：《鬼妒》，［英］Alice Claude 著，发表于《小说海》，第一卷第四号。

1916 年：

3 月：《X 与 O》，与（刘）半侬合译，［英］威廉勒苟著，发表于《小说大观》，第五集；

4 月 3 日：《嫁祸》，发表于《春声》，第三集；

5 月：《福尔摩斯探案全集》（12 册），上海：中华书局（1916 年 8 月再版/1921 年 9 月九版/1936 年 3 月十二版）；

6 月：《花后曲》，发表于《小说大观》，第六集；

9 月：《铜塔》，［英］威廉勒苟著，与（刘）半侬合译，发表于《小说大观》，第六集；

10 月：《领钮》，［英］Arthur Train 著，发表于《小说大观》，第七集；

12 月：《司机人》，《小说大观》，第八集。

1917 年：

6 月 25 日：《碧珠记》，［英］弼斯东原著，发表于《小说月报》，第八卷第六号；

7 月 25 日—9 月 25 日：《波谲云诡录》，［英］弼斯东原著，发表于《小说月报》，第八卷第七号至第八卷第九号。

1919 年：

5 月 1 日：《欧美名家侦探小说大观》（第一集），［英］柯南·道尔著，周瘦鹃主编，周瘦鹃、程小青等译，上海：上海交通图书馆；

（收录有《黄眉虎》《双耳记》《死神》《艇图案》《槥中女》《岩屋破奸》）

7 月 1 日：《欧美名家侦探小说大观》（第二集），［英］亚瑟李芙著，周瘦鹃主编，周瘦鹃、程小青等编译，上海：上海交通图书馆；

（收录有《墨異》《地震表》《X 光》《火魔》《钢门》《百宝箱》）

11 月 1 日：《欧美名家侦探小说大观》（第三集），［美］维廉·茀利门著，周瘦鹃主编，周瘦鹃、程小青等编译，上海：上海交通图书馆；

（收录有《璧返珠还》《镜诡》《牛角》《飞刀》《情海一波》）

8 月 25 日：《鬼仇》，发表于《小说月报》，第十卷第八号；

9 月 1 日：《石上名》，发表于《小说大观》，第十四集。

1920 年：

3 月：《火玉案》，发表于《小说新报》，第六年第三期；

9 月 1 日：《空中飞弹》，与周瘦鹃合译，上海：上海交通图书馆；

10 月：《回头岸》，与（赵）芝严合译，发表于《小说新报》，第六年第十期；

1921 年：

2 月 8 日：《失忆人》，发表于《新声》，第二期；

5 月 9 日：《姊妹玉》，与梅茵合译，发表于《新声》，第四期；

《怪戏票》，发表于《游戏世界》，第三期。

1922 年：

9 月—?：《歼仇记》，发表于《红杂志》，第六至第二十五期（第八、九、十二至十五、十八、十九、二十二、二十三期未登）；

《钻耳环》（大偎斯探案之一），发表于《快活》，第二十期；

《险买卖》（大偎斯探案之二），发表于《快活》，第二十九期。

1923 年：

4 月 6 日：《璁玉串》（大限斯探案之一），发表于《小说世界》，第二卷第一期；

4 月：《两个卸任的偷儿》，发表于《游戏世界》，第二十二期；

6 月：《古塔上》（协作探案之一），弼斯敦著，发表于《侦探世界》，第一期；

7 月：《捉刀人》（协作探案之二），发表于《侦探世界》，第二期；

7 月 13 日：《猫眼祟》（大限斯探案之三），发表于《小说世界》，第三卷第二期；

7 月：《十字架上》（协作探案之三），弼斯敦著，发表于《侦探世界》，第三期；

8 月：《怪室》，［英］柯南·道尔著，发表于《侦探世界》，第四期；

8 月：《无敌术》（协作探案之四），弼斯敦著，发表于《侦探世界》，第五期；

8 月 24 日：《黄钻石》（大限斯探案之二），发表于《小说世界》，第三卷第八期；

9 月—1924 年 1 月 6 日：《第二号室》，［英］爱狄茄·瓦拉斯著，发表于《侦探世界》，第七至十五期；

9 月：《最后之胜利》（协作探案之六），弼斯敦著，发表于《侦探世界》，第八期；

10 月 3 日：《险的循环》，发表于《小说世界》，第四卷第一期；

10 月 10 日：《十二小时的自由》，发表于《侦探世界》，第九期；

11 月 30 日：《未来神》（大隈斯探案之四），发表于《小说世界》，第四卷第九期；

12 月 22 日：《第十号室的主人》，发表于《侦探世界》，第十四期。

1924 年：

1 月 4 日：《漏点》（未完），发表于《小说世界》，第五卷第一期；

1 月 11 日：《可怖的魔神》，发表于《小说世界》，第五卷第二期；

1 月 18 日：《五百磅的代价》，发表于《小说世界》，第五卷第四期；

2 月 5 日：《碧海一浪》，发表于《半月》，第三卷第十号；

2 月 19 日：《倒指印》，发表于《侦探世界》，第十八期；

2 月 22 日：《因果》，发表于《小说世界》，第五卷第八期；

3 月 5 日：《虎口中的急智》，发表于《侦探世界》，第十九期；

3 月 19 日：《贼》，发表于《侦探世界》，第二十期；

4 月 4 日：《黑吃黑》，发表于《侦探世界》，第二十一期；

4 月 18 日—5 月 18 日：《舞场奇遇记》，发表于《侦探世界》，第二十二期至第二十四期；

4 月 18 日：《黑窖中》，发表于《小说世界》，第六卷第三号；

5 月 4 日：《赏钱》，发表于《侦探世界》，第二十三期；

5 月 16 日：《天然的证据》，发表于《小说世界》，第六卷第七号；

5 月 18 日：《绝命书》，发表于《侦探世界》，第二十四期；

6 月 13 日：《神秘的报复》，发表于《小说世界》，第六卷第十一号；

7 月：《福尔摩斯探案全集》（上中下三册），上海：世界书局；

8 月 8 日：《天刑》，发表于《小说世界》，第七卷第六号；

8 月 22 日：《往事》，发表于《小说世界》，第七卷第八号；

9 月 5 日：《自作孽》，发表于《小说世界》，第七卷第十号；

9 月 19 日：《一杯惠司格酒》，发表于《小说世界》，第七卷第十二号；

9 月 26 日：《轩轾戏》，发表于《小说世界》，第七卷第十三号；

10 月 3 日：《七粒红丸》，发表于《小说世界》，第八卷第一期；

10 月 10 号：《第六号》，发表于《小说世界》，第八卷第一期。

1925 年：

1 月 2 日：《浪子冒险记》，发表于《小说世界》，第九卷第一期；

2 月 6 日：《七千磅的钻石》，发表于《小说世界》，第九卷第六期；

2 月 13 日：《一个指印》，发表于《小说世界》，第九卷第七期；

3 月 13 日：《一个伦理问题》，发表于《小说世界》，第九卷第一期；

4 月 3 日：《支票》，发表于《小说世界》，第十卷第一期；

4 月：《古灯》，《亚森・罗苹案全集》（第八册），周瘦鹃、沈禹钟、孙了红编，与朱青云合译，上海：大东书局（1933 年 8 月再版）；

6 月 5 日：《一个痕迹》，发表于《小说世界》，第十卷第十期；

7 月 11 日：《半斤八两》，发表于《红玫瑰》，第一卷第五十期；

7 月 24 日：《圈套》，发表于《小说世界》，第十一卷第四期；

9 月 18 日—9 月 27 日：《蓝钻石》（森迪克探案之一），［英］茀利门著，发表于《小说世界》，第十一卷第十二期至第十一卷第十三期；

9 月 30 日：《无形之弹》，发表于《社会之花》，第二卷第十二期；

12 月 18 日：《失去的遗嘱》（森迪克探案之二），［英］茀利门著，发表于《小说世界》，第十二卷第十二期；

12 月 25 日：《可怕的光点》，发表于《小说世界》，第十二卷第十三期；

《验心术》（柯柯探案之一），［英］奥斯汀著，发表于《新月》，第一卷第一号至第一卷第二号；

《独眼教主》（柯柯探案之二），发表于《新月》，第一卷第三号至第一卷第四号。

1926 年：

2 月 12 日：《贼客》，发表于《小说世界》，第十三卷第十一期；

2 月—3 月 14 日：《巴黎之裙》（柯柯探案之三），发表于《新月》，第一卷第五号至第一卷第六号；

3 月：《歼仇记》，上海：世界书局，三版；

4 月：《陷阱记》，发表于《新月》，第二卷第一号至第二卷第四号；

5 月 7 日：《释放后》，发表于《小说世界》，第十三卷第十九期；

6 月 10 日：《黑夜客》（未完），［美］史朗德著，发表于《太平洋画报》，第一卷第一号至第一卷第四号；

8 月 20 日：《烟斗》，发表于《小说世界》，第十八卷第八期；

12 月 3 日：《被雇的偷儿》，发表于《小说世界》，第十卷第二十三期。

1927 年：

2 月：标点白话福尔摩斯探案大全集（13 册），上海：世界书局，1930 年 3 月再版；

（篇目为《冒险史》《回忆录》《归来记》《新探案》《血字的研究》《四签名》《古邸之怪》《恐怖谷》）

4 月 9 日—4 月 15 日：《清天霹雳》，发表于《小说世界》，第十五卷第十五期至第十五卷第十六期；

4 月 22 日：《旧礼服》，发表于《小说世界》，第十五卷第十七期；

5 月 20 日：《一千镑的指环》，发表于《小说世界》，第十五卷第二十一期；

6 月 15 日：《偷儿的伙伴》，发表于《小说世界》，第十六卷第三期。

1928 年：

4 月：《妒杀案》，上海：文明书局。

1930 年：

3 月：福尔摩斯探案系列（再版），上海：世界书局。

1931 年：

《世界名家侦探小说集（上、下）》，上海：大东书局。

（篇目为《麦格路的凶杀案》《尝试的失败》《盲医生》《父与子》《古邸中的三件盗案》《血症》）

1932 年：

1932—1947 年：斐洛凡士探案系列，［美］范达痕著，上海：世界书局。

（篇目为《贝森血案》《金丝雀》《姊妹花》《黑棋子》《古甲虫》《神秘之犬》《龙池惨剧》《紫色屋》《花园枪声》《赌窟奇案》《咖啡馆》）

1933 年：

7 月 1 日—1934 年 6 月 16 日：《绿箭手》，［英］瓦拉斯著，发表于《珊瑚》，第三卷第一号至第四卷第十二号（第四卷第七号未登）。

1937 年：

《窝赃大王》，［英］杞德烈斯著，上海：世界书局。

1939 年：

5 月 7 日—1940 年 3 月 17 日：《窝赃大王》（圣徒奇案），发表于《上海生活》，第三年第五期至第四年第三期；

7 月—1941 年 3 月："陈查理探案系列"（全 6 集），［美］欧尔特毕格斯著，上海：中央书店。

（篇目为《幕后秘密》《百乐门血案》《夜光表》《黑骆驼》《歌女之死》《鹦鹉的呼声》）

1940 年：

4 月 17 日—12 月 17 日：《神秘丈夫》（圣徒奇案），发表于《上海生活》，第四年第四期至第四年冬至号；

10 月 1 日—1942 年 8 月 1 日：《鹦鹉声》（陈查理探案），［美］欧尔特毕格斯著，发表于《小说月报》，第一期至第二十三期；

11 月—1944 年：《神秘之箱》（未完），［英］弗利门著，发表于《健康家庭》，第二卷第八期至第五卷第二期。

1941 年：

1 月 17 日—10 月 17 日：《假警士》（圣徒奇案），发表于《上海生活》，第五年第一期至第五年第十期；

7 月 1 日—1943 年 8 月 1 日：《希腊棺材》（奎宁探案），［美］爱雷·奎宁著，与庞啸龙合译，发表于《万象》，第一年第一期至第三年第二期；

11 月 17 日—12 月 22 日：《赌窟奇案》（斐洛凡士探案之一），［美］范达痕著，发表于《上海生活》，第五年第十一期至第五年第十二期。

1942 年：

8 月 1 日—12 月 1 日：《巴黎之裙》（柯柯探案），发表于《永安月刊》，第三十九期至第四十三期；

9 月 1 日：《赌窟奇案》（斐洛凡士探案之一），［美］范达痕著，发表于《小说月报》第二十四期；

11 月 1 日—1943 年 8 月：《咖啡馆》（斐洛凡士探案），［美］范达痕著，发表于《大众》，第一期至第十期。

1943 年：

3 月：《大拇指》（鲍尔顿新探案之一），奉天：大东书局；

8 月—1944 年 6 月：《女首领》（圣徒奇案），［英］杞德烈斯著，发表于《春秋》，第一年第一期至第一年第九期；

9 月—10 月：《王冕的变幻》（圣徒奇案之一），［英］杞德烈斯著，发表于《大众》，第十一期至第二十期；

11 月 1 日—12 月 1 日：《摩登奴隶》（圣徒奇案），［英］杞德烈斯著，发表于《大众》，第十三期至第十四期；

1943 年—1946 年："圣徒奇案系列"（全十册），［英］杞德烈斯著，上海：世界书局；

（篇目为《赤练蛇》《假警士》《窝赃大王》《神秘丈夫》《怪旅店》《女首领》《惊人的决战》《百万镑》《发明家》《摩登奴隶》）

《福尔摩斯探案》，上海：南关书局。

1944 **年**：

1 月 1 日：《难兄难弟》（圣徒奇案），［英］杞德烈斯著，发表于《大众》，第十五期；

2 月 1 日：

《晚宴》（圣徒奇案），［英］杞德烈斯著，发表于《大众》，第十六期；

《一个被欺侮的女人》（圣徒奇案），［英］杞德烈斯著，发表于《万象》，第三年第八期；

7 月—1945 年 6 月 10 日：《惊人的决战》（圣徒奇案），［英］杞德烈斯著，发表于《春秋》，第一年第十期至第二年第六期；

9 月 1 日：《须的引线》（圣徒奇案），［英］杞德烈斯著，发表于《大众》，第十六期。

1945 **年**：

《验心术》（柯柯探案），发表于《万象》，号外。

1946 **年**：

5 月 15 日：《人造钻石》（圣徒奇案），［英］杞德烈斯著，发表于《新侦探》，第四期；

6 月 1 日—6 月 16 日：《女间谍》（柯柯探案），发表于《新侦探》，第五期至第六期；

7 月 1 日：三个跛子（奎宁探案），发表于《新侦探》，第七期至第八期；

10 月 3 日：《柯柯探案集》，［英］奥斯汀著，上海：世界书局；

（篇目为《独眼龙》《验心术》《巴黎之裙》《女间谍》）

12 月：《希腊棺材》，［美］爱雷·奎宁著，上海：中央书店；

《一个爱好玩具的人》（圣徒奇案），［英］杞德烈斯著，发表于《新侦探》，第九期至第十期；

《艺术摄影师》（圣徒奇案），［英］杞德烈斯著，发表于《新侦探》，第十一期至第十二期；

《觅宝藏》（奎宁探案），［美］爱雷·奎宁著，发表于《新侦探》，第十三期至第十四期；

《大施主》，［英］杞德烈斯著，发表于《新侦探》，第十五期至第十六期；

《死人的故事》（圣徒奇案），［英］杞德烈斯著，发表于《笔》，第一卷第一期。

1947 **年**：

4 月：《波谲云诡录》（未完），［英］阿加莎 · 克里斯蒂著，发表于《乐观》，创刊号；

8 月 2 日—9 月：《幸运人》（圣徒奇案），［英］杞德烈斯著，发表于《礼拜六》，第七百八十九期至第七百九十四期；

1947—1948 年：《短篇侦探小说选》（全 10 册），上海：广益书局。

（篇目为《石像之谜》《余恋》《诱惑力》《险交易》《殉葬品》《一条项串》《幕面人》《最后胜利》《神和枪弹》《魔神》《种瓜得瓜》《意外机缘》《谁是奸细》《蓝钻石》《一杯酒》《不祥之花》《侥幸的自由》《心刑》《黑手党》《失去的遗嘱》《双重谋杀》《勒索者》《无稽之谈》《痕迹》《漏点》《黑窖中》《飞来横祸》《钮子与烟灰》《一个指印》《天然证据》《往事》《圈套》《化装人》《弄假成真》《再生人》《视而不见》《天刑》《一张古画》《降灵会》《业余罪徒》《倒指引》《爱之转变》《红幔下》《怪梦》《疯人》《谣言》《三跛子》《第一课》《暮炮》）

1948 **年**：

2 月：《世界名家侦探小说集》（全 8 册），上海：大东书局；

（篇目为《麦格路的凶杀案》《盲医生》《父与子》《血证》《尝试的失败》《瞽侦探》《美的证据》《瑞典火柴》《雪中足印》《古邸中的三大盗案》《小屋》）

《口味问题》（包罗德探案），［英］阿加莎 · 克里斯蒂著，发表于《蓝皮书》，第十二期；

《幕面舞》，发表于《蓝皮书》，第十四期；

《移脏》，发表于《蓝皮书》，第十六期；

9 月 20 日：《一局棋》，发表于《蓝皮书》，第十七期；

10 月 20 日：《良医》，发表于《蓝皮书》，第十八期；

11 月 6 日—11 月 20 日：《怪装舞》（未完），发表于《万象》，第一卷第五期至第一卷第七期。

1949 **年**：

1 月 20 日：《间谍之恋》，发表于《红皮书》，第一期。

参考文献

一、作品

1. ［英］Alice Claude 著，程小青译：《鬼妒》，《小说海》1915 年第 1 卷第 4 期。

2. ［英］阿加莎·克里斯蒂著，李平、秦越岭译：《啤酒谋杀案》，贵阳：贵州人民出版社 1998 年版。

3. 安遇时编，石雷校点：《百家公案》，北京：群众出版社 1999 年版。

4. ［英］弼斯东著，程小青译：《碧珠记》，《小说月报》1917 年第 8 卷第 6 期。

5. ［英］弼斯敦著，程小青译：《古塔上》（“协作探案”之一），《侦探世界》1923 年第 1 期。

6. （清）曹雪芹著，无名氏续，（清）脂砚斋批：《红楼梦》（上），西安：三秦出版社 2017 年版。

7. 陈海涛编译：《世界上最离奇的 100 个侦探推理故事》，长春：吉林出版集团有限责任公司 2013 年版。

8. 程小青：《程小青文集》（一），北京：中国文联出版公司 1986 年版。

9. 程小青：《霍桑探案集》（1），北京：群众出版社 1986 年版。

10. 程小青：《霍桑探案集》（1），北京：群众出版社 1997 年版。

11. 程小青：《霍桑探案集》（2），北京：群众出版社 1986 年版。

12. 程小青：《霍桑探案集》（2），北京：群众出版社 1997 年版。

13. 程小青：《霍桑探案集》（3），北京：群众出版社 1997 年版。

14. 程小青：《霍桑探案集》（4），北京：群众出版社 1986 年版。

15. 程小青：《霍桑探案集》（4），北京：群众出版社 1997 年版。

16. 程小青：《霍桑探案集》（5），北京：群众出版社 1997 年版。

17. 程小青：《霍桑探案集》（6），北京：群众出版社 1997 年版。

18. 程小青：《霍桑探案集》（7），北京：群众出版社 1987 年版。

19. 程小青：《霍桑探案集》（8），北京：群众出版社 1987 年版。

20. 程小青：《江南燕》，《先施乐园日报》，1919 年 7 月 9 日。

21. 程小青：《魔窟双花》，上海：上海世界书局 1933 年版。

22. 程小青：《左手》，《中华小说界》1914 年第 7 期。

23. 储仁逊抄：《刘公案》，呼和浩特：远方出版社 2007 年版。

24. 冯不异校点：《包公案》，北京：宝文堂书店 1985 年版。

25. 冯牧、柳萌主编：《隔绝的残春》（上），长春：时代文艺出版社 2009 年版。

26. ［日］高木彬光著，赵建勋译：《刺青杀人事件》，北京：新星出版社 2012 年版。

27. ［日］高木彬光著，赵建勋译：《能面杀人事件》，北京：新星出版社 2013 年版。

28. 葛天民、吴沛泉辑：《明镜公案》，北京：中国戏剧出版社 2000 年版。

29. ［日］松本清张著，［日］宫部美雪主编，刘子倩译：《大手笔》，北京：新星出版社 2012 年版。

30. 龚由、严丞节编：《施公案》，天津：天津古籍出版社 1994 年版。

31. ［美］海明威著，程中瑞译：《丧钟为谁而鸣》，上海：上海译文出版社 2009 年版。

32. 韩平编：《狄公案》，北京：华夏出版社 2015 年版。

33. 韩平编：《刘公案》，北京：华夏出版社 2015 年版。

34. ［英］柯南・道尔著，丁钟华，袁棣华等译：《福尔摩斯探案集》（1），北京：群众出版社 1979 年版。

35. ［英］柯南・道尔著，丁钟华、袁棣华译：《血字的研究》，北京：群众出版社 1978 年版。

36. ［英］柯南・道尔著，［美］莱曼・弗兰克・鲍姆选编，李珂改编，林铭子、雷素、李慧改写：《福尔摩斯探案集》，南京：江苏少年儿童出版社 2008 年版。

37. ［英］柯南・道尔著，李家云译：《福尔摩斯探案全集 2》，长沙：湖南文艺出版社 2013 年版。

38. ［英］柯南・道尔著，李家云、陈羽纶译：《福尔摩斯探案集》（2），北京：群众出版社 1980 年版。

39. ［英］柯南・道尔著，严仁曾译：《四签名》，北京：群众出版社 1978 年版。

40. 孔庆东编选，程小青著：《程小青代表作》，北京：华夏出版社1999年版。

41. 孔庆东编选，中国现代文学馆编，程小青著：《程小青代表作》，北京：华夏出版社2008年版。

42. 李品武主编：《中国公案小说》，长春：吉林大学出版社2009年版。

43. 李瑞卿缩编：《宋元话本选》，北京：中国少年儿童出版社2000年版。

44. （清）刘鹗：《老残游记》，杭州：浙江古籍出版社2015年版。

45. 鲁迅：《朝花夕拾》，海口：海南出版社2016年版。

46. 鲁迅：《鲁迅全集》（第10卷），北京：同心出版社2014年版。

47. 鲁迅：《鲁迅全集》（4），北京：人民文学出版社1993年版。

48. 鲁迅：《鲁迅全集》（第9卷），北京：人民文学出版社1981年版。

49. （明）罗贯中著，（清）毛宗岗评：《三国演义　注评本3》，上海：上海古籍出版社2014年版。

50. 马健编：《狄公案·包公案》，北京：中国华侨出版社2016年版。

51. 任翔主编：《江南燕》，北京：北京师范大学出版社2012年版。

52. （明）施耐庵著，（清）金圣叹评：《水浒传　注评本3》，上海：上海古籍出版社2015年版。

53. （明）施耐庵著，（清）金圣叹评：《水浒传　注评本1》，上海：上海古籍出版社2015年版。

54. 石玉昆述：《三侠五义》，北京：华夏出版社2013年版。

55. 石玉昆述：《三侠五义》，广州：广东人民出版社1980年版。

56. 孙了红：《鬼手》，北京：中国国际广播出版社2013年版。

57. 贪梦道人：《彭公案》，哈尔滨：北方文艺出版社2013年版。

58. 贪梦道人著，白莉蓉、张金环校点：《彭公案》，济南：齐鲁书社1995年版。

59. 萧红：《回忆鲁迅先生》，上海：生活书店1949年版。

60. 余象斗著，李永祜校点：《廉明公案》，北京：群众出版社1999年版。

61. 瘦鹃：《情弹》，《游戏杂志》1914年第4期。

62. 《海公案》，北京：北京燕山出版社2007年版。

63. 《施公案》，北京：宝文堂书店1982年版。

64.《施公案》，北京：北京燕山出版社 2007 年版。

65.《小五义》，北京：华夏出版社 2015 年版。

二、论著

1.《浙江社会科学》编辑部编：《百年中国　转型与发展》，杭州：浙江大学出版社 2014 年版。

2.《中国历史学年鉴》编委会编著：《中国历史学年鉴（2002—2012）》，北京：社会科学文献出版社 2014 年版。

3.［英］G. K. 切斯特顿著，景翔译：《布朗神父的天真》，长沙：湖南文艺出版社 2013 年版。

4.［英］G. K. 切斯特顿著，沙铭瑶译：《切斯特顿随笔选》，天津：百花文艺出版社 2005 年版。

5. 阿英：《晚清小说史》，南京：江苏文艺出版社 2009 年版。

6.［英］爱・摩・福斯特著，苏炳文译：《小说面面观》，广州：花城出版社 1984 年版。

7.［意］安东尼奥・葛兰西著，田国良译：《狱中书简》，北京：求实出版社 1990 年版。

8.［美］比尔・波特著，明洁译：《空谷幽兰》，海口：南海出版公司 2009 年版。

9. 曹正文：《米舒文存　卷 3》，上海：上海书店出版社 2016 年版。

10. 曾小霞：《〈史记〉〈汉书〉叙事比较研究》，广州：世界图书出版广东有限公司 2013 年版。

11. 常大利：《世界侦探小说漫谈》，北京：知识产权出版社 2014 年版。

12. 陈平原：《千古文人侠客梦》，北京：北京大学出版社 2010 年版。

13. 陈平原：《千古文人侠客梦》，台北：麦田出版社 1995 年版。

14. 陈平原：《神游四方　陈平原自选集》，北京：首都师范大学出版社 2015 年版。

15. 陈平原：《中国小说叙事模式的转变》，上海：上海人民出版社 1988 年版。

16. 陈颖：《中国英雄侠义小说通史》，南京：江苏教育出版社 1998 年版。

17. 褚凡乔：《交往心理学》，北京：中国华侨出版社 2015 年版。

18. 褚盟：《谋杀的魅影：世界推理小说简史》，苏州：古吴轩出版社 2011 年版。

19. 褚亚玲、刘锋：《社会良心　储瑞耕评传》，北京：新华出版社 2013 年版。

20. 代马依风：《福尔摩斯是怎样炼成的》，北京：中国方正出版社 2014 年版。

21. 邓明灿、张义忠编著：《河南大学校园百年建设史》，开封：河南大学出版社 2012 年版。

22. 窦学欣编著：《国学文化经典导读》，北京：中国华侨出版社 2016 年版。

23. 范伯群：《多元共生的中国文学的现代化历程》，上海：复旦大学出版社 2009 年版。

24. 范伯群：《中国市民大众文学百年回眸》，南京：江苏教育出版社 2014 年版。

25. 方祖燊：《小说结构》，台北：东大图书股份有限公司 1995 年版。

26. 冯壮波：《飞鸣集　鲁迅辨析》，北京：群众出版社 2014 年版。

27. 高占祥主编，刘祥英著：《五四新文化运动》，北京：北京时代华文书局 2016 年版。

28. 格非：《小说叙事研究》，北京：清华大学出版社 2002 年版。

29. 龚书铎：《社会变革与文化趋向——中国近代文化研究》，北京：北京师范大学出版社 2005 年版。

30. 韩兆琦主编：《中国古代文学名著　人物形象辞典》，郑州：中州古籍出版社 2000 年版。

31. ［阿根廷］豪·路·博尔赫斯著，黄志良、陈泉等译：《博尔赫斯全集·散文卷》（下），杭州：浙江文艺出版社 2006 年版。

32. 何世剑：《中国艺术美学与文化诗学论稿》，南昌：江西人民出版社 2013 年版。

33. 贺立华、杨守森主编：《启蒙与行动青年思想家 20 年文选》（上册），济南：山东大学出版社 2006 年版。

34. 侯方域著，何法周主编，王树林注笺：《侯方域集校笺》，郑州：中州古籍出版社 2000 年版。

35. 胡适：《中国旧小说考证》，北京：商务印书馆 2014 年版。

36. 胡亚敏：《叙事学》，武汉：华中师范大学出版社 1994 年版。

37. ［美］华莱士·马丁著，伍晓明译：《当代叙事学》，北京：北京大学出版社 1990 年版。

38．黄霖编，罗书华撰：《中国历代小说批评史料汇编校释》，南昌：百花洲文艺出版社 2009 年版。

39．黄巍：《推理之外：阿加莎·克里斯蒂的小说艺术》，上海：上海交通大学出版社 2014 年版。

40．黄永林：《中西通俗小说叙事　比较与阐释》，武汉：华中师范大学出版社 2009 年版。

41．黄哲真：《推理小说概论》，厦门：厦门大学出版社 2014 年版。

42．纪德君：《中国古代小说文体生成及其他》，北京：商务印书馆 2012 年版。

43．江华：《文化哲学与文化建设》，北京：国家行政学院出版社 2015 年版。

44．姜昆、戴宏森主编：《中国曲艺概论》，北京：人民文学出版社 2005 年版。

45．［美］康拉德·菲利普·科塔克著，范可等译：《人性之窗：简明人类学概论》（第 3 版），上海：上海人民出版社 2014 年版。

46．［美］兰萨姆·里格斯著，刘臻译：《大侦探福尔摩斯笔记》，西安：陕西师范大学出版社 2012 年版。

47．老舍：《走向真理》，北京：中国文史出版社 2017 年版。

48．黎孟德：《中国音乐故事欣赏》，上海：上海科学技术文献出版社 2016 年版。

49．李保均主编：《明清小说比较研究》，成都：四川大学出版社 1996 年版。

50．李传新：《拥书闲读》，北京：中国文史出版社 2008 年版。

51．李春阳：《白话文运动的危机》，北京：生活·读书·新知三联书店 2017 年版。

52．李光贞：《夏目漱石小说研究》，北京：外语教学与研究出版社 2007 年版。

53．李淑章等主编：《中国古典文学人物形象大辞典》，呼和浩特：内蒙古人民出版社 1998 年版。

54．李修生、赵义山主编：《中国分体文学史（小说卷）》（第 3 版），上海：上海古籍出版社 2014 年版。

55．李渔：《闲情偶寄》，上海：上海古籍出版社 2000 年版。

56．李泽厚：《中国近代思想史论（下卷）》，合肥：安徽文艺出版社

1999 年版。

57．李泽厚：《中国现代思想史论》，北京：东方出版社 1987 年版。

58．梁实秋：《梁实秋散文集》（第 2 卷），长春：时代文艺出版社 2015 年版。

59．梁治平：《法意与人情》，北京：中国法制出版社 2004 年版。

60．林荣松：《五四小说综论》，福州：福建教育出版社 2012 年版。

61．刘文英编著：《中国古代的梦书》，北京：中华书局 1990 年版。

62．刘向著，李年华译注：《新序全译》，贵阳：贵州人民出版社 1994 年版。

63．刘孝存、曹国瑞：《小说结构学》，北京：光明日报出版社 1989 年版。

64．刘学慧：《德国早期浪漫派的世界文学观》，北京：旅游教育出版社 2011 年版。

65．鲁德才：《鲁德才说包公案》，北京：中华书局 2008 年版。

66．［法］罗兰·巴尔特著，李幼蒸译：《符号学历险》，北京：中国人民大学出版社 2008 年版。

67．罗维扬：《罗维扬文集　5　散文卷》，武汉：武汉出版社 2014 年版。

68．吕同六主编：《20 世纪世界小说理论经典（上）》，北京：华夏出版社 1995 年版。

69．马瑞芳：《中国古代小说构思学》，济南：山东教育出版社 2016 年版。

70．毛策：《孝义传家　浦江郑氏家族研究》，杭州：浙江大学出版社 2009 年版。

71．孟元老等著，周峰点校：《东京梦华录》（外四种），北京：文化艺术出版社 1998 年版。

72．梦华主编：《图解国学知识》（全新图解版），北京：中国华侨出版社 2016 年版。

73．［荷］米克·巴尔著，谭君强译：《叙述学：叙事理论导论》，北京：中国社会科学出版社 1995 年版。

74．墨白：《梦境、幻想与记忆　墨白自选集》，开封：河南大学出版社 2013 年版。

75．［意］墨特里尼著，陈昭蓉译：《消费心理学》，北京：新世界出版社 2014 年版。

76. 南帆、刘小新、练暑生：《文学理论》，北京：北京大学出版社 2013 年版。

77. 蒲晓彬：《华夏文章建构理论阐释》，长春：吉林大学出版社 2010 年版。

78. 齐裕焜主编，吴小如审订：《中国古代小说演变史》（第 2 版），兰州：敦煌文艺出版社 1999 年版。

79. ［俄］切尔卡斯基著，宋绍香译：《徐志摩　在梦幻与现实中飞行》，天津：天津大学出版社 2015 年版。

80. 群众出版社编辑部编：《历代刑法志》，北京：群众出版社 1988 年版。

81. 任翔、高媛主编：《中国侦探小说理论资料（1902—2011）》，北京：北京师范大学出版社 2013 年版。

82. 芮和师、范伯群、郑学弢等：《鸳鸯蝴蝶派文学资料（上）》，北京：知识产权出版社 2010 年版。

83. 芮和师、范伯群、袁沧州编：《鸳鸯蝴蝶派文学资料（上）》，福州：福建人民出版社 1984 年版。

84. 莎日娜：《明清之际章回小说研究》，北京：北京师范大学出版社 2004 年版。

85. 上海艺术研究所、中国戏剧家协会上海分会编：《中国戏曲曲艺词典》，上海：上海辞书出版社 1981 年版。

86. 沈新林：《稗海探丽　古代小说新论》，南京：江苏文艺出版社 1997 年版。

87. 石雨祺编著：《中国古代法律》，北京：中国商业出版社 2015 年版。

88. 苏州杂志社编：《〈苏州杂志〉文选　故人》，上海：文汇出版社 2016 年版。

89. 孙文婧、丛何主编：《明清小说研究》，长春：吉林大学出版社 2015 年版。

90. 唐伟胜：《文本　语境　读者——当代美国叙事理论研究》，上海：世界图书上海出版公司 2013 年版。

91. 完颜海瑞主编：《合肥包公》，合肥：安徽文艺出版社 2011 年版。

92. 汪文学：《边省地域与文学生产——文学地理学视野下的黔中古近代文学生产和传播研究》，上海：上海古籍出版社 2016 年版。

93. 王德威：《现代中国小说十讲》，上海：复旦大学出版社 2003

年版。

94. 王德威：《想象中国的方法：历史·小说·叙事》，天津：百花文艺出版社 2016 年版。

95. ［美］王德威著，宋伟杰译：《被压抑的现代性：晚清小说新论》，台北：麦田出版社 2011 年版。

96. 王福和：《比较文学基础》，成都：电子科技大学出版社 2014 年版。

97. 王千石、吴凡文：《清入关前的法文化》，北京：中国政法大学出版社 2015 年版。

98. 王栻编：《严复集》（第 1 册），北京：中华书局 1986 年版。

99. 王星拱：《科学方法论与近代中国社会　王星拱文集》，合肥：安徽教育出版社 2013 年版。

100. 王峥嵘、文若愚编，子思著：《中庸》，汕头：汕头大学出版社 2016 年版。

101. ［英］威廉·萨默塞特·毛姆著，朱佥译：《随性而至》，上海：上海译文出版社 2015 年版。

102. 文若愚：《图说世界文明史》，北京：北京联合出版公司 2016 年版。

103. 文振庭编：《文艺大众化问题讨论资料》，上海：上海文艺出版社 1987 年版。

104. 武润婷：《中国古代长篇白话小说发展研究》，济南：山东教育出版社 2016 年版。

105. 肖东发主编，张德荣编著：《小说源流　小说历史与艺术特色》，北京：现代出版社 2015 年版。

106. 谢波编著：《媒介与公共空间〈申报·自由谈〉（周瘦鹃时期）研究》，南京：江苏人民出版社 2014 年版。

107. 谢彩：《中国侦探小说类型论》，上海：上海大学出版社 2012 年版。

108. 谢刚：《洴澼江上》，北京：社会科学文献出版社 2014 年版。

109. 徐潜主编：《中国古代著名小说》，长春：吉林文史出版社 2014 年版。

110. ［捷］雅罗斯拉夫·普实克著，李燕乔等译：《普实克中国现代文学论文集》，长沙：湖南文艺出版社 1987 年版。

111. 严家炎：《师道师说：严家炎卷》，北京：东方出版社 2016

年版。

112．杨春霖、刘帆主编：《汉语修辞艺术大辞典》，西安：陕西人民出版社 1995 年版。

113．于洪笙：《重新审视侦探小说》，北京：群众出版社 2008 年版。

114．袁徽、宗廷虎主编：《汉语修辞学史》，太原：山西人民出版社 1995 年版。

115．张大为：《武林丛谈》，北京：当代中国出版社 2013 年版。

116．张德政主编：《外国文学知识辞典》，北京：书目文献出版社 1993 年版。

117．张瀚著，盛冬玲点校：《松窗梦语》，北京：中华书局 1985 年版。

118．张娜：《空间批评理论视域下的乔治·艾略特作品分析》，天津：天津大学出版社 2015 年版。

119．张稔穰：《中国古代小说艺术教程》，济南：山东教育出版社 1998 年版。

120．张文珍：《中国古代通俗小说发展研究》，济南：山东教育出版社 2016 年版。

121．张寅德编选：《叙述学研究》，北京：中国社会科学出版社 1989 年版。

123．张竹坡评点，陈昌恒整理：《金瓶梅　辑录》，武汉：华中师范大学出版社 1986 年版。

124．郑克编撰，刘文俊译注：《折狱龟鉴译注》，上海：上海古籍出版社 1988 年版。

125．郑树森：《纵目传声》，上海：上海书店出版社 2007 年版。

126．郑振铎：《插图本中国文学史》（上），北京：中央编译出版社 2012 年版。

127．郑振铎：《中国文学研究》（下册），北京：人民文学出版社 2000 年版。

128．朱邦国：《红楼梦人物对话艺术》，乌鲁木齐：新疆人民出版社 1995 年版。

129．朱立元：《美学大辞典》（修订本），上海：上海辞书出版社 2014 年版。

130．庄之明：《庄之明文集　读写知识卷》，福州：福建少年儿童出版社 2011 年版。

三、论文

1. 蔡铁鹰:《试论中国小说的合流现象及其因果》,《明清小说研究》1989 年第 1 期。

2. 陈独秀:《文学革命论》,《新青年》1917 年第 2 卷第 7 期。

3. 成仿吾:《新文学之使命》,《创造周报》1923 年第 2 期。

4. 成之:《小说丛话》,《中华小说界》1914 年第 5 期。

5. 程小青:《从"视而不见"说到侦探小说》,《珊瑚》1933 年第 2 卷第 1 期。

6. 程小青:《关于霍桑》,《橄榄》1938 年第 2 期。

7. 程小青:《霍桑和包朗的命意》,《最小报》1923 年第 1 卷第 11 期。

8. 程小青:《科道尔轶事》,《最小报》1925 年第 6 卷第 185 期。

9. 程小青:《龙虎斗:福尔摩斯与亚森罗苹的搏斗·引言》,《紫罗兰》1943 年第 1 期。

10. 程小青:《论侦探小说》,《新侦探》1946 年第 1 期。

11. 程小青:《谈侦探小说》,《红玫瑰》1929 年第 5 卷第 11 期。

12. 程小青:《谈侦探小说》,《红玫瑰》1929 年第 5 卷第 12 期。

13. 程小青:《谈侦探小说》,《新月》1925 年第 1 卷第 1 期。

14. 程小青:《侦探小说的效用》,《侦探世界》1923 年第 10 期。

15. 程小青:《侦探小说和科学》,《侦探世界》1923 年第 13 期。

16. 程小青:《侦探小说与"?"》,《新上海》1933 年第 1 期。

17. 程小青:《侦探小说杂话(两篇)》,《半月》1923 年第 3 卷第 6 期。

18. 程小青:《侦探小说在文学上之位置》,《紫罗兰》1929 年第 3 卷第 24 期。

19. 程小青:《侦探小说作法之管见》,《侦探世界》1923 年第 1 期。

20. 程小青:《侦探小说作法之一得》,《民众文学》1925 年第 12 卷第 6 期。

21. 董燕、匡雅:《程小青"霍桑探案"中的"情判"》,《中国政法大学学报》2016 年第 1 期。

22. 范伯群、周全:《周瘦鹃年谱》,《新文学史料》2011 年第 1 期。

23. 范菊高:《侦探小说杂评》,《半月》1923 年第 3 卷第 6 期。

24. 郭延礼:《中西文化交流与近代文学审美范围的扩大》,《东岳论丛》1990 年第 5 期。

25. 何朴斋:《侦探小说的价值》,《侦探世界》1923 年第 2 期。

26. 何朴斋:《侦探小说的作法》,《侦探世界》1923 年第 3 期。

27. 侯忠义、王敏:《论公案小说的特点与源流》,《明清小说研究》1998 年第 3 期。

28. 胡德培:《侦破式创作:今昔得失论——小说发展趋势探索之二》,《啄木鸟》1985 年第 4 期。

29. 黄翠芬:《谈〈搜神记〉"东海孝妇"书写的取材与叙事》,《朝阳人文社会学刊》2014 年第 12 卷第 2 期。

30. 黄锦珠:《论清末民初言情小说的质变与发展以〈泪珠缘〉〈恨海〉〈玉梨魂〉为代表》,《明清小说研究》2002 年第 1 期。

31. 霍建国:《清朝侠义公案小说题材融合之研究》,《通识研究集刊》2005 年第 7 期。

32. 金明求:《倒入引进情景:宋元话本小说"入话"之"大众化"叙事艺术》,《政大中文学报》2002 年第 6 期。

33. 李家瑞:《从石玉昆的龙图公案说到三侠五义》,《文学季刊(北平)》1934 年第 1 卷第 2 期。

34. 李欧梵:《福尔摩斯在中国》,《当代作家评论》2004 年第 2 期。

35. 李运抟:《文学"大众化"的虚假性》,《文艺评论》2004 年第 2 期。

36. 卢冶:《传奇与日常的辩证法:"黄金时期"侦探小说与现代性》,《长江学术》2013 年第 1 期。

37. 鲁迅:《论睁了眼看》,《语丝》1925 年第 38 期。

38. 南帆:《札记:关于"侦探文学"》,《警坛风云》1992 年第 1 期。

39. 潘盛:《"泪世界"的形成——对民初言情小说一个侧面的考察》,《中国现代文学研究丛刊》2008 年第 6 期。

40. 裴复恒:《新文化运动》,《现代生活》1923 年第 1 卷第 1 期。

41. 庆祺:《绍介新书〈福尔摩斯再生后之探案第十一、十二、十三〉》,《月月小说》1907 年第 1 卷第 5 期。

42. 世:《小说风尚之进步以翻译说部位风气之先》,《中外小说林》1908 第 2 卷第 4 期。

43. 舒国滢:《大众化与法治化:一个文化—哲学的解释》,《政法论坛》1998 年第 3 期。

44. 孙佩诗:《公案话本中的新风景——谈〈勘皮靴单证二郎神〉中

的红杏出“宫”与侦探式破案》，《台南大学人文与社会研究学报》2010年第10期。

45. 汤哲声：《流转带来神奇——程小青〈霍桑探案〉、高罗佩〈大唐狄公案〉论》，《江汉论坛》2009年第5期。

46. 王忠武：《大众文化与社会发展》，《山东大学学报》（哲学社会科学版）2001年第1期。

47. 夏曾佑：《小说原理》，《绣像小说》1903年第3期。

48. 肖莉：《“写小说就是写语言”：汪曾祺小说语言观阐释》，《福建论坛》（人文社会科学版）2007年第4期。

49. 徐念慈：《论说：余之小说观》，《小说林》1908年第9期。

50. 燕世超：《“中国侦探小说第一人”程小青》，《江淮文史》2002年第2期。

51. 杨剑龙：《论鸳鸯蝴蝶派侦探小说的叙事探索》，《中国现代文学研究丛刊》2005年第4期。

52. 杨若萍：《论鲁迅小说的叙事策略》，《中华科技大学学报》2014年第4期。

53. 张碧梧：《双雄斗智记·前言》，《半月》1921年第1卷第1期。

54. 张永久：《构筑迷宫的人》，《长江文艺》2013年第5期。

55. 赵苕狂：《别矣诸君》，《侦探世界》1924年第24期。

56. 郑逸梅：《侦探小说话》，《半月》1924年第4卷第1期。

57. 周丹：《隐语行话研究的探索与发展——中国现实语言生活中的隐语行话研究学术研讨会综述》，《文化学刊》2014年第2期。

58. 周渡：《从文化视野看程小青与柯南道尔侦探小说的差异》，《江苏师范大学学报》（哲学社会科学版）2014年第6期。

59. 周桂笙：《歇洛克复生侦探案·弁言》，《新民丛报》1904年第3卷第7期。

60. 周洁：《论“霍桑探案”的现代性想象》，《汕头大学学报》（人文社会科学版）2016年第1期。

61. 周瘦鹃：《无头案·序》，《华安杂志》1920年第2卷第1期。

62. 周瘦鹃：《先施乐园日报·发刊词》，《先施乐园日报》，1918年8月19日。

63. 朱恬仪：《论清末民初侦探小说的叙事与现代性》，《有凤初鸣年刊》2017年第13期。

64. 朱翼：《说说侦探小说家的作品》，《半月》1924年第4卷第2期。

后 记

此书付梓之际，很有必要回顾一下这项研究的缘起。我热爱文学，喜读小说。迟子建《在温暖中流逝的美》一文中写道："我愿意牵着文学的手，与它一起走下去。当我的手苍老的时候，我相信文学的手依然会新鲜明媚。这双手带给我们对青春永恒的遐想，对朴素生活的热爱，对磨难的超然态度，对荣誉的自省，对未来的憧憬。我相信再过一个世纪，人们也许会忘记这世界上许多政治上的风云人物，但人们永远不会忘记柴可夫斯基、贝多芬、巴赫、莫扎特，不会忘记凡·高、蒙克、毕加索和莫奈，不会忘记莎士比亚、雨果、托尔斯泰和巴尔扎克。战争是陨石雨，它会过去，而艺术是恒星，永远闪烁在人类文明的星空中。如果没有这样的星空照耀我们，我们的人生该是多么的灰暗啊！艺术拯救不了世界，但它却能给人带来心底的安宁和幸福。"是啊！文学是温暖的，是浪漫的，也是智性的，比如侦探小说。与侦探小说结缘也是很偶然的。侦探小说带给我一种"文学炸了"的感觉，很酷、很震撼，画面感很强。我常常沉迷其中，去猜想小说的结局，然而结局却常在意料之外。2016 年《上海文学》刊载的上海作家小白的《封锁》，获得了"鲁迅文学奖"。小说巧妙的构思和紧凑的情节，让我沉迷；但是小说开放式的结局，也让我久久不能"释怀"。不过，其实这可能也恰恰是这篇小说最迷人的一面。

侦探小说起源于美国，之后风靡于世界。侦探小说作家运用高超的侦探小说叙事技巧，以巧妙的构思、引人入胜的情节和独特的行文风格，通过塑造动人的侦探人物形象，叙写直抵心灵的犯罪故事，揭示人类情感和世事的纷繁，批判现实的黑暗和罪恶，表达人类寻求美好和光明的愿望。清末民初西方侦探小说传入中国，引起中国文坛的广泛关注。大量侦探小说译著和原创侦探小说刊载、出版，迅速在中国形成一股侦探小说的热潮。不过，侦探小说在中国的发展却不尽如人意，热爱阅读和翻译侦探小说的作家居多，但创作侦探小说的作家较少，而能够创作出优秀侦探小说作品的作家更是少之又少。这其中，程小青以一生的精力倾注于侦探小说的创作上，创作了近百万字的现代侦探小说"霍桑探案"系列，填补了中国原创侦探小说的空白，丰富了中国的侦探文学，然而却鲜为人知，几乎快要被淹没在历史的长河之中。

日本推理小说作家东野圭吾说："放弃不难，但坚持一定很酷。"程小青对于侦探小说的执着和热忱，是多么赤诚和质朴，他应该被珍视和铭记。也正因为如此，晓行夜宿，雪落桃花开，每一天、每一分、每一秒，我都不敢懈怠。写作的岁月，就像是一场在沙漠中的行走。漫天的风沙伴着孤寂、烈日、酷寒和焦渴是沙漠的常态；可是，沙漠里，也有静谧的清晨、倔强的小紫花和优雅的落日。"沙漠是一个永不褪色的梦，风暴过去的时候，一样万里平沙，碧空如洗。"穿越沙漠，就是绿洲。唐朝诗人白居易说，"人间四月芳菲尽，山寺桃花始盛开"。至美的风光，总是那么的百转千回。然而，"在风暴过后，过去绝望地看不见的东西，如拨云见日般清晰可见"。我想，这就是写作的意义。2016 年中国导演周显扬开拍电影《大侦探霍桑》，电影在小说《霍桑探案集》的基础上进行了改编，大侦探霍桑依然是主角。《霍桑探案集》被改编成剧本搬上荧幕，能够有机会被更多人知道，这对于程小青来说，也可算是最好的纪念。从细读小说、搜集资料到初稿的完成和数次的修改，一点一滴，细水长流，我认真地敲打每一个字符，希望能写出好的著作。几经波折，终于成文。但是，就像是人生，很多事情并不能那么完美，本书中的不足与疏漏之处在所难免，亦存在很多瑕疵，心中也十分惭愧。恳请方家批评指正，也恳望读者包容体谅。

宗靖华

2022 年 6 月 2 日